DIKWANDIG EN CHARMANT

EEN ROMANTISCH VERHAAL OVER EEN MOLLIG MEISJE IN EEN KLEIN STADJE

GROOT EN MOOI
BOEK EEN

MARY E THOMPSON

BluEyed Press

GROOT EN MOOI

Vrouwen (en mannen) zijn er altijd al in alle soorten en maten geweest. Plus size, zwaargebouwd of dik zijn is voor sommige mensen iets slechts. Voor de vrouwen in deze serie is het simpelweg een gegeven. Een gegeven dat hen samenbrengt en hun vriendschappen voedt. Maar voor de mannen maken de rondingen van hun vrouwen hen juist trots om bij vrouwen te zijn die van het leven houden, en van alles wat het te bieden heeft. Want het leven is mooier met cupcakes.

Boek 1

Dikwandig en charmant

Wie heeft er mannen nodig als je cupcakes hebt?

Het leven was goed. Ik had niets nodig. Vooral geen sexy, grappige, lieve onbekende die met me op date wilde.

Mijn vriendinnen zeiden dat ik hem een kans moest geven, maar ik wist dat hij na één blik op mijn rondingen een excuus zou verzinnen om niet nog eens uit te gaan. Dus bood ik hem een uitweg.

Die nam hij niet aan.

Die man was onverbiddelijk. Hij hield van mijn rondingen en hij wilde meer dan alleen maar bellen. Hij wilde mij.

Hoe kon ik daar nee tegen zeggen?

Voor mijn manlief, Alex. Mijn book boyfriend in het echte leven.

HOOFDSTUK 1

VROEGER HIELD IK van mijn leven. Ik dacht dat ik alles had. Of in ieder geval alles wat ik als dikke vrouw kon verwachten. Ik had een geweldige vriendengroep, een baan die ik leuk vond en een eigen huis. Ik stond op het punt een nieuwe auto te kopen en ik was gelukkig.

En toen ontmoette ik hem.

Xander Carlson.

De man die mijn leven op zijn kop zette.

Ik weet het, je denkt vast dat ik dwaas ben. Iedereen wil toch een man in zijn leven? Vrouwen willen toch eigenlijk allemaal gewoon iemand die voor ze zorgt? Nou, ik niet. Ik wilde het zelf doen. Ik was een sterke vrouw die voor zichzelf kon zorgen. Ik heb me mijn leven nooit met een man voorgesteld.

Misschien omdat ik nooit had gedacht dat iemand me zou willen.

Oké, niet misschien. Zeker weten.

Ik was als kind al dik. Foto's uit mijn jeugd herinnerden me daaraan telkens als ik bij mijn ouders op bezoek was, met hun verzameling familiefoto's door de jaren heen. Mijn broer vond het ook maar al te leuk om me eraan te herinneren. Op een specifieke foto van mij als driejarige droeg ik een geel badpakje en lag ik in zo'n plastic zwembadje. Mijn broer zei dat ik op een aangespoelde walvis leek.

Ja, hij is een klootzak.

Hij heeft ook gelijk. Ik haat het om het toe te geven, maar mijn gewicht leek genetisch en onbeheersbaar. Het werd iets wat ik gewoon accepteerde, want als ik altijd al dik was geweest, dan zou ik ook altijd dik blijven. Ach, niet zo'n punt.

Zoals ik al zei, was ik gelukkig. Het maakte me niet uit dat mannen nooit achter me aan zaten. Ik zag mijn vriendinnen problemen met mannen doormaken en vond troost in de wetenschap dat ik daar nooit mee te maken zou krijgen.

Niet dat ik geen vriendjes had of niet datete. Dat deed ik wel, maar het was meestal van korte duur. Een van ons kwam erachter dat we niet bij elkaar pasten. Uiteindelijk besloot ik dat daten meer moeite was dan het waard was. Telkens als ik met iemand uitging, zorgde ik ervoor dat het puur fysiek was, of gewoon vriendschappelijk.

Maar ik had geen mannen als vrienden nodig. Ik had drie geweldige vriendinnen die mijn leven leuk hielden.

Claire was mijn beste vriendin. Zij en ik zaten samen op de middelbare school in Winterville, New York. Claire was slank op de middelbare school, maar begon aan te komen nadat haar middelbareschoolvriendje haar had verkracht. Claire is daar nooit echt overheen gekomen.

Hoe zou je dat ook kunnen?

Ik was er voor Claire, maar het was zwaar om te zien hoe ze zoiets vreselijks meemaakte en zich vervolgens achter haar gewicht verschool. Zeker omdat ik wist hoe slank Claire kon zijn. Soms dacht ik dat ze haar lichaam verkwistte, want als ik slank had kunnen zijn, was ik dat geweest. Maar dan herinnerde ik me dat dik zijn leuk was en at ik nog een cupcake.

Claire en ik ontmoetten Sam en Addi op de universiteit. We gingen allemaal naar Erie University, ook in Winterville. Hoe koud de stad ook was, het was mijn thuis en ik kon mezelf er nooit toe zetten om weg te gaan.

Sam en Addi hebben ook overgewicht. In ons eerste jaar woonden we met z'n vieren bij elkaar in de buurt op de campus en het klikte meteen. We waren een van de weinigen die niet elke avond naar studentenfeesten en kroegen renden. Wij zaten dan op de kamer chickflicks te kijken en brownies te bakken.

Er is een reden waarom we goede vriendinnen werden.

Maar dit verhaal gaat niet over hen. Het gaat over hem. Over de man die mijn leven heeft verwoest. De man die al mijn geluk wegnam.

Ik werkte bij Western New York Health, een lokale vestiging van een van de grote verzekeringsmaatschappijen. Bij de klantenservice, waar ik werkte, behandelden we vragen van klanten over hun declaraties. Als er een probleem was, spraken we dat met hen door en namen we vervolgens contact op met de dokterspraktijk om een nieuw formulier aan te vragen met de details van de verleende diensten.

Het klinkt saai, ik weet het. Maar ik vond het echt leuk. Ik ben altijd goed geweest met mensen en hield van praten. Door aan de telefoon te zijn, was mijn uiterlijk verborgen, zodat ik niet op mijn omvang werd beoordeeld. Ik had 's nachts een telefoonseksoperatrice kunnen zijn of een model, maar niemand die het ooit echt zou weten.

Door de anonimiteit kon ik aan de telefoon echt mezelf zijn. Ik kon grapjes maken met de klanten die een lach nodig hadden, ik kon degenen troosten die overstuur waren, of ik kon flirten met degenen die sexy klonken.

Xander Carlson viel vierkant in die laatste categorie.

Het was op een maandag dat hij me voor het eerst belde. De lente begon net haar intrede te doen in ons stadje in West-New York. Buiten het raam bij mijn cubicle kon ik de bomen eindelijk zien ontdooien. Binnen maakte mijn hokje deel uit van de standaard kantoortuin met blauwgrijze wanden die ongeveer tot je middel kwamen als je stond. Alles was saai en grijs en voelde als een regenachtige dag, zelfs als de zon scheen. Het saaie interieur maakte de buitenwereld nog zoveel mooier, zeker op dagen als deze.

Het was de eerste dag dat de temperatuur sinds oktober vorig jaar boven de tien graden kwam. Hoewel ik niet zo dom was om mijn winterkleren al op te bergen (ons stadje heette niet voor niets Winterville), was ik opgetogen om de eerste tekenen van de lente te zien.

Ik was van mijn stuk door het weer.

Dat is mijn excuus.

De telefoon ging en ik was verdwaald in een dagdroom over warmer weer, misschien zelfs een vakantie met mijn beste vriendinnen. We hadden het er al jaren over om samen op cruise te gaan, maar we hadden het nooit gedaan. Toen de telefoon ging wist ik amper wat ik deed toen ik opnam en zei: 'Western New York Health, met Mandy. Waarmee kan ik u helpen?'

De korte pauze aan de andere kant van de lijn maakte me meteen al nerveus. Toen hij begon te praten, was ik verkocht. Zijn stem was rijk, diep en zacht. Hij klonk als een natte droom die tot leven kwam. Hij had degene moeten zijn die met zo'n stem aan de telefoon werkte, maar ik wist gewoon dat hij ook het lichaam had dat erbij paste. Een lichaam dat beter tot zijn recht zou komen voor een tv-camera waar je hem kon zien en horen.

'Hoi Mandy. Ik ben Xander Carlson. Ik heb geloof ik wat hulp nodig.'

Ik haalde diep adem. Ze hadden allemaal hulp nodig.

Anders zouden ze niet bellen. Maar ik begreep dat je niet echt weet waar je moet beginnen.

Plus, hij gebruikte mijn naam. De meeste mensen belden en spraken me helemaal niet aan. Maar hij zei mijn naam. En ik wilde hem die opnieuw horen zeggen. En opnieuw.

'Oké meneer Carlson, eens kijken of ik u kan helpen. Ten eerste, mijn directe doorkiesnummer is 8657. Als de verbinding om wat voor reden dan ook wordt verbroken, bel dan terug en toets mijn doorkiesnummer in als u de optie krijgt. Anders moet u alles weer doorlopen om een persoon te spreken te krijgen. Ten tweede heb ik uw declaratienummer nodig zodat ik het kan opzoeken.'

Ik hoorde papier ritselen door de telefoon terwijl hij vermoedelijk naar zijn declaratienummer zocht.

'U hebt een prachtige stem', zei hij, waardoor ik bijna de draad kwijtraakte. 'Oké, hier is het. Mijn declaratienummer is 273MX85G5739.'

Ik typte de code in terwijl hij die aan me voorlas, worstelend om me op mijn werk te concentreren en niet op zijn compliment, en wachtte terwijl mijn computer de declaratie opzocht. Het ging om een declaratie van twee maanden oud en was voor ene Alexander Steven Carlson. Ik scande snel de details, me afvragend wat voor vreselijks de man met de sexy stem had laten doen.

Het bleek een vrij standaard declaratie te zijn, inclusief een algemene check-up en bloedonderzoek. Er stonden een paar notities dat hij een betaling verschuldigd was en die aanvocht, maar er leek niets abnormaals aan de hand te zijn.

Godzijdank verborg hij geen vreselijke ziekte.

'Kunt u mij uw volledige naam vertellen, alstublieft?'

'O, ja, sorry. Het is Alexander Steven Carlson. Dat vergeet ik soms.'

'Geen probleem. Veel mensen gebruiken een bijnaam. Oké, ik zie dat de declaratie is uitbetaald en dat u het resterende bedrag verschuldigd bent. Het lijkt er ook op dat u hier al een week bezwaar tegen maakt. Waar kan ik u vandaag mee helpen?'

Hij zuchtte, hij klonk niet geïrriteerd, maar eerder uitgeput. Hij had dit al eerder meegemaakt en had geen zin om het nog een keer uit te leggen. Dat was een bekend geluid in mijn werk.

'Toen ik het eerste declaratieoverzicht kreeg, heb ik mijn arts gebeld. Hij dacht dat hij een verkeerde code had gebruikt bij het indienen van de declaratie en om de een of andere reden wordt het niet als een jaarlijkse controle geregistreerd. De arts zou de controlegegevens opnieuw indienen en ik zou een nieuw declaratieoverzicht per post ontvangen. Ik heb vandaag een nieuwe gekregen, met de datum van vrijdag, waarop dezelfde informatie stond. Er is niets bijgewerkt.'

Ik toetste een paar dingen in om te zien of ik het probleem kon vinden. Meestal als zoiets gebeurde, werd het er gewoon doorheen geduwd zonder op de declaratie van de arts te wachten. Het klonk alsof zijn declaratieoverzicht gewoon opnieuw was verstuurd, niet opnieuw was verwerkt.

Terwijl ik de details over deze declaratie in het dossier doornam, begon hij weer te praten. 'I'k vind het vervelend dat ik u hierin meesleep. U bent veel aardiger dan de laatste vrouw die ik sprak. En ik ben opgetogen dat ik met een Amerikaanse praat. Misschien moet ik dat niet zeggen, maar het is zo moeilijk om met mensen te praten die niet dezelfde taal spreken.'

Ik lachte in mezelf om zijn eerlijkheid. 'Nou, iedereen bij Western New York Health is Amerikaans. We zijn lokaal, in Winterville, ongeveer tien minuten ten zuidoosten van Buffalo.'

'Echt? Ik woon in Winterville. Misschien krijg ik op een dag het mooie gezicht te zien dat bij uw mooie stem hoort.'

Ik verstijfde. Hij kon het niet over mij hebben. O, wacht,

dat klopt, hij had geen idee hoe ik eruitzag. Hij was gewoon aan het flirten.

'Ja, nou, ik weet zeker dat u uw portie prachtige vrouwen in de rij hebt staan voor een afspraakje. Wat uw declaratie betreft, mijn excuses voor wat u heeft meegemaakt. Uw declaratie is nog niet opnieuw verwerkt, maar ik kan dat voor u regelen zodat u zich geen zorgen hoeft te maken over de betaling.'

Xander zuchtte opgelucht in de telefoon.

'Voor mij is het echt niet zo'n probleem. Het geld is niet zo veel, maar het is meer het principe van de zaak. Ik ga alleen naar de dokter als het moet. Begrijp me niet verkeerd, maar ik haat het om met al dit gedoe om te gaan. Ik heb het gevoel dat ik alleen maar praat met mensen die geen ene moer om me geven.'

Ik onderdrukte een lach toen ik merkte dat zijn vorige gesprek was aangenomen door Melody, mijn aartsvijand op het werk. Zij was absoluut een van die mensen die geen moer om de baan of de mensen gaf. Ik probeerde niet zo te zijn. Ik was slim genoeg om te weten dat medische problemen een van de grootste redenen waren waarom mensen alles verloren. Ik wilde niet dat een van onze klanten failliet zou gaan als ik iets kon doen om te helpen.

'Hopelijk geef ik u die indruk niet, meneer Carlson. Ik verzeker u dat ik er alles aan zal doen om dit voor u te regelen. Ik denk echter dat ik het probleem hier zie. De data op de declaratie van de arts laten zien dat u er op 23 februari was. Uw jaarlijkse controle vorig jaar was op 25 februari, dus we dekken een jaarlijkse controle pas nadat er een jaar voorbij is. Maar het punt is, ik kijk naar een kalender en 23 februari was een zaterdag. Bent u op die dag naar de dokter geweest of was het een andere dag?'

'Wat? Nee. Mijn dokter is op zaterdag niet eens open. Ik was er op een donderdag.'

Ik bladerde terug door de afbeeldingen op mijn scherm en zoomde in om de declaratie te bekijken. De datum leek op een 23, maar het had makkelijk een 28 kunnen zijn.

'Meneer Carlson, het lijkt erop dat uw declaratie voor de 28e had moeten zijn. Ik heb niet de bevoegdheid om die wijziging in ons systeem aan te brengen. Als ik u een paar minuten in de wacht mag zetten, zal ik met mijn supervisor overleggen en kijken of we het voor u kunnen laten bijwerken.'

'Alsjeblieft, noem me maar Xander. Mandy, je bent een redder in nood. Heel erg bedankt. En ja, ik wacht wel.'

Ik drukte op de wachtknop en riep Diana, mijn baas. 'Het lijkt erop dat zijn consultatiedatum verkeerd is ingevoerd. Hij is aan de telefoon en zei dat hij er op een donderdag was. De consultatiedatum plaatst hem daar op een zaterdag, wat gemarkeerd had moeten worden, vooral na zijn eerste telefoontje. Ik denk dat we de declaratie opnieuw kunnen indienen met de juiste consultatiedatum en dit kunnen afhandelen.'

Diana keek over de formulieren op mijn computer en knikte. 'Je hebt gelijk. Goed gezien, Mandy.'

Diana liep weg en ik stuurde de bestanden ter goedkeuring naar haar door. Ik zag haar weer aan haar bureau zitten, een paar kantoorhokjes verderop. Ik wachtte tot ze me een duim omhoog gaf om te zeggen dat ze alles had gecorrigeerd en klikte toen weer terug naar de telefoon.

'Meneer Carlson-'

'Xander,' neuriede zijn zachte stem in mijn oor, 'alsjeblieft.'

'Sorry, Xander. Het lijkt erop dat we het allemaal hebben geregeld. Mijn baas heeft de wijziging van de data al goedgekeurd en je declaratie wordt opnieuw verwerkt. Je zou binnen een paar dagen een nieuw declaratieoverzicht moeten ontvangen met de bijgewerkte kosten. Je arts krijgt er ook een nieuwe. Als hij je hiervoor een rekening stuurt, kun je hem bellen en vertellen dat de dingen aan onze kant worden geregeld. Is er nog iets anders wat ik vandaag voor je kan doen?'

Xander grinnikte zachtjes, een zacht gerommel dat als een rilling door mijn hele lichaam voelde. Ik voelde het door me heen gaan, het deed me vanbinnen oplichten. 'Ik kan gewoon niet geloven dat ik dit heb opgelost en dat ik met een prachtige vrouw aan de telefoon mocht praten. Ik zou bijna wensen dat je het niet kon oplossen, zodat ik een excuus zou hebben om je weer te bellen.'

Ik bloosde. Ik bloosde verdomme echt. Een man had me nog nooit laten blozen. Ik voelde me mooi, alsof hij het meende. Maar natuurlijk wist ik dat het maar een illusie was. Hij had geen idee hoe ik eruitzag. Als hij dat wel wist, zou hij me geen tweede blik waardig hebben gekeurd. Dat wist ik.

'Nou, jammer voor jou, Xander, ik ben erg goed in mijn werk en ik neem klanttevredenheid zeer serieus.'

'Ik kan me zo voorstellen dat je iedereen die je spreekt tevredenstelt.'

Wat? Zei hij dat nou echt? Holy shit, hij was me gewoon aan het versieren. Ik was verbijsterd. En hij was me niet alleen aan het versieren, hij insinueerde dat ik goed ben in bed. Wauw! Ik stond perplex. Mannen versierden me nooit, niet aan de telefoon en niet in het echt. Kon ik maar geloven dat hij het meende.

Xander grinnikte om mijn stilte, en maakte delen in mij wakker die lang hadden geslapen. Ik verschoof op mijn stoel, mijn slipje werd nat terwijl ik me voorstelde op welke manieren ik een man als hij zou willen bevredigen.

'Het spijt me, dat was ongepast. Ik had gewoon niet verwacht iemand zoals jij aan de andere kant van de lijn te treffen.'

'Eh, bedankt, meneer Carl- ik bedoel Xander. Het was een

genoegen u vandaag te spreken. Ik ben blij dat ik u kon helpen met uw probleem. Als u ooit nog iets nodig heeft, aarzel dan niet om weer contact met ons op te nemen.'

'Dank je. Ik hoop dat ik nog veel meer problemen krijg. Dag Mandy.'

Ik zei gedag met een grijns. Ik kon niet stoppen met glimlachen. Het was belachelijk. Hij was aangetrokken tot mijn stem, niet tot mij. Hij was dankbaar dat ik hem hielp, hij was me niet echt aan het versieren. Ik zou een idioot zijn om er meer in te lezen dan er echt was.

Maar om de een of andere reden kon ik niet stoppen met aan hem te denken.

HOOFDSTUK 2

De volgende avond dacht ik nog steeds aan Xander. Ik had de hele dag gehoopt dat hij me weer zou bellen, maar dat deed hij nooit. Ik wist dat het dwaas was, maar ik kon niet anders dan wensen dat de dingen een beetje anders waren. Wensen dat ik de zelfverzekerde vrouw was die ik droomde te zijn.

Misschien moest ik hem opzoeken en bellen.

Nee, dat zou ik niet doen. Ik kon ontslagen worden voor het doorpluizen van klantendossiers. En ik had geen man nodig. Dat had ik nooit gehad, en daar zou ik nu zeker niet mee beginnen.

Xander Carlson was slechts een stip op mijn radar. Een tijdelijke tegenslag. Ik ging me geen zorgen om hem maken, zeker niet nu ik een vriendinnenavond had.

Elke dinsdagavond spraken Claire, Sam, Addi en ik af in Cooler Coffee voor onze vriendinnenavond. Het was onze kans om te kletsen en lol te hebben, met z'n vieren. In de meeste weekenden zag ik er wel een van hen, maar doordeweeks waren we allemaal druk met werk. Op dinsdagavond ontspanden we gewoon.

Om de een of andere reden leek ik er altijd als laatste te zijn. Claire werkte op het vliegveld voor de TSA, dus haar rooster lag redelijk vast. Addi was scheikundelerares en was altijd vroeg voor onze koffieafspraakjes. Sam was een briljante fotografe met klussen door de hele stad, dus het was nooit te voorspellen hoe laat ze zou komen. Maar ze was er altijd eerder dan ik.

Cooler Coffee voelde een beetje als thuiskomen. Het zitgedeelte liep langs het voorraam met tafeltjes die uitkeken op de straat. Het lag in een stadsdeel dat gericht was op rondwandelende mensen. Parkeren was een ramp, maar het eten en de ontspannen sfeer waren het waard. Sam, Addi en Claire zaten al aan een tafeltje in de hoek achterin.

Toen ik door de deur liep, prikkelde de vertrouwde geur van koffie mijn neus. Ik liep naar de toonbank en keek naar de lekkernijen in de vitrine terwijl de persoon voor me bestelde. Ik was altijd dol geweest op de geur van koffie en was er jarenlang aan verslaafd geweest. Ik vond het spul echter nooit echt lekker en had het een paar jaar geleden uiteindelijk opgegeven. Op vriendinnenavond bestelde ik altijd een warme chocolademelk.

En cupcakes. We moesten cupcakes hebben.

Ik nam mijn warme chocolademelk en twee cupcakes mee naar de tafel waar de anderen op me wachtten. Ik glimlachte, beantwoordde een koor van 'hallo's' en liet me in mijn stoel vallen, het gewicht van mijn dag gleed met mijn kont over de rand van mijn stoel.

Ik voelde me al beter nu ik omringd was door mijn vriendinnen. Claire zat rechts van me, met Addi tegenover me en Sam naast haar. Ik kon eindelijk mijn dag vergeten, en Xander Carlson.

'Wat kijk jij zuur?' vroeg Claire, haar vloeibare, smaragdgroene ogen hielden me aan mijn stoel gekluisterd. Ze kende me lang genoeg om mijn stemmingen te kunnen lezen, iets wat ik op dat moment haatte. Ik wilde er niet over praten.

'Niets. Ik bedoel, niemand. Ik heb gewoon een zware dag gehad.'

'Maakt Melody je het leven weer zuur? Ik wou dat je haar in de problemen kon brengen, zodat je niet meer met haar te maken zou hebben.'

Ik glimlachte. Claire kende mijn diepste gedachten. 'Ze is gisteren inderdaad in de problemen gekomen. Ik heb iets opgelost wat zij had moeten opmerken en sindsdien probeert ze mijn leven nog erger te maken. Het is maar goed dat Diana weet hoe hard ik werk. Ze laat niet toe dat mij iets overkomt.'

Claire rolde met haar ogen. Melody probeerde mijn leven al tot een hel te maken sinds ik daar vijf jaar geleden begon te werken. Net van de universiteit had ik geen echte vaardigheden, maar ik had een diploma en had het goed gedaan tijdens mijn sollicitatiegesprek. Melody werkte er al drie jaar voordat ik begon en ze haatte me vanaf het begin.

Diana was eerst niet onze baas, we werkten voor een man die Oscar heette. Oscar was wel gecharmeerd van Melody. Ik denk dat er iets tussen hen speelde en dat hij hielp haar fouten te verdoezelen. Toen Oscar promotie kreeg, was Melody er zeker van dat hij haar mee zou nemen, maar dat deed hij niet. Zij bleef vastzitten in dezelfde baan terwijl hij verderging. Diana was een van onze collega's van de klantenservice voordat Oscar promoveerde. Ik kon altijd goed met Diana opschieten, niet dat we hecht waren, maar we hadden geen problemen. Ze wist dat ik hard werkte en het goed wilde doen. Melody was het tegenovergestelde.

'Dus wat heb je opgelost?' vroeg Addi. Ze gooide haar kaarsrechte, melkchocoladekleurige haar over haar rug. Ze had een van die trendy kapsels met laagjes net over haar schouders, waarvan ik altijd wenste dat ik het kon dragen. Mijn golvende rode haar was vergelijkbaar geknipt, maar het zag er nooit zo goed uit als dat van Addi.

Als lerares was Addi altijd nieuwsgierig hoe mensen problemen oplosten. Ze gaf scheikunde op de middelbare school, God sta haar bij, en had lastige leerlingen. De meesten waren braaf, volgens Addi, maar een paar wilden niet naar haar luisteren. Ze was voortdurend op zoek naar nieuwe manieren om problemen op te lossen. We wisselden vaak verhalen uit.

Het is verbazingwekkend hoeveel middelbare scholieren op volwassenen lijken. Beiden zijn een stelletje lastpakken.

'Een man belde en zei dat zijn claim niet werd uitbetaald. Ik zocht het uit en de datum op de claim was verkeerd. Dat had Melody moeten opmerken. Ik liet het aan Diana zien en zij keurde de wijziging van de claim goed terwijl ik met Xander aan de lijn was. Het was in ongeveer tien minuten geregeld.'

Ze wisselden een blik uit. Alle drie. Een blik waarvan ik wist dat het betekende dat ze iets hadden opgepikt. Wat had ik gezegd? Ik had geen idee. Maar iets had hun aandacht getrokken.

'Xander? En wie is Xander?' kwam Sam ertussen. Ik zag het spottende lachje in haar opgetrokken wenkbrauw en plagende bruine ogen, die schuilgingen achter haar roodomrande bril.

'Shit,' zei ik. Hoe kon ik zo stom zijn? Ik had zijn naam gezegd. Eén verdomd woordje en ze hadden zich aan me vastgeklampt als cupcakes aan mijn kont.

De hitte steeg op vanuit mijn nek naar mijn wangen. Ik wilde een opvlieger de schuld geven, maar het mooie weer van de dag ervoor was weer koud geworden. Het was buiten onder de 5 graden en er was geen schijn van kans dat ze zouden geloven dat ik het gewoon te warm had.

'Bloos je nou? Wat heeft hij tegen je gezegd?' vroeg Claire.

Ik worstelde om een uitweg te vinden. Ik wist dat het stom was om aan hem te denken na één telefoontje. Ja, hij had meer met me geflirt dan welke man dan ook. In mijn hele leven. Maar dat betekende niets. We kenden elkaar niet en ik wist dat als we elkaar ooit zouden ontmoeten, hij gillend de andere kant op zou rennen.

'Het is niets. Hij zei alleen dat ik een mooie stem had en wenste dat hij me nog eens kon bellen.'

Ze wisselden weer een blik uit, dit keer met opgetrokken wenkbrauwen. Ze dachten allemaal hetzelfde...

'Heeft hij je teruggebeld?'

De vraag. Degene die ik niet wilde beantwoorden omdat het zou betekenen dat ik moest toegeven dat er, alweer, niets was gebeurd. Het leek een eeuwigheid geleden, sinds de middelbare school toen jongens op mijn radar verschenen, dat elke keer als ik dacht dat er iets mogelijk was, er niets gebeurde. Ik was niet het soort persoon dat dates kreeg. Mannen vroegen me niet uit. Als ze dat deden, waren ze ofwel ook dik, ofwel wanhopig.

Ik was niet oppervlakkig, tenminste, dat dacht ik. Maar ik vond dikke mannen niet altijd aantrekkelijk. Ik denk dat dat me eerder een hypocriet maakte dan oppervlakkig. Ik was kwaad dat knappe mannen me niet wilden, maar vond het prima dat ik geen dikke mannen wilde.

Oké, dus ik was oppervlakkig en een hypocriet.

Ik schudde mijn hoofd en nam een slok van mijn warme chocolademelk. Ik wist dat als ik het woord 'nee' zou zeggen, ze de emotie in mijn stem zouden horen en er meteen op zouden springen. Jammer genoeg was zwijgen net zo'n grote trigger.

'Dat wilde je toch ook?', vroeg Claire zacht.

'Oké, ja. Ik vond het leuk dat hij met me flirtte. Het was spannend en gaf me een krachtig gevoel. Ik weet dat het stom is, maar het voelde een paar minuten goed om iemand te horen zeggen dat ik mooi was en dat hij me weer wilde spreken. Ik zou wel gek zijn om te denken dat er iets van zou komen.'

'Je weet maar nooit', voegde Addi eraan toe. 'Er gebeuren continu gekke dingen. Ik droom ervan om een fatsoenlijke vent te vinden. Een knappe, sexy man die elke avond bij me thuiskomt. Gepassioneerde seks. Veel liefde ook. Een paar kinderen. Huisje, boompje, beestje. Misschien zelfs een paar katten.'

'Katten worden overschat. Je zou een hond moeten nemen', plaagde Sam. Het was een eindeloze discussie tussen ons. Claire en Sam waren dol op honden, maar Addi en ik waren kattenliefhebbers. We beargumenteerden dat honden net mannen zijn, nou ja, als mannen met knappe vrouwen. Ze zijn altijd blij om je te zien en rijden tegen je been. Katten waren als vrouwen, vol kapsones en stronteigenwijs.

Ik vroeg me altijd af of dat betekende dat Addi en ik op vrouwen vielen, maar ik had nog nooit een vrouw aantrekkelijk gevonden en ik dacht Addi ook niet. We hielden gewoon van een rustig huis en een huisdier waar we ons niet volledig aan hoefden te wijden.

Dat betekende natuurlijk waarschijnlijk ook dat we niet klaar waren voor kinderen.

Nee, die vraag kon ik wel beantwoorden... Ik was absoluut niet klaar voor kinderen.

Daar had je een partner voor nodig. Of tenminste, dat had de voorkeur. Ik was niet bereid om een alleenstaande moeder te zijn.

Ik lachte mee met mijn vriendinnen terwijl ze de voor- en nadelen van honden versus katten bespraken, en sprong bij wanneer nodig om Addi te steunen.

'Sam, heb je de laatste tijd nog iemand interessants gefotografeerd?', vroeg ik toen het gesprek over dieren was gaan liggen.

Sam rolde met haar ogen. Haar hele lichaam schudde alsof ze een nare herinnering probeerde af te schudden. 'Ik had dit weekend een helse bruid. Ze was precies zo vreselijk als ik al dacht dat ze zou zijn, maar ik ben klaar met haar. Morgen heb ik een afspraak met haar om alle foto's te bekijken.'

'Is ze niet op huwelijksreis gegaan?', vroeg Addi.

Sam schudde haar hoofd, haar lange kastanjebruine haar viel over haar schouders, en nam een slok van haar zwarte koffie. Ik snapte niet hoe ze dat wegkreeg, maar ze zei dat het iets was waar ze aan gewend was geraakt. Koffie was meestal standaard bij fotoshoots en de tijd nemen om het aan te kleden, of het iemand anders voor je te laten doen, was met Sams schema niet mogelijk. Ze raakte eraan gewend om het zwart te drinken, omdat het op een andere manier nooit goed was.

'Blijkbaar wachten ze tot de zomer, wanneer het weer wat beter is, en gaan dan naar Californië om een tour te doen langs de wijngaarden in Napa en Sonoma Valley. Ik zou gewoon gewacht hebben tot dan om te trouwen.'

'Ik ook', zei Claire. 'Ik kan me niet voorstellen dat ik niet op huwelijksreis ga. Zelfs als het maar een paar dagen weg is omdat het geld krap is, zou ik erop staan dat we op huwelijksreis gaan. Weet je, als ik ooit zou trouwen.'

'Daar ben ik het mee eens', zei Addi. 'Met school zou ik moeten wachten tot de lessen voorbij zijn, maar ik zou wachten om in de zomervakantie te trouwen. Bovendien is de zomer hier sowieso de mooiste tijd van het jaar.'

'Bah', voegde ik eraan toe. 'Ik haat de zomer. Misschien omdat ik zo veel zweet. Ik zou in de herfst of lente willen trouwen, wanneer het nog lekker weer is buiten, maar niet zo heet dat ik smelt tot een plasje smurrie.'

'Ugh, ik wou dat ik die keuze had', antwoordde Addi. 'Dat is een van de nadelen van lerares zijn. Mijn vrije tijd is beperkt. Ik zou altijd in de voorjaarsvakantie of zelfs de kerstvakantie kunnen trouwen, maar niemand wil in de winter in Winterville zijn. Verdomme, de lente is al erg genoeg. Hebben jullie gehoord dat het dit weekend misschien gaat sneeuwen?'

We kreunden allemaal tegelijk, gefrustreerd door het weer. Een deel van mij vond het stiekem geweldig, maar na bijna zes maanden winter werd zelfs ik er een beetje moe van. Iedereen was er klaar mee.

'Dus, Mandy, heb je Xander opgezocht op Facebook of Twitter? Is hij knap?'

Ik rolde met mijn ogen. Het gesprek over Xander was voorbij, maar verdomme, Sam begon er weer over. Jazeker, natuurlijk had ik hem online opgezocht. Ongeveer 3,5 seconden nadat we hadden opgehangen. Maar ik wilde dat verdomme zeker niet toegeven. Zelfs niet aan mijn beste vriendinnen.

'Nee', probeerde ik. Ik wist dat ze dwars door me heen zouden kijken, maar ik moest het proberen.

'Oh, dat heb je zeker wel gedaan. Is hij knap?'

'Wat is zijn achternaam?'

'Carlson', antwoordde ik zonder na te denken. Sam had haar telefoon al tevoorschijn gehaald en was aan het zoeken voor ik het wist.

'Nee!', riep ik, terwijl ik naar haar telefoon dook. Ze hield hem buiten mijn bereik terwijl Facebook Xanders profiel laadde.

Gisteren was ik dolblij dat hij een openbaar profiel had en ik door al zijn foto's en updates kon bladeren. Xander was zelfs nog knapper dan ik me had voorgesteld. Hij zag eruit als een model. Helaas waren er geen foto's van hem zonder shirt, maar ik kon zien dat hij gespierd was. Zijn T-shirts spanden als een tweede huid om zijn spieren, net genoeg om mijn ogen te prikkelen, maar weinig aan mijn verbeelding overlatend. Zijn glimlach was stralend en prachtig, en toen ik inzoomde, kon ik me bijna inbeelden dat hij alleen voor mij was.

Niet dat ik dat deed.

Vaak.

Maar terwijl ik toekeek hoe mijn vriendinnen samenhokten rond Sams telefoon en hetzelfde deden als ik gisteren, frustreerde het me. Ik wilde hem voor mezelf houden, als een geheime verliefdheid. Ik kon het niet verdragen dat ze naar hem keken, de waarheid zagen.

Ongetwijfeld zouden ze hetzelfde zien als ik... een man die ver buiten mijn bereik lag.

'Hij is superknap, Mandy. En hij was met jou aan het flirten?'

Het ongeloof in Addis stem maakte me zowel kwaad als deed het me pijn. Ik wilde geloven dat iemand zoals ik misschien wel een man als hij kon krijgen, maar Addi geloofde het niet, dus had ik geen reden om dat wel te doen.

'Ja, ik weet het, hij is buiten mijn bereik. Het is niet alsof ik enige hoop had dat er iets zou gebeuren. Hij heeft geen idee hoe ik eruitzie. Ik zal waarschijnlijk nooit meer iets van hem horen, dus het maakt niet uit.'

Claire hoorde de pijn in mijn stem en probeerde de schade te beperken. Sam en Addi wisselden geschokte en onzekere blikken uit. 'Je weet maar nooit, Mandy. Misschien is hij niet zoals al die andere knappe klootzakken. Sommige mannen zijn fatsoenlijk.'

'Hij kent me niet, Claire. Ik zou graag denken dat een man van me zou kunnen houden, maar ik ben gelukkig met mijn leven. Ik heb geen man nodig.'

Ze keken me allemaal aan alsof ik onzin uitkraamde. Ik wist ook wel dat dat zo was, maar ik ging het niet toegeven.

Xander had iets in me losgemaakt, iets waardoor ik wilde geloven dat ik meer in mijn leven kon hebben dan geweldige vrienden en een goede baan. Iets meer dan een eenzaam leven zonder iemand om bij thuis te komen.

Dat alles door één telefoontje. Ik kon me alleen maar voorstellen wat hij zou doen als ik hem ooit zou ontmoeten.

En zou ontdekken dat hij geen klootzak was.

HOOFDSTUK 3

TEGEN DE VRIJDAG van die week was ik Xander Carlson bijna vergeten. Zeker, ik had hem nog een paar keer gestalkt op Facebook en overwogen om genetische software te gebruiken om te zien hoe onze kinderen eruit zouden zien, maar eigenlijk was hij zo ver uit mijn gedachten als maar kon.

Mijn weekend zag er vrij saai uit, maar dat kon me niet schelen. Het zouden een paar dagen weg zijn van Melody en haar venijnigheid. Die was deze week alleen maar erger geworden en ze probeerde me op alles wat ik deed te betrappen. Ik weet vrij zeker dat ze meer tijd besteedde aan het controleren van mijn telefoontjes dan aan het beantwoorden van haar eigen.

Ik had echt geen idee wat haar probleem was. Ze was tegen zowat iedereen aardig, maar mij moest ze nooit. Ik probeerde het van me af te zetten, maar het zat me dwars. Ik bedoel, waar had ze nou echt jaloers op moeten zijn?

Melody was perfect. Ze had van dat lange, golvende blonde haar waar elke vrouw van droomt. Ze was slank met grote, parmantige borsten. Veroordeel me niet, ze stelde ze elke dag tentoon. Ze was altijd tot in de puntjes verzorgd in mantelpakjes en hakken van acht centimeter of meer. Haar make-up was onberispelijk. Ze trok de aandacht van elke man in het gebouw, en van de helft van de vrouwen.

Maar ze was een bitch. Met een hoofdletter B.

Ik probeerde haar het voordeel van de twijfel te geven. Echt waar. Misschien had ze een moeilijke jeugd gehad of was ze ongelukkig. Misschien baalde ze er nog steeds van dat Oscar zonder haar verder was gegaan. Of misschien was ze gewoon een bitch.

Helaas was ik er vrij zeker van dat het dat laatste was.

'Mandy, ik zou u graag even willen spreken. Kunt u alstublieft naar de vergaderruimte komen?', zei Diana toen ik midden op de middag de telefoon neerlegde. Ze klonk niet boos, maar je kon nooit weten wat er aan de hand was.

'Natuurlijk', zei ik, terwijl ik mijn computer vergrendelde en haar de gang door volgde.

In de vergaderruimte was de hele groep bijeengekomen. Melody liep achter me aan, haar hakken klikten op de vinylvloer. 'Blijf je daar de hele deuropening blokkeren, of laat je de rest van ons ook binnen?', snauwde ze.

Ik schudde mijn hoofd en ging voor haar opzij. Ze was mijn tijd of energie niet waard, dus ik negeerde haar gewoon, maar jemig, wat wilde ik haar graag een flinke klap verkopen. Ze zei het niet met zoveel woorden, maar ik hoorde de opmerking over mijn gewicht in haar toon, en het zat me dwars.

'Neem plaats, allemaal', zei Diana vanaf de voorkant van de kamer.

Ik liep naar de enige nog vrije stoel, tussen Melody en Pete, de stinkende vent die een werkplek bij de toiletten had. Het had niet erger gekund. Ik bad voor een korte vergadering.

'Ik weet niet hoeveel van jullie het al gehoord hebben',

begon Diana, 'maar ik heb besloten met pensioen te gaan. Ik maak deze maand en de volgende nog af. Vanaf juni hebben jullie een nieuwe baas.'

Iedereen om me heen begon te mompelen. Ik had nooit gedacht dat Diana zou vertrekken. Ze was hier praktisch een instituut. Ook al was ik er nog niet zo lang, ik wist dat Diana de ruggengraat van de klantenservice was. Als iemand anders het zou overnemen, zou dat vrijwel zeker veranderingen betekenen. Ik vroeg me alleen af wie de sprong zou wagen en het zou doen.

Ik zou het graag willen, maar ik wist niet zeker of ik klaar was voor de uitdaging. Ik was nog nieuw. Ik had nog veel te leren.

'Hoe zal het voelen om mij als baas te hebben? Diana is dol op me. En Oscar is haar baas, dus voor mij is de baan een zekerheidje. Weet je wat? Je zult mij helemaal niet als baas hebben, want het eerste wat ik ga doen, is je dikke kont ontslaan wegens insubordinatie. Oh, ik zie het al helemaal voor me.'

Melody's stem stierf weg, waardoor ik me haar als mijn baas kon voorstellen. Ik huiverde. Dat ging absoluut niet gebeuren. Als Melody mijn baas zou worden, zou ze haar dreigementen waarmaken. Ze zou een manier vinden om me te ontslaan. Zonder Diana in de buurt wist ik niet zeker of ik het nog veel langer zou volhouden.

'Velen van jullie zijn gekwalificeerd voor mijn functie', Diana's stem doorbrak mijn verdoving. Ik keek op en zag dat ze me recht aankeek terwijl ze sprak. 'Ik hoop echt dat u op mijn baan solliciteert. U zou er uitstekend voor geschikt zijn, en het bedrijf zou van geluk mogen spreken u in een managersrol te hebben.'

Ik wist dat ze niet rechtstreeks tegen mij sprak, maar zo voelde het wel. Of misschien deed ze dat wel, maar probeerde ze iedereen het gevoel te geven dat ze moesten solliciteren. Misschien kon ik haar baan wel overnemen. Ik was goed in mijn werk, waarom zou ik niet goed kunnen zijn in dat van Diana?

Een paar minuten later verliet ik met de rest de vergadering. Melody liep vlak achter me toen ik de deur uitging. 'Je weet dat ze het tegen mij had toen ze zei dat ik er uitstekend voor geschikt zou zijn. De baan is zo goed als van mij. En ik kan niet wachten om jou ten onder te zien gaan. Het zal mijn grootste genoegen zijn om je ontslagen te krijgen.'

'Echt?', Ik trok een wenkbrauw naar haar op. 'Je grootste genoegen? Dan heb ik met je te doen. Ik dacht echt dat je met dat perfecte lichaam van je wel mannen had gevonden die beter in bed waren dan dat. Maar als het echt je grootste genoegen is, moet ik er misschien niet tegen vechten. Ik heb echt met je te doen.'

Ik liet Melody woedend sputterend achter terwijl ik terugliep naar mijn werkplek. Ik kon er alleen maar om lachen.

Diana zat in haar kantoortje toen ik langsliep, dus ik stopte om haar te feliciteren.

'U zult wel opgewonden zijn, Diana. Gefeliciteerd met uw pensioen.'

Ze draaide zich om in haar stoel. Haar grijze haar zat in haar gebruikelijke knot, haar groene ogen straalden zoals altijd. 'Ik ben heel opgewonden. Eerst was ik er niet zo zeker van, maar mijn man en ik maken plannen om deze zomer door het land te toeren en een aantal van de plaatsen te zien die we altijd al hebben willen zien. We gaan onze kinderen en kleinkinderen bezoeken. Het wordt een fijne afwisseling voor me.'

'Dat is fijn om te horen', zei ik tegen haar, oprecht blij voor Diana. 'Ik hoop alleen dat onze nieuwe baas net zo geweldig is als u.'

Ze hield haar hoofd schuin, alsof ze iets probeerde te

bedenken. 'U weet toch dat ik het over u had, hè? Toen ik zei dat u er uitstekend voor geschikt zou zijn. Ik weet dat u hier pas vijf jaar bent, maar u heeft potentieel. U bent vriendelijk en slim en verspilt uw talenten door u achter de telefoon te verschuilen. Ik hoop echt dat u op mijn functie zult solliciteren. Ik zou de baan graag achterlaten in handen die net zo bekwaam zijn als de uwe.'

Verbijsterd stond ik haar met open mond aan te staren, me afvragend wat ik moest zeggen. 'Dank u wel', was het enige wat eruit kwam. Ik was geschokt en ontroerd. 'Ik zal erover nadenken', zei ik tegen Diana toen ik haar kantoortje verliet en terugging naar het mijne.

Ik was nog steeds in een roes toen even later mijn telefoon ging. Ik nam op, dankbaar voor de afleiding om me door de rest van de dag te helpen.

'Western New York Health, met Mandy. Waarmee kan ik u vandaag helpen?'

'Mandy, het's fijn om je stem te horen.'

Hij was het. Fuck! Waarom belde hij me weer? En waarom sprongen mijn tepels uit zichzelf op om gedag te zeggen.

'Xander, hoe is het met je? Heb je je EOB ontvangen?' Ik ademde zwaar en probeerde niet te opgewonden te zijn dat hij me belde. Het was per slot van rekening waarschijnlijk weer een probleem met zijn declaratie.

'Herinner je me nog?'

'Eh,' stamelde ik. Shit! Ik had hem zich opnieuw moeten laten voorstellen. Is de eerste regel om een man je leuk te laten vinden niet dat je onbereikbaar moet spelen? En valt hem laten denken dat je hem vergeten bent niet onder onbereikbaar spelen?

Ja, er was een reden dat ik niet aan daten deed.

'Ik, eh, ik herinner je me inderdaad. Je stem is heel herkenbaar.'

'Heel herkenbaar?' Wat moest dat in hemelsnaam betekenen?

'Herkenbaar. En ik die al goede hoop had dat je misschien een klein beetje interesse in me had.'

Zei hij dat nu echt? Tegen mij? Ik dacht dat ik een hartaanval zou krijgen. En ik kon niet eens de trap de schuld geven. Ik werkte op de begane grond.

'Ik weet niets over je, Xander. Ik besteed niet al te veel tijd aan het nadenken over mannen die ik maar één keer heb gesproken en die ik niet ken.'

'LEUGENAAR!' schreeuwde het in mijn hoofd. Ik liet het klinken alsof ik niet elke dag op Facebook had gekeken om te zien of hij ons gesprek had genoemd, of nieuwe foto's van zichzelf had toegevoegd. Nee, ik had zijn profiel niet met een fijne kam uitgeplozen op zoek naar aanwijzingen dat hij een vriendin of vrouw had. En ik had zeker niet dag en nacht aan hem gedacht.

Jaja.

'Nou, dan moeten we daar maar verandering in brengen. Ik hoopte dat je me een keer zou willen ontmoeten. Ik zou je heel graag een kopje koffie aanbieden.'

Ik glimlachte. Nee, het was geen glimlach. Het was een grijns van oor tot oor. Ik kon niet voorkomen dat hij mijn hele gezicht in beslag nam, waardoor ik me een van de mooie mensen voelde. Hij was prachtig, gewoonweg adembenemend. En hij vroeg me uit.

Mij!

Mandy Ryan!

Het was eigenlijk niet de bedoeling dat we met onze klanten uitgingen, maar het was meer een ongeschreven regel dan iets anders. Het is niet zo dat we altijd zouden weten wat voor verzekering mensen hadden, maar het werd over het algemeen afgekeurd om met iemand te gaan daten als je eenmaal wist dat diegene een klant was.

Als ik de promotie wilde, moest ik zeker niet de grens van acceptabel gedrag op het werk opzoeken.

'Ik drink eigenlijk geen koffie,' zei ik. Ik had geen idee hoe ik moest reageren. Ik had het gevoel dat ik een geheim kende dat hij niet kende. Natuurlijk kende ik dat. Ik wist wie ik was, en ik wist wie hij was. Hij dacht dat mijn stem bij de rest van me paste. Hij zou een supermodel verwachten en een gestrande walvis krijgen.

Xander lachte zachtjes, het geluid vulde me. Ik kon zijn glimlach voor me zien, de glimlach die in mijn dromen had rondgespookt. Ik wilde die glimlach in het echt zien. Ik snakte ernaar hem te ontmoeten. Ik kon het niet verklaren. Iets voelde anders aan hem. Iets waardoor ik ja wilde zeggen.

'Je hoeft geen koffie te drinken. We kunnen een biertje drinken of desnoods een watertje, het maakt me echt niet uit.'

Ik lachte. Hij was charmant. Het verwarmde me. Nee, het verhitte me. Alsof ik in de hel brandde, zo verhit. Hij zei niets bijzonder charmants, maar ik smachtte al naar hem.

'Ik hou van het geluid van je lach. God, ik wil de glimlach op je gezicht zien als je lacht. Ik kan er alleen maar van dromen hoe mooi je bent.'

Ik opende mijn mond om hem de waarheid te vertellen. Om hem te zeggen dat ik niet de vrouw was die hij dacht dat ik was. Hij verdiende de waarheid voordat hij probeerde me mee uit te nemen.

Toch?

'Het spijt me. Ik denk dat dit een beetje griezelig is, hè? Wat als we elkaar eerst wat beter leren kennen? Ik zal je alles vertellen wat je over me wilt weten, zodat je weet dat ik niet louche ben. Ik heb een jonger zusje en ik zou dagen tegen haar schreeuwen als ze uit zou gaan met een man zoals ik jou nu uitvraag. Ik ben 29 jaar oud. Ik werk voor Colton Construction als projectmanager. Ik heb een bachelor in elektrotechniek van de University at Buffalo. Mijn ouders zijn al bijna 35 jaar getrouwd en mijn zus is 23.'

Hij haalde diep adem. Ik sloot mijn ogen en stelde me voor hoe zijn adem over mijn huid streek. Ik luisterde naar zijn ademhaling, alsof hij probeerde te bedenken wat hij me nu moest vertellen. Hij ging verder.

'Op de middelbare school was ik een beetje een onruststoker. Ik was de sterspeler in het honkbalteam van mijn middelbare school en keeper van ons voetbalteam. Ik zat op Orchard Park High School en mijn ouders en zus wonen nog steeds in OP. Ik dacht dat ik met alles weg kon komen omdat ik een sportster was. Ik dronk en gooide bijna elk weekend een huis vol met wc-papier. Mijn vrienden waren net zo gek als ik, dus ik dacht dat we normaal waren.'

Hij grinnikte, terwijl hij terugdacht aan zijn dwaze jeugdjaren. Ik was een beetje jaloers. Ik had die herinneringen niet. Op de middelbare school waren Claire en ik beste vriendinnen, maar zij had verkering met BJ. Toen het slecht ging tussen hen, brachten zij en ik de meeste van onze weekenden door bij mij thuis of bij haar. Ze wilde niet uitgaan omdat BJ allerlei leugens over haar had verteld. Claire wilde gewoon de middelbare school doorkomen zonder met iemand te hoeven dealen. Eerlijk gezegd was dat ook alles wat ik ooit had gewild.

'Op de universiteit heb ik mijn leven gebeterd. Mijn eerste twee jaar was ik net zo gek, maar uiteindelijk besefte ik dat ik mezelf er geen plezier mee deed. In mijn derde jaar kreeg ik een kamergenoot die gefocust was op zijn werk. We zaten samen in de klas en hij deed het supergoed en ik stond op het punt om van school gestuurd te worden. Ik wist dat als ik mijn zaakjes niet op orde zou krijgen, ik niet zou afstuderen.'

De telefoon klonk gedempt en ik vroeg me af of hij met

iemand anders sprak. Na een seconde hoorde ik hem niezen en toen kwam hij weer aan de lijn.

'Sorry daarvoor,' zei hij, en hij klonk beschaamd.

'Gezondheid,' zei ik tegen hem met een glimlach. Om de een of andere reden zorgde het niezen ervoor dat hij menselijker leek. Bijna alsof ik vergeten was dat hete mannen ook niezen.

'Dank je. Hoe dan ook, mijn kamergenoot gaf me het eerste semester van ons derde jaar bijles en haalde mijn cijfers uit het slop. Daarna werd het een spelletje tussen mij en Drew om te zien wie het beste cijfer haalde. Meestal versloeg hij me, maar ik gaf hem flinke concurrentie. We zijn vandaag de dag nog steeds goede vrienden.'

Ik luisterde stilletjes. Terwijl hij praatte, klikte ik opnieuw door zijn Facebook-profiel en keek naar hem terwijl hij sprak. Het verbaasde me dat iemand die zo knap was, zich druk kon maken om dingen als cijfers. Meestal was dat voorbehouden aan mensen die niet op hun uiterlijk konden terugvallen. Mensen zoals ik.

'Dus nu heb ik mijn eigen huis, mijn eigen Jeep en ik werk hard. Ik hou van mijn werk. Ik werk samen met Drew, mijn kamergenoot van de universiteit, en we dromen ervan om op een dag ons eigen woningrestauratiebedrijf te kunnen openen. We werken nu voor het bouwbedrijf omdat het redelijk stabiel werk is, maar we zouden het geweldig vinden om ergens binnen te stappen en iets ouds weer tot leven te wekken in plaats van helemaal opnieuw te beginnen. Ik denk dat het niet zo interessant klinkt, maar Drew en ik werken goed samen en zouden graag voor onszelf beginnen.'

'Dat snap ik helemaal. Ik bedoel, het is niks voor mij. Ik vind mijn werk juist heel leuk, maar ik begrijp dat je je eigen stempel wilt drukken op wat je doet.'

'Precies. Dat is het. Ik weet dat ik goed werk lever waar ik nu ben, maar ik zou nog veel meer kunnen doen als ik niet een deel van mijn loon aan het bedrijf hoefde af te staan. Bovendien werk ik graag wat meer met de klant samen. Nu is het zo dat we een huis in aanbouw binnengaan, de bedrading aanleggen, maar we hebben nooit iets met de huiseigenaar te maken. Ik weet dat we ons aan de voorschriften moeten houden, en dat doen we ook, maar het zou gaaf zijn om met de huiseigenaar om de tafel te zitten en dingen te plannen, of om iemand te helpen als die een probleem heeft. Ik heb het gevoel dat ik mijn opleiding helemaal niet gebruik en dat steekt me. Ik heb er hard voor gewerkt en ik los graag problemen op.'

Ik betrapte mezelf op een glimlach. Hij klonk geweldig. Bij elk woord dat hij zei, wilde ik hem nog liever in het echt ontmoeten en met hem praten. Ik wilde hem alles over mezelf vertellen en alles te weten komen wat er over hem te weten viel.

Toen hij vroeg: 'Nu je meer over me weet, denk je dat je met me uit wilt?', had ik geen andere keus dan te zeggen: 'Ja.'

'Echt? Fantastisch', zei hij. Ik kon zijn glimlach horen en die bracht er ook een op mijn lippen. Ik had net ingestemd met een date met een superleuke man en hij was er enthousiast over. 'Wat dacht je van dit weekend?'

Paniek! Ik kon hem onmogelijk dit weekend ontmoeten. Het weekend begon over ongeveer twintig minuten. Ik zou niet binnen 24 uur klaar zijn om een knappe man te ontmoeten. Misschien wel nooit.

'Dit weekend komt me niet goed uit', loog ik. 'Kun je dinsdagavond?'

Hij was even stil en ik was bang dat ik het verpest had. Misschien moest ik dit weekend wel met hem uitgaan. Maar dan had ik geen back-up. Al mijn vriendinnen waren bezet, ze moesten werken of hadden iets anders. Ik moest op zijn minst één van hen beschikbaar hebben om met me mee te gaan, of om me erdoorheen te praten als het misging.

'Dinsdag lukt wel. Meestal ben ik rond vieren klaar met werken. Ik gok dat jij tot vijf uur werkt, dus wat dacht je ervan als we om zes uur afspreken? Waar wil je heen? Aangezien je niet van koffie houdt', plaagde hij.

Ik glimlachte weer. Dit begon beter dan ik had verwacht. Hij liet me zo vaak glimlachen dat mijn wangen er pijn van deden. 'Wat dacht je van Cooler Coffee?'

'Wacht eens even?' lachte hij. 'Je zei dat je niet van koffie houdt en nu wil je naar een koffietentje? Hoe zit dat?'

Ik lachte weer. Dat hij me plaagde was een goed teken. Hij voelde zich al op zijn gemak genoeg bij me om grapjes te maken. Ja, ik kon het. Ik kon plezier hebben met een man.

Een knappe man.

Die geen idee had hoe ik eruitzag.

Voordat ik mijn moed verloor, zei ik: 'Ik hou van warme chocolademelk. Als je ergens anders heen wilt, kunnen we...'

Hij lachte me uit, de vibratie kietelde mijn oor alsof zijn adem daadwerkelijk tegen me aan blies. 'Cooler Coffee klinkt geweldig. Ik zie je dinsdag om zes uur.'

'Ja, dinsdag om zes uur. Doei Xander.'

'Doei Mandy.'

Glimlachend hing ik op. Ik kon er niet mee stoppen. Hij had niet alleen mijn zorgen weggenomen over uitgaan met een wildvreemde, maar hij had me ook aan het lachen gemaakt. Ik keek er echt naar uit om hem te ontmoeten.

Totdat ik me omdraaide.

Melody stond vlak achter me, haar nagels bestuderend en naar mijn computer starend.

Waarop nog steeds het Facebookprofiel van Xander openstond.

'Is dat de jongen met wie je net aan het praten was? Degene met wie je dinsdag uitgaat?'

Ik haastte me om het tabblad te sluiten voordat ze iets anders kon zien. Zoals zijn naam.

'Weet hij hoe je eruitziet? Weet hij waar hij aan begint?'

'Waar bemoei je je mee?' snauwde ik haar toe.

Een boosaardige glimlach verscheen op haar lippen. Ze leek wel een kwaadaardige Barbie. 'Dus je hebt hem niet verteld dat je dik bent. Denk je echt dat een man die eruitziet als *hij*, met iemand als jij wil zijn? Ik bedoel, serieus?'

'Laat me met rust, Melody', zei ik scherp. Ik draaide me van haar weg, concentreerde me weer op mijn computer en handelde de laatste stukjes papierwerk af die ik nog moest doen voordat ik naar huis kon. Na een paar ogenblikken hoorde ik het geklak van haar hakken toen ze terugliep naar haar hokje. Elke stap voelde als een schot door mijn hart.

Te dik.

Te dik.

Te dik.

Wat dacht ik wel niet? Natuurlijk had Melody gelijk. Niet dat ik het van haar wilde horen. Zelfs Addi vond hem buiten mijn bereik toen ze zijn foto zag. Ze zei het niet met zoveel woorden, maar het was overduidelijk door de toon van haar stem.

Ik kon mezelf proberen wijs te maken dat Xander Carlson anders was, maar eigenlijk had ik geen idee. De kans was groot dat hij een eikel was. Een enorme eikel. Ik wilde de date afzeggen.

Shit, vroeg ik me af, waarom had ik ermee ingestemd?

Ik had mezelf de hele week voorgehouden dat ik hem niet nodig had, maar zodra ik zijn stem hoorde, was ik bereid alles te doen wat hij zei. Ik was zwak. Het was al een tijdje geleden dat een man mij ook maar enige aandacht had geschonken, en ik trapte er meteen in. God, ik was zo dom.

Maar zonder zijn nummer had ik geen enkele manier om hem af te zeggen. Als ik helemaal niet zou opdagen, zou ik de eikel zijn. Als ik wel zou opdagen, wist ik dat ik gekwetst zou worden. Maar het was te laat.

Mijn eerste date met Xander Carlson stond vast.

HOOFDSTUK 4

HET HELE WEEKEND was ik paranoïde. Wat als hij me niet leuk vond? Wat als hij weg zou lopen als hij me zag? Wat als Melody gelijk had? Tegen dinsdag had ik mezelf zo gek gemaakt over onze date dat niets me meer in een goed humeur kon brengen.

Ik had stiekem gehoopt dat Xander maandag of dinsdag zou bellen om te zeggen dat hij onze date moest afzeggen, maar dat deed hij nooit. Toen het dinsdagmiddag werd, begon ik te flippen. Serieus. Ik was helemaal door aan het draaien.

Zodra het vijf uur was, was ik de deur uit. Normaal gesproken zou ik ervoor zorgen dat alles op orde was voor de volgende dag, maar daar nam ik nu de tijd niet voor. Ik moest vroeg bij Cooler Coffee zijn om met mijn meiden te praten. Ik wist dat ik mijn date niet zou doorkomen als ik hun steun niet had.

Een paar minuten later stormde ik de deur binnen. Addi zat al alleen aan een tafeltje naar haar smartphone te kijken. Ik bestelde mijn warme chocolademelk en cupcakes en ging toen bij haar zitten.

'Je bent er vroeg,' zei Addi met een glimlach. 'Meestal zit ik een paar minuten alleen. Je ziet er echt leuk uit vandaag.'

De enorme omvang van mijn date overspoelde me en ik moest bijna huilen. Ik kon nog steeds niet geloven dat ik met hem uit zou gaan. Of hem zou ontmoeten. Het leek allemaal een droom, en ik was er zeker van dat het een slechte was. Zelfs mijn kleding gaf aan dat er iets aan de hand was.

Ik had het hele weekend met niemand gepraat. Addi was tennis- en lacrossecoach voor de school en was daarnaast instructrice. Een van de clubs waar ze lesgaf, was het weekend geopend en ze was van zonsopgang tot zonsondergang aan het werk om nieuwe leerlingen in te schrijven.

Sam en Claire werkten ook het hele weekend. Het voelde vreemd om zo'n grote gebeurtenis te hebben, voor mij tenminste, en dat geen van mijn vriendinnen er iets van afwist.

'Ik spreek af met Xander. Hij belde me vrijdag en vroeg me mee uit. We spreken hier vanavond af.'

Shock was een understatement voor de blik op Addi's gezicht. Ze was compleet van haar stuk gebracht, alsof het idee dat ik met een knappe vent uitging niet alleen ongelooflijk was, maar ook een enorme vergissing.

Haar gezicht was een spiegelbeeld van hoe ik me de afgelopen vier dagen vanbinnen voelde. Het was zo erg dat ik anderhalve kilo was afgevallen omdat ik me zo zenuwachtig maakte over het geheel.

Ik zwaaide met mijn hand voor Addi's gezicht om haar aandacht weer te trekken. Ze knipperde snel met haar ogen en richtte zich toen op mij. 'Wauw. Sorry, ik stelde me even voor hoe het zou zijn om een date te hebben met iemand die er zo uitziet als hij. Ben je zenuwachtig? Ik zou een zenuwslopend wrak zijn.'

Ik knikte. Zenuwachtig, doodsbang, op het punt om over te geven. Het was allemaal van toepassing.

'Waarover zenuwachtig?' vroeg Sam terwijl ze naast Addi ging zitten. Ik had haar niet zien binnenkomen. Sam's rijke, bruine haar deinde op toen ze op haar stoel plofte. Ik keek gefascineerd toe hoe haar haar weer op zijn plek viel.

'Mandy spreekt hier af met Xander. Vanavond,' verklaarde Addi, met de nadruk op 'vanavond.'

Sam draaide zich naar me toe, een glimlach speelde om haar lippen en haar ogen fonkelden van ondeugd. 'Echt waar?' rekte ze het woord uit. 'Dat is interessant. Waarom spreekt hij hier met je af?'

Ik snoof gefrustreerd. 'Je weet wel waarom, Sam. Hij wilde in het weekend uitgaan, maar dat kon ik niet, wetende dat ik niemand van jullie kon bellen als het mis zou gaan. Ik vroeg om hier af te spreken, zodat ik hem de huid vol kon schelden omdat hij een oppervlakkige klootzak is als hij besluit dat ik te dik ben om met iemand te zijn die zo knap is als hij.'

'Ik denk niet dat je hem genoeg het voordeel van de twijfel geeft, Mandy,' wierp Sam tegen. 'Heeft hij ooit gevraagd hoe je eruitziet? Heeft hij je enige aanwijzing gegeven dat hij niet met je uit zou gaan als je niet slank en knap was? Als dat zo is, heb je het ons zeker niet verteld.'

Ik schudde mijn hoofd en begon te protesteren, 'Hij bleef maar zeggen hoe mooi mijn stem was en dat hij niet kon wachten om me in het echt te zien om mijn gezicht bij mijn stem te zoeken.'

'Wie zoekt jouw gezicht bij je stem?' vroeg Claire terwijl ze naast me ging zitten. 'En waarom ben jij er eerder dan ik?' plaagde ze.

'Mandy heeft een date met de knapperd waarover ze ons vorige week vertelde, maar ze denkt dat hij een klootzak zal zijn, dus spreekt ze vanavond hier met hem af zodat ze niet alleen is als hij haar vertelt dat ze te dik voor hem is. Klopt dat zo'n beetje?' vertelde Addi aan Claire.

Ik stak mijn tong naar haar uit. Ze had mijn gevoelens perfect verwoord, maar ze hoefde het niet zo negatief te brengen. 'Addi, jij was degene die het liet lijken alsof hij veel te hoog gegrepen voor mij was. Ik ben het met je eens. Hij is te hoog gegrepen. Ik was stomverbaasd toen hij vrijdag belde. Hij begon me van alles over zichzelf te vertellen, over zijn verleden en zijn toekomstplannen. Hij heeft een zus en zei dat hij pissig zou zijn als zij zou instemmen met een date met iemand die haar op dezelfde manier had uitgenodigd als hij mij. Hij begon me al die dingen te vertellen zodat ik niet bang zou zijn om hem te ontmoeten.'

Mijn vriendinnen wisselden bezorgde blikken uit. 'Je vindt hem leuk, hè?' vroeg Sam.

Ik keek naar mijn handen en pulkte aan de roze nagellak die ik in het weekend zorgvuldig had aangebracht en daarna met mijn zenuwen had verpest. 'Hij lijkt me een aardige vent,' zei ik ontwijkend.

Ze keken me aan, alsof ze ergens op wachtten. Ze konden zien dat ik keihard aan het liegen was en wachtten tot ik mezelf zou verraden, maar ik trapte er niet in. Ik zou ze laten zitten.

En voor de zekerheid propte ik een enorme hap van mijn cupcake in mijn mond.

'Je ziet er leuk uit,' zei Claire. 'Ik heb je altijd al prachtig gevonden in die jurk.'

Ik glimlachte. Ze probeerde me uit de tent te lokken, maar het werkte. Claire wist dat ik mijn favoriete jurk droeg. De zachte rode kleur paste bij de donkere tinten van mijn haar en accentueerde mijn lichte huid. Hij had een gerimpelde halslijn die laag genoeg was om sexy te zijn, maar niet zo laag dat het sletterig was. Door de kapmouwtjes kon ik een beha dragen, iets wat erg belangrijk is voor de goedgebouwden. Ik had hem gecombineerd met zwarte, kniehoge laarzen die net de zoom van de jurk raakten.

Ik zag er goed uit.

Nou ja, zo goed als ik eruit kon zien.

Mijn haar werkte ook mee; mijn zachte krullen vielen precies goed op mijn schouders. Ik droeg simpele sieraden en lichte make-up, maar het was allemaal anders. Zo kleedde ik me normaal niet. En dat wisten ze.

Ik zag eruit alsof ik te hard mijn best deed.

'Hij is een idioot als hij je niet leuk vindt,' zei Addi plotseling. 'Je bent prachtig en je bent een geweldig mens. Hij vindt je persoonlijkheid al leuk, of wat hij van je weet. Als hij je laat zitten, gaan we allemaal naar zijn Facebookpagina om iedereen te vertellen wat een eikel hij is.'

De tranen sprongen in mijn ogen bij de gedachte dat mijn vriendinnen het voor me op zouden nemen. Het leek zoiets kleins, maar voor mij betekende het enorm veel. Te weten dat ze genoeg in me geloofden en vonden dat ik iemand als hij verdiende.

Ik wilde dat ook geloven.

'Laten we het over iets anders hebben,' stelde ik voor, in de hoop dat ze allemaal de hint zouden begrijpen dat ik even niet aan Xander wilde denken. Ik keek op mijn telefoon en zag dat hij er over amper twintig minuten zou zijn. Ik moest ontspannen voordat hij verscheen, anders zou ik misschien wel door mijn jurk heen zweten.

Gelukkig pikten ze mijn stemming op en begonnen ze over het mooie weer. 'Addi, ga je deze week buiten lesgeven? Het schijnt prachtig weer te worden. Ik vond het altijd geweldig als mijn leraren ons buiten les lieten hebben.'

Addi lachte zachtjes om Sams idee. 'Ik vind het ook geweldig, maar het is lastig met mijn vak. Als ik English of zelfs geschiedenis zou geven, zou het werken, want dan kun je naar buiten gaan om te lezen of naar een verhaal of zelfs een lezing te luisteren. Ik gebruik het bord zo veel, om nog maar te zwijgen van de experimenten, dat ik niet weet hoe ik buiten zou moeten lesgeven. Ik moet mijn leerlingen kunnen laten zien waar ik mee bezig ben. Als ze het niet kunnen zien, zullen ze het nooit snappen.'

'Is het raar om les te geven zonder boeken?'

Addi had aan het begin van het jaar verteld dat haar school elektronisch was gegaan en geen boeken meer uitgaf aan leerlingen. Het bespaarde wat belastinggeld omdat ze geen boeken kochten, maar Addi maakte zich zorgen dat het moeilijker zou zijn for de leerlingen.

Ze haalde haar schouders op. 'Ik dacht dat het heel vreemd zou zijn, maar ik denk dat ik eraan gewend ben geraakt. De ouders haten het wel, omdat ze alles online moeten opzoeken om uit te vogelen hoe ze de kinderen moeten helpen. Een paar van mijn kinderen hebben nooit hun huiswerk af omdat ze thuis geen internet hebben en niets online kunnen opzoeken.'

'Serieus?' vroeg Sam. 'Ik kan me niet voorstellen dat ik niet de hele tijd internet heb. Verdomme, we hebben internet in onze handen en deze kinderen hebben het thuis niet. Zijn hun ouders ertegen of kunnen ze het zich niet veroorloven?'

'Ze kunnen het zich niet veroorloven. Sommige staten bieden goedkoop of gratis internet aan voor leerlingen die lunch met korting krijgen. Volgens mij overweegt New York het. Dat moeten ze ook wel doen als we geen boeken meer gaan uitgeven. Ik vind het geweldig voor de kinderen, maar de school had een soort online hulpmiddel moeten hebben als ze de boeken weghaalden. Uiteindelijk stel ik lezingen samen van verschillende sites en probeer ik elke dag de webadressen mee naar huis te sturen, maar het wordt vermoeiend.'

Ik luisterde naar hun gesprek over scholen en daarna praatte Sam ons bij over haar ontmoeting met haar helse bruid. Claire had een paar nieuwe verhalen te delen over de gekke dingen die mensen aan boord van een vliegtuig proberen te smokkelen. De hele tijd dat ze praatten, keek ik naar de deur. Ik wist dat ik Xander zou herkennen als hij binnenkwam. Ik had zijn Facebookfoto's zeker genoeg bestudeerd.

Ik luisterde naar een van Claires verhalen toen hij arriveerde. Eerst keek ik hem niet aan, want de man die binnenkwam was zo knap dat het bijna pijn deed om naar hem te kijken. Toen realiseerde ik me dat het Xander was.

Hij scande snel de ruimte, zijn ogen gleden zo langs onze tafel. Mijn hart zonk in mijn schoenen toen ik me realiseerde dat hij me geen blik waardig had gekeurd. Hij zag een stel dikke meiden en keek over ons heen om iemand beters te vinden.

Ik keek toe hoe hij naar de balie liep. Hij leunde ertegenaan, zijn spijkerbroek dreigde van zijn smalle heupen te glijden. Zijn gezicht lichtte onmiddellijk op in een glimlach toen de barista hem aansprak.

Hij was een flirt.

Geweldig.

Zijn donkere haar was kortgeknipt, korter dan op zijn foto's, maar het stond hem. Zijn hoekige kaaklijn was omrand met een lichte baard, alsof hij niet kon beslissen of hij die wilde laten groeien of niet. Hij droeg een T-shirt met lange mouwen bij zijn spijkerbroek, een vervaagde groene kleur die zijn hazelnootkleurige ogen groen deed lijken. Ik propte de rest van mijn tweede cupcake in mijn mond om te voorkomen dat ik zou gaan kwijlen. Hij was van me afgekeerd, dus ik zag zijn profiel, het kuiltje in zijn linkerwang, de welving van zijn borstspieren die tegen zijn shirt spanden, de zachte contouren van zijn buikspieren en de omvang van zijn armen.

Fuck, een meisje kon al klaarkomen door alleen maar naar hem te kijken.

Ik wilde hem niet aantrekkelijk vinden. Zeker niet zó

aantrekkelijk. Ik had gehoopt dat de foto's oud waren en dat hij wat zachter was geworden, misschien iets minder prachtig. Geen schijn van kans.

Hij vroeg de barista of er iemand was binnengekomen die naar hem zocht. Ze schudde bedroefd haar hoofd, alsof ze zelf een oogje op hem had. Hoe kon het ook anders? Hij bedankte haar voor zijn koffie en liep naar de tafel in de voorste hoek, vlak naast de deur. Zijn spijkerbroek spande over zijn perfecte kont terwijl hij liep en mijn vingers trilden, verlangend om die spieren in mijn handen te voelen.

Toen hij ging zitten, keek hij opnieuw om zich heen en pakte toen zijn telefoon, waarschijnlijk om zijn vriend Drew te sms'en.

Shit, ik haatte het dat ik wist wat voor een perfecte vent hij was.

Nu Xander aan zijn tafel zat, realiseerde ik me eindelijk dat het stil was aan mijn tafel. Mijn vriendinnen waren gestopt met praten en staarden in plaats daarvan naar mij. 'Wat?' snauwde ik.

'Ga je met hem praten?' vroeg Addi met een grijns.

'Ga jij maar met hem praten,' snauwde ik opnieuw. 'Jij bent de slanke.'

Ze proestte het uit van het lachen en trok een wenkbrauw naar me op. 'Slank is een relatief begrip in deze kringen. Kom op, Mandy, je hebt ingestemd met deze date. Ga erheen en ontmoet die lekkerd. Als hij mijn date was, zat ik al op zijn schoot.'

Ik keek haar aan alsof ik wist dat ze onzin uitkraamde. 'Hij zou me niet kunnen houden.'

'Zoals jij zat te staren, weet ik zeker dat je die spieren hebt gezien. Hij zou ons waarschijnlijk allemaal kunnen houden. Gelukkig voor jou deel ik mijn mannen niet en steel ik ze ook niet van mijn vriendinnen. Bovendien is hij hier om jou te ontmoeten.'

'Nee, dat is hij niet,' zei ik teleurgesteld. 'Hij is hier om de knappe versie van mij te ontmoeten. De versie die ongeveer de helft van mijn omvang is.'

'Mandy, hij is hier om jou te ontmoeten. En nu, ga die knappe man een kans geven om te bewijzen dat hij niet de klootzak is die jij denkt dat hij is,' wees Sam me terecht.

Ik zuchtte geïrriteerd en stond op, mijn weg naar hem banend.

Op de een of andere manier wist ik dat mijn leven nooit meer hetzelfde zou zijn.

HOOFDSTUK 5

Xander zag me niet aankomen. Hij keek niet op van zijn telefoon. Ik stond bij zijn tafeltje en probeerde te bedenken wat ik moest zeggen, en hij had nog steeds niet door dat ik er was.

Stom genoeg had ik mijn warme chocolademelk, die nu koud was, op mijn tafel laten staan. Samen met mijn handtas en mijn verstand.

Uiteindelijk schraapte ik mijn keel en zei: 'Xander?"

Hij keek langzaam op en nam me op terwijl zijn ogen de mijne zochten. Het was als een langzame, lome streling. Een die mijn hele lichaam deed tintelen. Zijn ogen lachten naar me en een van zijn mondhoeken krulde omhoog, alsof hij probeerde te beslissen wat hij ermee moest doen. 'Ja? Ben jij Mandy?"

Toen ik knikte ging hij rechterop in zijn stoel zitten. Hij wees naar de stoel tegenover hem en ik ging zitten, terwijl ik met mijn handen over mijn jurk streek in een poging mijn zenuwen te bedwingen. Hij keek me aan, volgde elke beweging die ik maakte en maakte me nog nerveuzer.

'Fijn om een gezicht bij die prachtige stem te kunnen plaatsen. Bedankt dat je met me wilde afspreken.'

De formaliteit in zijn toon bracht me van mijn stuk. Na slechts een paar seconden wees hij me al af.

'Pardon, kan ik een warme chocolademelk voor je halen?' Hij stond al half overeind voordat ik mijn hoofd schudde. Wat betekende het dat hij zich herinnerde dat ik van warme chocolademelk hield en niet van koffie? Was dat een goed teken?

'Ik heb er al een gehad. Dank je.'

Hij liet zich weer in zijn stoel zakken, waardoor zijn spijkerbroek strak om zijn dijen spande en mijn aandacht trok. Mijn blik dwaalde af naar de plek tussen zijn benen, naar de kleine bobbel in zijn kruis. Niet stijf, gewoon enorm.

Toen hij weer zat, keek ik op naar zijn gezicht en zag dat hij naar me staarde. 'Ik heb je niet zien binnenkomen. Ik probeerde je in de gaten te houden.'

Hij klonk aardig, maar er was iets in zijn stem dat me van mijn stuk bracht. Het was geen irritatie of woede, het was teleurstelling. Natuurlijk.

'Ik was hier eigenlijk al. Ik spreek hier elke dinsdag af met mijn vriendinnen, dus ik was er al toen jij aankwam.'

God, wat klonk ik formeel. Niet als mezelf. Ik haatte het dat hij me zo nerveus maakte. Ik wilde dat het me niet kon schelen, hem afwijzen zoals ik wist dat hij mij afwees, maar vanbinnen vervloekte ik mezelf dat ik hier überhaupt was.

Ik had beter moeten weten.

Zijn blik gleed langs me heen naar de plek waar Addi, Claire en Sam zaten, die ons ongetwijfeld aanstaarden. Hij knikte kort, één keer, in hun richting en ik hoorde het zachte geluid van hun gegiechel. Ze waren gek op een knappe man.

Toen richtte hij zijn ogen weer op mij.

Jep, ik was ook gek op een knappe man.

Ik was verkocht.

'Je vertrouwde me nog steeds niet, hè? Was je bang dat ik een of andere psychopaat was?' plaagde hij. Zijn mondhoeken krulden omhoog terwijl hij zijn kopje naar zijn lippen bracht. Ik zag zijn lippen zich om de rand van het kopje krullen en wenste dat ik dat kopje kon zijn.

Ik worstelde om een redelijk excuus te verzinnen voor het feit dat ik er met mijn vriendinnen was, iets wat logisch klonk. Iets beters dan de waarheid. Ik kon niet aan hem toegeven dat ik had verwacht dat hij oppervlakkig zou zijn en geen interesse in me zou hebben vanwege mijn uiterlijk. Het enige dat vernederender zou zijn dan dat hij me niet wilde omdat ik dik was, zou zijn als hij het recht in mijn gezicht toegaf.

'Ik ben gewoon voorzichtig. Als je een eikel was gebleken, wilde ik dat mijn vriendinnen er waren, zodat ik er niet alleen voor zou staan.'

Hij hield zijn hoofd schuin, met een vragende blik in zijn ogen. 'Echt? Waarom dacht je dat ik een eikel was? Was het iets wat ik gezegd heb? Het spijt me als ik te opdringerig overkwam.'

'Nee, dat was het niet, het is gewoon… Ik heb meestal niet zoveel geluk met mannen. Ik ben geneigd voorzichtig te zijn als ik iemand ontmoet die compleet nieuw is. Als ik iets over je had geweten, had ik er geen seconde over nagedacht om alleen met je af te spreken.'

Hij knikte instemmend, maar iets in zijn ogen weerhield me ervan te geloven dat hij het begreep.

'Dat begrijp ik, maar daarom heb ik mijn achtergrond met je gedeeld. Zodat je me zou vertrouwen. Ik dacht dat je hier wilde zijn, maar het klinkt alsof je het gevoel hebt dat ik je gedwongen heb.'

Ik kon niet geloven dat hij dit deed. Hij verdraaide alles wat ik zei om het te laten lijken alsof ik degene was die niet geïnteresseerd was in de date. Alsof ik degene was die hem afwees. Dat suste zijn geweten, zodat hij kon weglopen in de overtuiging dat ik het had gedaan.

'Ik heb zelf ingestemd. Ik waardeer die achtergrondinformatie, maar je moet toegeven dat het me nog steeds niet veel vertelt over wie je echt bent. Ik weet waar je werkt, dat je een zus hebt en waar je bent opgegroeid, maar ik ken je niet echt.'

Zijn blik voelde als ijs dat over mijn huid gleed. Het gaf me kippenvel op mijn blote huid en zorgde ervoor dat mijn tepels hard werden. Hij keek roofsdiersachtig, alsof hij op het punt stond me op te eisen. Alsof hij tegelijkertijd kwaad en bezitterig was.

Nog nooit had een man me zo aangekeken.

En ik vond het lekker.

'Wat wil je weten? Ik vertel je alles.'

Ik bekeek hem wantrouwend. Wat mensen zeggen en wat ze doen, kunnen twee heel verschillende dingen zijn. Ik kende hem nog steeds niet en had geen idee of hij daadwerkelijk vragen zou beantwoorden, maar ik dacht, ik waag een poging.

'Hoe lang duurde je laatste relatie?'

'Zes maanden,' zei hij zonder een seconde te aarzelen. Als hij verbaasd was dat ik daarmee begon, liet hij het niet merken.

'Wanneer eindigde die?'

'Vier maanden geleden. En voordat je het vraagt, ik heb het uitgemaakt omdat ik me realiseerde dat ze niet de juiste voor me was. Ze bracht me niet meer aan het lachen.'

'Wat is het belangrijkste in een relatie?'

'Compatibiliteit,' antwoordde hij, terwijl hij me recht in de ogen keek. Ik probeerde er iets in te zien, om te zien of hij dacht dat we ook maar op afstand bij elkaar pasten, maar ik had geen idee.

'Wat betekent compatibiliteit voor jou?'

'Nou, ze moet iemand zijn met wie ik een gesprek kan voeren. Iemand met wie ik kan praten en overweg kan. Ik houd van een vrouw die zelfverzekerd is en weet wie ze is, die niet altijd op zoek is naar een man, een baan of haar vrienden om haar te definiëren. Ik wil iemand die van een aantal van dezelfde dingen geniet als ik, maar openstaat voor nieuwe activiteiten.'

'En seks?'

Hij pauzeerde, met zijn koffiekopje een paar centimeter boven de tafel. Hij zette het voorzichtig neer en keek me aan, zijn moddergroene ogen trokken me naar binnen en lieten me vergeten waar we waren en dat we elkaar net hadden ontmoet. 'Hoe zit het met seks, Mandy?''

Mijn naam op zijn lippen was als de hemel. Ik wilde het opnieuw horen, een zacht en perfect woord dat een gepassioneerd geluid of een afwijzend geluid had kunnen zijn, maar het enige wat ik hoorde was passie.

Speelde hij een spelletje met me?

'Is seks belangrijk bij het bepalen van compatibiliteit?'

Hij nam een slok van zijn koffie en keek me aan terwijl hij zijn volgende woorden overwoog. Ik was er zeker van dat hij dacht dat ik hem een aanbod deed, dat ik hem vertelde dat ik er klaar voor was en het wilde. Natuurlijk zou hij dat aannemen. Het dikke meisje was wanhopig, dus waarom zou ze er niet om smeken?

'Seks is erg belangrijk bij het bepalen van compatibiliteit. Maar ik denk ook dat het een van de laatste dingen is om uit te zoeken of het werkt. Het eerste wat me opvalt aan een vrouw is haar glimlach. Daarom wilde ik met je afspreken. Door je lach dacht ik dat je een prachtige glimlach zou hebben.'

Hij vermeed zorgvuldig precies datgene wat ik wilde dat hij me zou vertellen. Ik wilde dat hij het eruit gooide. Zeg gewoon dat ik een dikke, lelijke koe was en dat hij me nooit zou willen. Dat was alles wat ik van hem wilde, maar hij zou het niet zeggen.

Ik moest hem nageven dat hij diplomatiek was.

'Na een glimlach, wat valt je op aan een vrouw? Fysiek.'

'Fysiek?' verduidelijkte hij met een opgetrokken wenkbrauw. 'Is dit een soort onderzoeksproject of zo? Ik heb het gevoel dat ik een test afleg.'

Niemand zou er zo goed uit mogen zien als hij met één opgetrokken wenkbrauw. De meeste mensen zagen er lachwekkend uit, maar bij Xander was niets lachwekkend. Het was gewoon ronduit sexy. Hij plaagde me, kwelde me om hem op de man af de directe vraag te stellen die ik probeerde te vermijden.

'Val je op dikke meiden? Zoals ik? Laten's we het er maar gewoon uitgooien.'

Xander leunde achterover in zijn stoel. Plotseling was al het geplaag en de humor van zijn gezicht verdwenen en nam een stille ernst zijn trekken over. Hij zag er dreigend en sterk uit. En pissig.

'Ik zou niet zeggen dat je' dik bent, Mandy, maar eerlijk gezegd heb ik' nooit echt nagedacht over de maat van de vrouwen met wie ik uitga. Ik zoek een vrouw van wie ik het gezelschap waardeer en van daaruit zie ik wel verder.'

'Echt, dus je' bent al eerder met dikke vrouwen uitgegaan,' snauwde ik hem toe. Zijn antwoord ontweek wat ik wilde weten en dat wist hij. Hij probeerde me op een zachte manier af te wijzen en dat maakte me pissig. Vertel me gewoon de verdomde waarheid.

Zijn blik gleed over me heen, alsof hij probeerde in te schatten hoe groot ik precies was. Ik bleef stevig zitten, mijn kaken op elkaar geklemd om hem te laten zien dat ik' niet een of ander doetje zou zijn dat hij kon neuken en vergeten. Hij' zou mij er niet onder krijgen.

'De meeste vrouwen met wie ik' ben uitgegaan waren

slank, ja. Ik zou zeggen dat jij' de volste bent met wie ik' ben uitgegaan.'

Ik knikte, terwijl ik de tranen die in mijn ogen prikten dwong te blijven zitten tot ik wegliep. 'Dat' dacht ik al. Nou, bedankt dat je me weer even aan mijn plek in de wereld herinnert.'

Ik stond op en liep terug naar mijn tafel waar mijn vriendinnen me met open mond aanstaarden. Ik pakte mijn tas en liep rechtstreeks naar het toilet, negeerde dat Xander mijn naam riep en de starende blikken van mijn vriendinnen.

In de badkamer liet ik een paar tranen de vrije loop. Het voelde goed om ze eruit te laten, om de pijn die ik voelde te verlichten. Hoewel ik wist dat Xander me niet leuk zou vinden, deed het pijn om te horen dat hij' nooit met een dikke vrouw zou uitgaan. Ik weet niet waarom ik in de eerste plaats de moeite nam om met hem uit te gaan. Het was echt gewoon dom van me.

Na een paar minuten herpakte ik me, gooide wat koud water op mijn ogen en bracht mijn mascara opnieuw aan. Ik liep met opgeheven hoofd de badkamer uit en liep recht-streeks naar mijn tafel. Het was geen grote verrassing dat Xanders' tafel leeg was.

Wat wel een verrassing was, was hoe mijn vriendinnen reageerden.

'Waarom was je zo gemeen tegen hem?' eiste Claire. 'Hij was aardig tegen je.'

'Jij hebt hem duidelijk niet' horen zeggen dat hij alleen met slanke meiden ging. Als dat' geen afwijzing was, weet ik het' ook niet meer.'

Claire sloeg haar arm om mijn schouder en gaf me een kneepje. 'Het spijt me. Ik wilde geloven dat hij anders kon zijn. Ik zou toch beter moeten weten dan wie dan ook.'

Ik sloeg mijn arm om haar rug en knuffelde haar. 'Hij

was' niet zo, Claire. Ik hoop dat je op een dag mannen weer kunt vertrouwen.'

Claire maakte een afwerend gebaar met haar hand. 'Dit gaat' niet over mij en mijn gekte. Dit gaat over jou en die van jou.'

Ik lachte en voelde me al beter. 'Ik dacht misschien dat hij anders zou zijn. Melody vertelde me laatst dat ik hem voor de gek hield door hem niet te vertellen hoe ik eruitzag. Ik begon te geloven dat je gelijk had, Addi, dat het hem niet kon schelen hoe ik eruitzag omdat hij er nooit naar vroeg. Helaas lijkt het erop dat het zelfingenomen kreng gelijk had.'

Mijn vriendinnen keken allemaal beschaamd, onzeker. Ze' hadden allemaal in dezelfde positie gezeten als ik, denkend dat er een kans was met een man en dan in hun gezicht gesmeten te krijgen dat we te dik zijn om van te houden.

Het deed nog steeds pijn.

Elke.

Enkele.

Keer.

We praatten nog een paar minuten en waren het er allemaal over eens dat Xander knap was, maar de moeite niet waard. Mijn vriendinnen zeiden dat ik verder moest gaan en gewoon mijn leven moest leven.

En voor een seconde of twee dacht ik dat ik terug kon. Ik dacht dat het prima zou zijn om naar huis te gaan en oké te zijn.

Toen ik die avond thuiskwam, wachtte mijn kat, Zada, op me. Ik glimlachte om haar gemiauw en liet haar me naar de keuken leiden.

Ik hield van mijn appartement. Ik' had het twee jaar eerder gekocht en het was mijn thuis, door en door. Het enige wat ik wou dat het had, was een garage, maar verder was het perfect voor mij.

In de hoek van de keuken deed ik de deur van de voorraadkast open en pakte de zak met kattenvoer. Zada slingerde zich om mijn benen terwijl ik haar eten opschepte en de kom voor haar neerzette. Ik keerde me weer om naar de rest van mijn keuken en probeerde te beslissen of ik iets wilde eten.

De beschaamde kant van mij wilde het avondeten overslaan. Een paar maaltijden overslaan zou me waarschijnlijk helpen om een paar kilo af te vallen. Misschien als ik genoeg maaltijden zou overslaan, kon ik gewicht verliezen zodat iemand me mooi zou vinden.

De praktische kant van mij zei dat ik gek was. Ik' was altijd al dik geweest en het was een deel van mij geworden. Ik' wilde niet toegeven hoe deprimerend het was. Ik had het gevoel dat er icts in me knapte. Alsof ik' al mijn hoop voor mijn toekomst op een vent had gevestigd die mijn stem leuk vond. Een vent die niets meer zei dan dat het geluid van mijn stem hem aantrok. Dat deed me geloven dat mijn stem genoeg was. Dat ik genoeg was.

Geërgerd door mijn zwakheid liep ik over de grijze tegelvloer van mijn keuken naar mijn strakke roestvrijstalen koelkast. Ik deed de vriezer open en haalde een bak koekjesdeegijs tevoorschijn. Ik deed de lade naast de koelkast open en pakte een lepel. Uit de koelkast haalde ik een fles pinot noir. Gewapend met mijn spullen ging ik naar de woonkamer en nestelde me in mijn oversized, extra diepe, nachtblauwe bank.

Ik pakte mijn afstandsbediening en zette de tv aan. Hij stond nog steeds op The Food Network en Cupcake Wars was op. Ik legde de afstandsbediening weer neer en verdronk mijn verdriet in wijn, ijs en virtuele cupcakes.

Mijn gedachten dwaalden af naar mijn verleden, vooral naar de relatie die me nog steeds achtervolgde als ik stopte met vechten tegen de herinneringen.

De laatste keer dat ik mezelf verloor was toen ik Dave ontmoette. Het was mijn eerste jaar op de universiteit. Claire en ik hadden net Addi en Sam ontmoet en we hadden ons gesetteld in onze weekenden op de studentenflat. Dave zat bij Sam in de klas en kwam op een avond bij ons. Hij' was geen grote feestganger en was blij dat hij iets te doen had in zijn weekend.

In het begin praatten we alleen maar. Hij flirtte een beetje met me, maar voor het grootste deel hadden we een vrijblijvende relatie. Hij begon vaker naar onze filmavonden te komen en zocht meestal een plekje dicht bij me.

Toen hij me mee uit vroeg, voelde ik me speciaal. Het voelde alsof hij om me gaf. Ik bedoel, we' brachten allemaal tijd met elkaar door, maar hij koos mij uit als degene die hij leuk vond.

Onze relatie begon langzaam, maar kwam in een mum van tijd in een stroomversnelling. Binnen een paar maanden sliepen we samen en overnachtten we in elkaars' studentenkamers.

Toen ons nieuwe semester begon, begonnen we uit elkaar te groeien. Dave kreeg het drukker en gaf zijn studie de schuld. Hij zei altijd dat hij een tentamen of een project had.

Op een avond besloot ik hem te verrassen. Je kunt de rest van het verhaal waarschijnlijk wel raden. Ik ging naar zijn kamer. Ik' had me sexy voor hem gekleed en iets speciaals gekocht. Lingerie. We' hadden nog nooit zoiets gedaan, maar ik voelde me volwassen door iets seksies voor mijn vriendje te kopen en te dragen.

Ik wist dat hij thuis zou zijn, want hij had me verteld dat hij' de hele nacht zou studeren. Ik wilde hem verrassen, dus ik klopte op de deur en deed mijn jas een klein beetje open, genoeg zodat hij kon zien wat ik eronder verborg, maar niemand op de gang het kon zien.

Hij deed de deur wijd open en begon te schreeuwen naar

zijn kamergenoot, van wie hij dacht dat die voor de deur stond. In plaats daarvan zag hij mij en een langzame glimlach verscheen op zijn gezicht. Hij keek naar beneden naar wat ik aanhad en keek me smalend aan.

'Word je een beetje wanhopig, hè?'

Ik schudde mijn hoofd, verward. Ik' was niet wanhopig, alleen maar verliefd. Ik wilde iets nieuws met hem delen.

'O, Mandy, dacht je echt dat ik bij je zou blijven? Terwijl er zoveel andere vrouwen zijn. We' zijn pas 18. En ik' ben hier om lol te hebben, niet om vast te komen zitten in een relatie met het eerste het beste meisje dat ik zie. Zeker niet een die eruitziet zoals jij.'

Op dat moment keek ik langs hem heen naar de slanke blondine in zijn bed. Ik was geschokt, maar ze keek me smalend aan. Ik struikelde achteruit de gang op en trok mijn jas strak om me heen. Ik rende terug naar mijn kamer en huilde mezelf in slaap.

Xander was' geen Dave. Dat zei ik steeds opnieuw tegen mezelf. Hij' was lang niet zo wreed als Dave was geweest, bij lange na niet zo'n kwaadaardige klootzak, maar hij wilde me nog steeds niet. Ik moest dat opnieuw accepteren. En ik' wist niet zeker hoe ik weer met hoop moest beginnen.

HOOFDSTUK 6

De volgende dagen zwolg ik in zelfmedelijden. Ik vermeed contact met iedereen op het werk en hield zelfs de telefoongesprekken met mijn vriendinnen kort. Claire probeerde me op een avond naar haar huis te lokken, maar ik kon het gewoon niet opbrengen.

Het ergste was dat ik niet eens echt wist waarom ik zo van streek was. We hadden geen relatie of zo, we waren zelfs op geen enkele manier bij elkaar betrokken. Ik wist dat ik de hele situatie overreageerde. Er was gewoon iets aan, waardoor ik het gevoel had dat ik iets geweldigs had misgelopen met Xander.

Op het werk voelde ik Melody het grootste deel van de tijd om me heen hangen. Ze wist dat ik Xander dinsdag zou ontmoeten en bleef proberen me in het nauw te drijven. Ik zorgde ervoor dat ik constant aan de telefoon was. Als ik niet aan het bellen was, dook ik het toilet in. Ik at mijn lunch in mijn auto in plaats van achter mijn bureau.

Ik was me aan het verstoppen.

Voor een vrouw die half zo groot was als ik.

Ik wilde het gewoon niet horen. Ik wist dat ze kon zien

dat het niet goed was gegaan en ik had geen zin in haar gespot.

Het enige goede dat die week gebeurde, was dat ik besloot dat ik zeker zou solliciteren op de baan van Diana. Ik kon niet langer toekijken en mijn leven aan me voorbij laten gaan. En als ik dan toch geen man in mijn leven zou hebben, kon ik er tenminste voor zorgen dat ik mijn baan niet zou verliezen wanneer Melody promotie kreeg ten koste van mij en me vervolgens onmiddellijk zou ontslaan.

Vrijdag na de lunch liep ik terug naar mijn bureau toen ik Melody mijn naam hoorde roepen. Ik liep sneller, in de hoop een telefoontje te kunnen aannemen voordat ze me te pakken zou krijgen. Het getik van haar hakken werd gedempt door het laagpolige tapijt in de kantoorruimte, maar ik kon het nog steeds duidelijk achter me horen. Het kwam dichterbij.

'Sorry dat ik je stoor, Mandy, maar ik heb je hulp ergens bij nodig,' zei ze luid. Ik wist dat het alleen maar voor de bühne was, zodat ik wel moest stoppen. Diana stak haar hoofd om de hoek van haar hokje en ik haalde diep adem toen ik stopte.

Ik draaide me om en zette een glimlach op. 'Wat kan ik voor je doen, Melody?'

'O, ik vroeg me gewoon af of je nog iets van meneer Carlson hebt gehoord. Ik hoorde dat je vorige week zijn claim hebt afgehandeld, nadat ik hem de week ervoor had gesproken. Diana vertelde me dat je iets had opgemerkt wat ik volgens jou over het hoofd had gezien. We hebben geluk dat jij dat hebt opgelost. Heeft hij weer contact met je opgenomen?'

Ik haalde diep adem. Ik wist niet hoe ze de puzzelstukjes bij elkaar had gelegd, maar ze was erachter gekomen wie Xander was. En nu gebruikte ze het werk om informatie over onze date te krijgen.

'Nee, Melody. Ik heb hem niet meer gesproken sinds vorige week.'

'O, echt? Ik dacht dat je hem dinsdag zou zien,' fluisterde ze.

Ik verstijfde en keek haar recht in de ogen. Ik zag de uitdaging in die van haar, ze daagde me uit iets ongepasts te zeggen. Voor zover de anderen konden zien, vroeg ze me naar een klant, niet naar mijn privéleven. Melody kende de regels net zo goed als ik en ze wist dat ik de grens had overschreden door uit te gaan met een klant.

'Ja, ik heb hem dinsdag gezien,' zei ik met opeengeklemde kaken.

'Hmm, en je hebt niets meer van hem gehoord? Wat een verrassing.' Ze nam me van top tot teen op, waardoor haar punt overduidelijk was. 'Als ik had geweten dat hij zo knap was, had ik misschien net dat stapje extra gezet om ervoor te zorgen dat hij me heel dankbaar zou zijn. Natuurlijk, als hij míj had meegenomen, weet ik zeker dat hij me wel had teruggebeld.'

Gal steeg op in mijn keel toen ik me voorstelde hoe Melody achter Xander aanging. Zij was precies het soort vrouw waar iemand als hij waarschijnlijk in geïnteresseerd zou zijn. Hij zou Melody niet over het hoofd hebben gezien en haar hebben genegeerd alsof ze niet bestond.

'Is er verder nog iets, Melody?' vroeg ik zoetjes, terwijl ik de opkomende tranen wegslikte.

'Nee, ik denk dat we er dan wel zijn,' zei ze en ze draaide zich om naar haar bureau. Ik keek haar na terwijl ze wegtrippelde en vroeg me af of ik ontslagen zou worden als ik een nietmachine naar haar zou gooien.

Ik nam maar aan dat ik het niet op de spits moest drijven en liep door naar mijn eigen bureau. Ik ging zitten en slaakte een zucht van verlichting. Hoezeer ik het ook vreesde om met Melody over Xander te praten, nu het achter de rug was, kon ik weer een beetje ademhalen.

Zelfs al riep het beelden op van die twee samen in mijn hoofd.

Ik stuurde Claire een snel sms'je en vroeg haar of we dit weekend konden afspreken. Melody had me misschien gedwongen mijn teleurstelling over Xander opnieuw onder ogen te zien, maar ze had me er ook aan herinnerd dat ik verder moest.

Mijn telefoon trilde met een antwoord van Claire, waarin stond dat ze Sam en Addi zou bellen en dat we allemaal zouden proberen af te spreken voor wijn en chocolade, ons vaste weekendritueel als we bij iemand konden blijven slapen. Meestal kwam iedereen naar mijn huis, omdat ik de ruimte had om ons allemaal te huisvesten. Ik kon het gezelschap wel gebruiken.

Glimlachend om mijn weekendplannen logde ik in op de telefoondienst en activeerde ik mijn telefoon opnieuw zodat er weer gesprekken naar me werden doorgeschakeld. Binnen een paar minuten ging mijn telefoon.

'Western New York Health, met Mandy. Hoe kan ik u helpen?' zei ik toen ik de telefoon opnam.

'Hoi Mandy. Hoe gaat het met je vandaag?' zei de stem zacht in mijn oor. Xander. Wat dacht hij wel niet, mij te bellen?

En wat dachten mijn tepels wel niet te gaan doen door stijf te worden omdat ze wilden horen wat hij te zeggen had?

'Prima,' beet ik hem toe. 'Hoe gaat het met jou vandaag?'

'Nou, kijk, daarom bel ik, Mandy. Ik heb een klein probleempje. Ik belde vorige week en sprak met een vrouw, vreemd genoeg heette zij ook Mandy. Ze klonk lief en sexy. Ik vond het erg leuk om met haar te praten.'

'Aha,' zei ik, me afvragend waar hij in hemelsnaam naartoe wilde met dit alles.

'Nou ja, weet je, ik vroeg haar mee voor een warme chocolademelk, ze houdt niet van koffie, en er kwam een vrouw opdagen, maar dat was niet dezelfde.'

'O, echt?' sneerde ik. Ik begon boos te worden. Hij geloofde echt dat ik niet dezelfde vrouw was. Dat een dikke vrouw had gedaan alsof ze mij was en in mijn plaats was gegaan. Hij was een gestoorde gek.

'Ja, nou, laat het me uitleggen. Weet je, ze klonk hetzelfde, had dezelfde verleidelijke stem. Het probleem was dat deze vrouw een houding had die ik niet had verwacht. De vrouw aan de telefoon is zelfverzekerd en zeker van zichzelf. Ze is sexy omdat ze weet wie ze is. Ze zorgde ervoor dat ik haar wilde leren kennen, daarom vroeg ik haar mee uit. De vrouw die ik ontmoette, kwam binnen met een kwade kop en gaf me nooit echt een kans. Ze heeft me eigenlijk afgewimpeld zonder echt met me te praten en liep toen bij me weg. Ik was er kapot van. Het heeft me dagen gekost om de moed te verzamelen om je te bellen voor hulp.'

Dit meende hij niet. Hij belde me om over mij te klagen. Om mijn houding aan de kaak te stellen. Oké, misschien had ik hem niet echt een kans gegeven, maar waarom zou ik? Hij zei dat hij niet met dikke meiden uitging.

'Was jij gekwetst? Dat kan ik moeilijk geloven. Je had maar met je vingers hoeven knippen en je had een handvol vrouwen aan je voeten gehad die de helft van mijn maat hebben en twee keer zo knap zijn,' constateerde ik vlak.

Hij lachte zachtjes. 'Dus dit is omdat ik er goed uitzie? Denk je dat knappe mensen niet gekwetst raken als iemand dingen over ze insinueert? Denk je dat ik niet in je geïnteresseerd zou zijn omdat je er niet uitziet alsof je een paar dozijn cheeseburgers nodig hebt om gezond te worden? Alleen omdat ik aantrekkelijk ben, ben ik automatisch oppervlakkig? Is dat het?'

Ik struikelde over mijn woorden. Ik wist niet wat ik tegen

hem moest zeggen. Plotseling voelde ik me een eersteklas klootzak.

'Het spijt me dat ik dat insinueerde.'

'Nee, dat meen je niet. Je meende het. En ik begrijp het. Het punt is, Mandy, ik wou dat de vrouw van aan de telefoon was komen opdagen. Die sexy, pittige vrouw. Degene in wie ik geïnteresseerd was. De vrouw die er was, was verbitterd en reageerde het op mij af. Ik weet niet wat er in haar verleden is gebeurd waardoor ze het gevoel had dat ze me niet kon vertrouwen, maar ik zou dolgraag willen weten wat het was. Sterker nog, ik zou graag zo'n beetje alles over haar willen weten.'

'Waarom?' hijgde ik. Hij moest me wel plagen, het rekken zodat ik voor hem zou vallen en hij me kon kwetsen.

'Omdat de vrouw aan de telefoon lief en sexy klonk en ik haar leuk vond. Ze was aardig tegen me en liet me zien dat ze echt iemand is die om anderen geeft. Ze deed me geloven dat er misschien nog iets goeds in de wereld is. Zelfs als ze niet mijn persoonlijke 'en ze leefden nog lang en gelukkig' is, zou ik graag de kans krijgen om haar te leren kennen en erachter te komen of ze dat zou kunnen zijn.'

Tranen rolden over mijn wangen. Hij was goed. Hij was echt heel goed.

'Een man die er zo uitziet als jij zou nooit voor een vrouw gaan die er zo uitziet als ik. Dat gebeurt gewoon niet.'

'Als dat zo is, dan moet je me uitleggen waarom ik niet heb kunnen stoppen met aan je te denken. Als ik mijn ogen sluit, combineer ik je persoonlijkheid aan de telefoon met je uiterlijk en droom ik over je. Mandy, ik wil je zien, de echte jij. Ik wil je zien lachen, die prachtige glimlach op je gezicht zien en weten dat ik die daar heb gebracht.'

'Meen je dat? Echt waar? Want ik kan het niet aan als je een spelletje met me speelt,' zei ik eerlijk tegen hem. Als hij een spelletje met me speelde, zou hij dat waarschijnlijk niet toegeven. Maar misschien zou mijn bekentenis hem twee keer doen nadenken voordat hij me misleidde.

'Mandy, ik ben bloedserieus. Ik weet hoe je eruitziet, ik weet wie je bent. Het enige wat ik vraag is een kans om je te leren kennen, zodat we elkaar kunnen leren kennen.'

Ik haalde diep adem en veegde de tranen van mijn wangen. Hij klonk oprecht, alsof hij het meende. Kon ik hem vertrouwen? Was hij eerlijk?

Ik wist dat ik een keuze moest maken. Ik kon ervoor kiezen om te vertrouwen dat zijn bedoelingen oprecht waren en de sprong wagen, of ik kon geloven dat hij hetzelfde was als mijn ex en hem afwimpelen.

In stilte overwoog ik de opties, wetende dat ik maar een paar momenten had. Ik wilde hem geloven. Ik wilde denken dat hij anders was. Hij was die ene man die mij mooi vond. Maar oude gewoonten waren hardnekkig.

'Mandy, ik weet dat je geen reden hebt om me te vertrouwen, maar je hebt ook geen reden om dat niet te doen. Het is moeilijk om iemand nieuw te ontmoeten, geloof me, dat begrijp ik. Maar bekijk het zo: ik vroeg je uit voordat ik wist hoe je eruitzag. Ik voelde me niet aangetrokken tot je lichaam, ik voelde me aangetrokken tot je persoonlijkheid. Ik hoop dat dat iets betekent.'

Hij had gelijk. Addi zei hetzelfde en ik wilde niet naar haar luisteren, maar het was de waarheid. Ik had maar één vraag.

'Had je je al een voorstelling gemaakt van hoe ik eruit zou zien voordat we elkaar ontmoetten?'

Dat moest ik weten. Zijn stilte gaf me het antwoord waar ik bang voor was, maar toen sprak hij. 'Ik heb het geprobeerd. Ik vroeg me af wie zo'n geweldige geest en stem kon belichamen. Maar elke keer als ik me een beeld van je probeerde te vormen, werd het vaag. Ik kon hooguit ogen zien, zachtgroene ogen, maar dat was het enige dat ooit duidelijk was. Ik had het gevoel dat ik geen beeld van je kreeg omdat het niet de bedoeling was dat ik een idee had van wie je was. De waarheid is dat ik me geen mooiere vrouw dan jij had kunnen voorstellen.'

De tranen sprongen me in de ogen. Ik sloeg een hand voor mijn mond en klemde de telefoon tegen mijn oor. 'Zo zie ik dat niet, dat zal ik je eerlijk zeggen.'

'Maar dat ben je wel. We zien onszelf nooit zoals anderen ons zien. Je zegt dat ik aantrekkelijk ben, maar ik zie alleen mezelf. Ik zie niet wat vrouwen zien, ik zie alleen mezelf. En ik zie jou. Ik wil meer van je zien. Wat denk je ervan?'

Oh verdomme, hij had het al over seks. Daar was ik niet klaar voor.

'Shit, zo bedoelde ik het niet. Ik bedoelde alleen dat ik je wil leren kennen. De echte jij. Wat ik me eigenlijk afvraag is of je me je telefoonnummer wilt geven, je persoonlijke nummer, niet dat van je werk. Dan kunnen we praten, elkaar leren kennen en vanaf daar verder kijken. Als het klikt zoals ik denk dat het zal klikken, gaan we nog een keer op date. En hopelijk maak je je dan geen zorgen meer dat ik een eikel ben als je me wat beter hebt leren kennen.'

Ik knikte. Wat hij zei was logisch. Als ik me zorgen maakte dat hij te knap voor me was, zou het buitenspel zetten van ons uiterlijk me kunnen laten denken dat hij gewoon een onzichtbare man was, in plaats van de knapste man die ik ooit had ontmoet.

Hij was verdomd slim.

'Oké.'

'Oké? Zei je oké?' vroeg hij. Ik hoorde de opwinding in zijn stem. Dat kon hij niet faken. Het was echt, oprecht. Hij wilde me echt leren kennen.

'Ja, ik geef je mijn nummer. We kunnen elkaar leren kennen en vanaf daar verder kijken.'

'Ik geef jou ook mijn nummer, zodat je weet door wie je

gebeld wordt. Ik neem nooit op als mensen bellen die ik niet ken en ik gok dat jij hetzelfde bent.'

Ik glimlachte in de telefoon, denkend aan hoe gelijk we waren ondanks onze duidelijke verschillen. 'Je hebt gelijk. Dank je.'

We wisselden nummers uit en hingen op. Ik wist dat er nog steeds een kans was dat hij me niet zou bellen, maar het voelde goed om te weten dat ik hem mijn nummer had gegeven en niet zou zitten wachten. Als hij niet belde, kon ik hem bellen.

Of gewoon doorgaan met mijn leven.

Voordat ik mijn telefoon weglegde, trilde hij. Klaar voor nog een sms'je van Claire om plannen te maken, was ik verrast toen ik de naam van Xander zag verschijnen.

> Het was fijn om met je te praten, de echte Mandy. Ik kijk ernaar uit om je beter te leren kennen. Ik spreek je vanavond.

Ik glimlachte naar mijn telefoon. Hij negeerde me niet alleen, hij had me al een berichtje gestuurd. Ik stuurde hem snel een sms'je terug dat ik ernaar uitkeek om van hem te horen en stopte mijn telefoon weg, popelend om later die avond van hem te horen.

HOOFDSTUK 7

XANDER BELDE ME de week daarop elke dag. Hij stuurde me ook meerdere appjes. Hij was het zorgzame vriendje, ook al was hij niet echt mijn vriendje.

We spraken niet over een relatie. Het was een onbesproken onderwerp dat zwaar woog op elk gesprek, maar Xander begon er niet meer over om weer af te spreken. Ik wist niet zeker of dat was omdat hij niet met me wilde daten of omdat hij me niet opnieuw wilde afschrikken.

Ik wilde geloven dat het het laatste was, maar de meeste mannen waren niet zo geduldig. Ik had zelden een man ontmoet die bereid was om te praten en elkaar te leren kennen, zeker via de telefoon, in plaats van meteen het bed in te duiken. Ik wist dat het niet mogelijk was dat hij net zo bang was als ik, maar hij hield zich in.

De vrijdagavond daarop, een week nadat hij me had overgehaald hem mijn nummer te geven, had hij ons telefoontje laat gepland. Ik was bang dat hij met iemand anders uit was en me had afgescheept tot na zijn date. Tegen de tijd dat hij belde, was ik niet alleen gekwetst, maar kookte ik ook van woede. Ik nam bijna niet op.

'Hallo,' snauwde ik toen ik de telefoon opnam.

Aan de andere kant van de lijn viel een stilte. Ik wist dat hij zich afvroeg of hij de verkeerde persoon had gebeld. 'Mandy? Wat is er? Waarom klink je zo overstuur?'

'Ik ben niet overstuur, waarom zou ik dat zijn?'

Ik legde het er dik bovenop, wetende dat hij het sarcasme in mijn stem zou oppikken. En dat deed hij.

'O, echt? Hoe komt het dan dat ik de vrouw uit de koffiezaak aan de lijn heb? Wat is er gebeurd? Heeft Melody je vandaag weer lastiggevallen? Ik zei toch dat je je geen zorgen om haar hoefde te maken.'

Is het erg dat ik geroerd was dat het eerste waar hij aan dacht Melody was? Ik had de hele week over haar geklaagd en hem verteld hoe vreselijk haar houding was en hoe perfect haar uiterlijk. Hij bekende dat vrouwen zoals zij precies de reden waren waarom hij in de eerste plaats met mij uit wilde. Een goed lichaam betekent nog geen goed karakter. Mijn woorden, niet de zijne.

Ik was ook blij dat hij er niet automatisch van uitging dat ik ongesteld werd. De meeste mannen, vooral mijn vader, dachten dat vrouwen alleen nukkig werden als het die tijd van de maand was. Hij sloot zichzelf altijd op in zijn kantoor als mijn moeder en ik tegelijk ongesteld waren. Het was hilarisch, want wanneer we een avondje voor onszelf wilden, deden we een beetje kattig tegen hem en dan verdween hij.

Gelukkig nam hij dan mijn broer mee.

'Ik ben niet boos om Melody. Ze heeft vandaag niet eens tegen me gepraat. Wat was je eerder aan het doen?'

'Wat bedoel je? Ik was vandaag aan het werk.'

Ik wist niet zeker of hij opzettelijk onnozel deed of dat hij me plaagde, maar hoe dan ook, ik vond het niet leuk.

'Ik bedoel, waarom bel je me zo laat?'

'Ahhhh,' zei hij recht in de telefoon. Eindelijk begreep hij waar mijn vragen en mijn humeur vandaan kwamen. 'Je denkt dat ik met iemand anders uit was, is dat het? Echt, Mandy? Je bent al twee weken de enige aan wie ik kan denken. Jij bent in mijn gedachten, alleen jij. Waarom zou ik met iemand anders uit zijn?'

Onmiddellijk voelde ik me beschaamd en schuldig. Ik had hem ervan beschuldigd vreemd te gaan, terwijl er niet echt een 'ons' was. Je kunt niet vreemdgaan als je geen relatie hebt.

Maar hij zei wel dat hij alleen aan mij dacht. Dat is goed, toch?

Aan de andere kant vertelde hij me niet wat hij aan het doen was. Dat is slecht, toch?

Alsof hij mijn gedachten kon lezen, ging hij verder, 'Ik was met mijn zus. Ik heb je over haar verteld. We proberen ongeveer een keer per maand samen uit eten te gaan. We hebben het allebei altijd zo druk dat we elkaar niet veel zien, maar we hebben nog steeds een hechte band. Toen ze vroeg of we vrijdag uit konden gaan, stemde ik toe, maar ik wilde ons telefoontje niet missen.'

Wauw, wat was ik een trut. Ik kon me niet voorstellen dat ik zo'n hechte band met mijn broer zou hebben. We groeiden op met constant ruzie en vonden elkaar nooit aardig. Als volwassenen zien we elkaar alleen op familiebijeenkomsten, en zelfs daar praten we amper met elkaar. Het is alsof we volslagen vreemden zijn.

'Het spijt me dat ik je wantrouwde.'

'Schat, luister, ik wil dat je me kunt vertellen wat je denkt. We moeten eerlijk tegen elkaar zijn, zelfs als de waarheid soms pijn doet. Ik wil bij jou zijn, en alleen bij jou, en ik ga niets doen om dat te verpesten.'

Hij wist altijd wat hij moest zeggen om me beter te laten voelen. Ik weet niet hoe hij het deed, maar het was alsof hij me al kende. Mijn hart kende. Op een bepaalde manier, denk ik dat dat ook zo was.

'Dank je dat je niet tegen me uitviel. Ik heb nog nooit iemand de dingen verteld die ik jou vertel.'

Hij lachte zachtjes. 'Ik ook niet. Het is vreemd hoe verbonden ik me met je voel. Vooral omdat ik je maar één keer heb gezien.'

'En toen was ik een bitch,' voegde ik eraan toe.

Hij lachte weer, harder deze keer. Ik hoorde geritsel op de achtergrond en keek naar mijn klok. Het was bijna tien uur en ik vroeg me af of hij naar bed ging. Er was iets heel sexy's aan praten met een man die in bed lag.

'Je twijfelde aan me. Ik weet dat de volgende keer dat we elkaar zien, het anders zal zijn.'

'Lig je in bed?'

Hij pauzeerde kort voordat hij antwoordde, 'Ja. Het was een lange week. Ik wilde gaan liggen terwijl ik met je praatte. Vind je dat goed?'

'Ja. Het voelt gewoon… ik weet niet, heel persoonlijk. Alsof we geheimen delen.'

Hij grinnikte, 'We delen ook geheimen. Ik deel ze alleen terwijl ik in bed lig.'

Mijn hartslag versnelde bij de gedachte aan Xander in bed. Ik wist hoe prachtig hij was en ik betrapte mezelf erop dat ik me afvroeg wat hij droeg. Ik opende mijn mond om het hem te vragen, maar hij was me voor.

'Waarom vertel je me niet iets nieuws, iets wat je me nog niet hebt verteld. Wat dacht je ervan als jij me vijf nieuwe dingen vertelt en ik jou vijf nieuwe dingen.'

Opeens voelde ik me moe en liep ik de trap op naar mijn kamer. 'Oké,' zei ik op weg naar boven. Ik liep mijn kamer in en deed de lamp naast mijn bed aan. Om de een of andere reden voelde ik me beter bij het praten met Xander terwijl ik in bed lag door het gedimde licht. Ik liep naar mijn kast en verruilde mijn werkkleding voor mijn pyjama. Ik trok een katoenen short en een hemdje aan en klom toen in bed.

'Lig jij nu ook in bed?' vroeg hij met een diepe, sensuele stem.

'Ja. Ik werd moe en dacht, als jij in bed ligt, kan ik dat net zo goed ook doen.'

'God, ik wou dat ik daar bij je was, naast je.'

Ik glimlachte en liet een ademstoot ontsnappen in een geluid dat half lach, half nervositeit was. 'Ik ook.'

'Hmm,' kreunde hij zacht. 'Oké, voordat ik te veel afgeleid raak, vertel me jouw vijf nieuwe dingen.'

Ik nestelde me wat dieper onder de dekens en probeerde iets nieuws te bedenken dat ik hem kon vertellen. Na een hele week praten wist ik niet zeker wat er nog over mij te weten viel dat hij niet al wist.

'Ik kreeg mijn eerste kus toen ik veertien was, mijn eerste liefde was George Strait omdat mijn moeder naar country-muziek luisterde, ik lees ongeveer drie boeken per week, het enige buitenland dat ik ooit bezocht heb is Canada, en… ik wil je heel graag weer zien.'

Xander lachte om mijn eerste bekentenissen en werd heel stil bij de laatste. Ik begon me af te vragen of hij had opge-hangen, of dat de verbinding was verbroken, want hij was zo lang stil. 'Ik wil jou ook heel graag zien. Wie was je eerste kus? Hoe heette hij?' Zijn stem was dieper en zachter gewor-den. Hij was moe, dat hoorde ik aan de langzame manier waarop hij praatte, maar zijn slaperige stem maakte hem ook sexyer.

'Zijn naam was Joey Maynard. We zaten samen bij maatschappijleer en op een dag na de les vroeg hij me mee uit. Hij kuste me in het bos achter de school. We hadden ongeveer een maand iets voordat hij verderging met een ander.'

'Zijn verlies,' zei Xander schor. 'Ik had nooit gedacht dat ik jaloers zou zijn op George Strait, maar nu haat ik hem officieel dankzij jou. Joey Maynard ook trouwens.'

Ik lachte. Hij was een charmeur, dat was duidelijk. Maar goed, daar was ik die avond al achter gekomen.

'Wat voor boeken lees je graag?'

'Dan lach je me uit,' protesteerde ik.

'Dat zou ik niet durven. Ik lees ook graag, maar meestal niet zo veel. Misschien houden we van dezelfde dingen.'

'Ha! Dat betwijfel ik. Ik lees liefdesromans.'

'Echt waar,' zei hij, en hij klonk verrast en geïnteresseerd. 'Van die dingen over liefde en seks.'

Ik grinnikte. 'Ja, zoiets. Ik heb ze altijd al leuk gevonden. Er is nooit echt veel romantiek in mijn leven geweest en die boeken zijn een ontsnapping voor me, een manier om me een ander leven voor te stellen. De man komt het meisje van haarzelf redden en ze leven nog lang en gelukkig. En ja, ik hou ook van de boeken waar wat seks in zit.'

'Nou, die had ik niet aan zien komen. Pfoe,' ademde hij uit. 'Hierna heb ik een beetje moeite om me te concentreren. Oké, dus Canada. Waar ben je geweest en waarom?'

Ik lachte zachtjes om de wanhoop in zijn stem, maar ging verder, 'Ik was er met mijn familie toen ik op de middelbare school zat. Mijn vader en broer wilden de Yankees tegen Toronto zien spelen, dus gingen we allemaal. Mijn moeder en ik dwaalden door het stadion terwijl de mannen naar de wedstrijd keken. Daarna gingen we winkelen terwijl mijn vader en broer terug naar het hotel gingen en neerploften. Het was een leuk weekend met mijn moeder, maar die wedstrijd had van mij niet gehoeven. Ik kijk niet veel honkbal.'

'Is er een sport die je wel leuk vindt?'

'Mwah, niet echt. Ik ben nooit zo van de sport geweest. Mijn broer was een atleet en ik denk dat dat me de tegen-overgestelde kant op duwde. Meestal wilde ik zo ver moge-lijk bij hem vandaan zijn.'

'Dat begrijp ik. Ik kan me moeilijk een leven voorstellen

zonder mijn zus. Jessica en ik hebben samen veel meegemaakt. Het is soms moeilijk omdat we zes jaar schelen, maar ik zou alles voor haar doen en ik weet dat het bij haar hetzelfde is. Ik wou dat jij dat ook met je broer had.'

Ik haalde mijn schouders op en wuifde de gedachte weg. Er waren tijden dat ik wenste dat mijn broer niet zo'n klootzak tegen me was, maar meestal kon het me niet echt schelen. We waren familie door bloed, niet door keuze. We wisten allebei dat als er een keuze was geweest, we niets met elkaar te maken zouden hebben.

'Ik ben het gewoon van hem gewend. Maar ik had Claire toen ik opgroeide. Ze was als een zus voor me. We woonden natuurlijk niet samen, maar we waren eeuwenlang hecht en ik wist dat ik op haar kon rekenen zoals jij op Jessica kunt rekenen. En Drew.'

'Ik denk het wel. Drew is nu een beetje als een broer voor me, ook al kennen we elkaar pas een jaar of negen. Het voelt alsof ik hem al een eeuwigheid ken.'

'Zo zijn Claire en ik ook. We kennen elkaar echt al een eeuwigheid. We hebben samen alle moeilijke dingen in het leven doorstaan. Het is fijn om zo'n vriendin te hebben, weet je. Iemand die de scherven opraapt als je instort.'

Xander was een paar minuten stil, een gemoedelijke stilte waarin we allebei nadachten over onze familie en vrienden, ons verleden en onze toekomst. Ik hoopte dat Xander op een dag zo voor mij zou zijn, iemand op wie ik hoe dan ook kon rekenen, maar ik wist het niet zeker.

'Oké, vertel me jouw vijf dingen. Hou op met tijdrekken.'

Hij slaakte een korte lach. 'Ik was geen tijd aan het rekken. Ik probeerde je beter te begrijpen. Heel verschillende dingen.'

'Ja, het zal wel,' plaagde ik.

Hij grinnikte zachtjes, het geluid plaagde mijn oor, bijna

alsof hij er was en zijn lippen tegen mijn oor drukte in plaats van een telefoon.

'Ik was verliefd op mijn kleuterjuf, ik ben mijn maagdelijkheid verloren toen ik 18 was, ik heb altijd al naar Engeland willen gaan om Buckingham Palace te zien, ik moest mezelf dinsdag praktisch aan het bed vastboeien om niet naar jou toe te gaan en ik heb elke avond sinds ik je heb ontmoet een koude douche genomen.'

Ik wist niet hoe ik op hem moest reageren. Wat zeg je daarop? Hij wilde me zien en hij wordt opgewonden als hij met me praat. Hoe is dat allemaal mogelijk?

Terwijl ik nadacht over wat Xander zei, was ik stil. Hij vroeg, 'Mandy, ben je daar nog?' Er klonk bezorgdheid en angst in zijn stem.

'Ik ben er nog. Ik ben gewoon verrast, dat is alles. Ik had dat niet verwacht.'

'Nou, mijn kleuterjuf was de eerste vrouw die ik kende buiten mijn familie, en ze was jong en knap, dus ik denk dat het voorbestemd was dat ik haar leuk zou vinden,' plaagde hij.

Ondanks mijn zenuwen moest ik lachen. 'Je weet wel dat ik dat niet bedoelde.'

'Dat weet ik,' zei hij zacht. 'Maar ik meende het allemaal.'

'Waarom 18? Dat lijkt me heel lang wachten, zeker voor iemand als jij.'

'Iemand als ik? Wat bedoel je?'

Ik lachte. 'Ik bedoel, de honkbal- en voetbalster die de wereld aan zijn voeten had. Je kunt me niet vertellen dat er geen meisjes waren op de middelbare school.'

'Op de middelbare school was ik onvolwassen. Ik wist dat ik er niet klaar voor was en ik had geen vaste vriendinnen. Ik kon niet met iemand naar bed gaan waarvan ik wist dat ik niet nog een keer met haar uit zou gaan, zeker niet voor mijn eerste keer. Ik weet dat dat niet typisch is voor een man, maar ik wist dat ik het me de rest van mijn leven zou herinneren en ik wilde dat het meer was dan een onenightstand. Mijn vriendin in het eerste jaar van de universiteit zat bij mij in de klas. Het was ook haar eerste keer. We hadden een relatie gedurende het grootste deel van ons eerste jaar, maar besloten dat we verschillende dingen wilden en gingen uit elkaar. Ze is nog steeds iemand die ik af en toe spreek, maar we zijn niet zo close.'

'Jij bent een hele goede vangst, Xander Carlson.'

'Jij ook, Mandy Ryan. Ik hoop alleen dat ik je gevangen heb.'

Ik glimlachte in mezelf, hopend dat hij mij ook gevangen had. 'Waarom Engeland? Wat is daar zo bijzonder aan?'

'Ik weet het niet. Ik zag er foto's van tijdens de geschiedenisles en was gefascineerd door het ontwerp en de structuur ervan. Ik denk dat het de ingenieur in mij is die het wil verkennen. Stonehenge is ook zoiets. Dat fascineert me.'

'Nou, hopelijk krijg je ze allebei ooit te zien.'

'Ja, dat hoop ik ook,' murmelde hij.

Ik was een paar minuten stil. Ik wilde vragen naar de laatste twee dingen die hij me vertelde, maar ik wist niet hoe ik het ter sprake moest brengen. Ik bedoel, hoe vraag je een man naar zijn koude douches of naar het feit dat hij je wil zien? Het klonk zo verwaand. Maar het voelde zo goed.

'Je durft het niet te vragen, hè?' bood hij zachtjes aan.

'Ik heb geen idee hoe ik het moet vragen. Maar ik ben wel nieuwsgierig.'

Hij lachte weer, hij vond me altijd grappig. Hij was in veel opzichten goed voor mijn ego. 'Nadat ik elke avond met je had gepraat, wilde ik je heel graag zien. Aangezien ik niet weet waar je woont en me een stalker zou voelen als ik naar je werk ging, heb ik maar gehoopt dat ik je weer zou zien. Toen je dinsdag vroeg of we later konden praten vanwege je meidenavond, ben ik bijna naar Cooler Coffee gegaan. Ik

wist dat je daar weer zou zijn en ik popelde om je te zien. Ik...
ik wilde je gewoon zien. Ik ben duidelijk niet gegaan, maar
het was het moeilijkste dat ik in lange tijd heb moeten doen.'

'Ik denk niet dat ik dit keer zo'n kreng tegen je was
geweest,' zei ik zacht, mijn stem laag en sexy. Ik herkende
hem bijna niet.

'Dat was het niet. Ik zie hoe belangrijk je vrienden voor je
zijn en ik wilde jullie tijd samen niet verstoren. Ik wist dat ik
je na je afspraakje voor warme chocolademelk wel zou
kunnen spreken, dus ben ik onder een koude douche gaan
staan.'

'Oké, daarover gesproken. Waarom... ik weet niet,
bevredig je jezelf niet gewoon?' vroeg ik brutaal. Ik kon niet
geloven dat ik hem naar zijn masturbatiegewoonten vroeg,
maar ik kon mezelf niet tegenhouden.

Zijn scherpe lach deed me schrikken. 'Ik vind het
geweldig dat je zegt wat je denkt. Wat betreft mezelf bevredigen, dat heb ik gedaan, maar soms is het niet genoeg. Deze
week was het bij lange na niet genoeg.'

'Waarom niet?' vroeg ik me hardop af.

'Omdat jouw stem in mijn hoofd zit. Als we praten, kan ik
niet anders dan me afvragen hoe je huid voelt, hoe je smaakt,
welke geluiden je maakt als je opgewonden bent of als je
klaarkomt. Ik ken het geluid van je lach en je stem is me net
zo vertrouwd als die van mezelf, maar de rest moet ik me
inbeelden. En als ik dat doe, blijf ik gewoon stijf. De hele tijd.'

'Wow, ik... ehm, wow. Ik weet niet wat ik daarop moet
zeggen.'

'Heb je deze week aan me gedacht? Je mijn handen op je
voorgesteld?' Zijn stem werd zachter en zwaarder. Het joeg
een rilling door mijn lichaam en mijn slipje werd vochtig.

'Natuurlijk,' gaf ik toe.

'Heb je jezelf aangeraakt? Doe je dat?'

'Soms,' bekende ik. Ik had nog nooit aan iemand verteld dat ik het weleens geprobeerd had, maar ik had het gevoel dat ik hem alles kon vertellen.

'En nu? Verbeeld je je nu dat ik je aanraak? Want ik verbeeld me dat jij in mijn bed ligt. Je vingers die over me heen glijden, je lippen tegen mijn oor elke keer als je praat.'

Hitte en opwinding gierden door me heen. Ik wist niet hoe ik vieze praatjes moest houden met een man. Ik kon het me wel voorstellen, maar ik had het nog nooit gedaan. Het horen van zijn stem bracht me echter absoluut in de stemming.

'Mandy, wil je jezelf voor me aanraken? Wil je me laten luisteren? Alsjeblieft?' fluisterde hij zacht, het diepe geluid van zijn stem kietelde mijn oor en stuurde trillingen door mijn hele lichaam.

Een vuur laaide op diep in me en de hitte verspreidde zich vanuit mijn schoot door mijn hele lichaam. Ik hoorde mezelf fluisteren, 'Ja.'

'Dank je, liefje. Hier droom ik al van. Doe je wat ik zeg? Laat je me je handen leiden?'

'Ja,' fluisterde ik weer, terwijl mijn ogen dichtvielen zodat ik me op zijn woorden kon concentreren.

'Wat heb je aan? Ik wil je voor me kunnen zien.'

'Een katoenen shortje en een hemdje.'

'Welke kleur?'

'Mijn hemdje is roze en mijn shortje is zwart.'

'Draag je een slipje?'

'Ja. Een granaatrode. En het is een string.'

'O, God, je klinkt zo lekker. Strijk met je hand je haar uit je gezicht. Ik wil je in gedachten kunnen zien. Ga op je rug liggen en laat je hand 从 van je gezicht langs je kaak, over je keel en omlaag tussen je prachtige borsten glijden.'

Ik deed wat hij vroeg en vergat dat het mijn hand was en

niet de zijne. Ik voelde hem daar naast me, zijn hand die me aanraakte.

'Wil je voor mij in een van je tepels knijpen? Draai en trek er een heel klein beetje aan. En nu wil ik dat je je shirt optilt en hetzelfde doet met de andere, maar dan onder je shirt.'

Ik kreunde zachtjes bij het contact, terwijl pijn en genot zich in me vermengden.

'O, God, ik wou dat ik daar bij je was. Wil je je hand in je shortje schuiven? Vertel me hoe nat je bent, Mandy. Ik moet het weten.'

Ik gleed met mijn hand onder de tailleband van mijn short, over mijn buik naar de plek waar ik smachtte. Ik liet mijn vingers door mijn schaamlippen glijden en voelde hoe mijn vocht uit mijn lichaam sijpelde. 'Ik ben zo nat, Xander. Mijn lichaam is glibberig, klaar voor jou.'

'Argh,' kreunde hij. 'Laat je vingers naar binnen glijden, bedek ze met je vocht zodat ze glad zijn.'

Ik deed wat hij zei en haalde het vocht van binnenuit naar boven. 'Ik moet klaarkomen, Xander. Wil je me helpen?'

'God, ja, liefje. Press je vingers in jezelf, maak cirkels, plaag jezelf. Laat me je horen, liefje. Ik moet je horen,' paaide hij me.

Ik kreunde hardop en voelde me vrij. Ik wist dat ik snel zou klaarkomen. 'Ik ben er bijna, Xander,' perste ik eruit.

'Goed, liefje. En nu, snel, zo snel als je kunt, en hard, recht erop. Ik wil je horen. Ik wil dat je voor me klaarkomt, liefje. Ik wil dat je hard klaarkomt. Nu, Mandy. Kom nu.'

Mijn lichaam gehoorzaamde zijn bevel en gaf zich op zijn woord over. Ik schreeuwde zijn naam, terwijl ik alleen in mijn bed woelde met mijn hand in mijn shortje. Ik hoorde hem aan de andere kant van de lijn, hijgend en kreunend, zijn eigen orgasme slechts enkele seconden na het mijne.

Langzaam trok ik mijn hand tussen mijn benen vandaan, terwijl naschokken nog door mijn lichaam trilden. 'Heilige hemel, Mandy, dat was geweldig. Bedankt dat je dat met me wilde delen. Dat je me hebt laten luisteren. Ik heb in mijn hele leven nog nooit zoiets sexy's gehoord.'

'Dat vind ik moeilijk te geloven, maar bedankt. Dit was de eerste keer dat ik dat gedaan heb.'

'Ik dacht dat je zei dat je jezelf weleens eerder had aangeraakt?' vroeg hij.

'Ja, maar niet aan de telefoon. Ik heb nog nooit telefoonseks gehad.'

Zijn stilte maakte me ongerust. Misschien moest ik niet zoveel dingen aan hem toegeven.

'Ik ook niet. Ik kon mezelf gewoon niet bedwingen. Het spijt me als ik je van streek heb gemaakt.'

Ik lachte een lage, hese lach. 'Absoluut niet. Ik heb me in geen tijden zo goed gevoeld.'

Hij lachte zachtjes. 'Ik ook niet. Ik wil je alleen laten weten dat ik hierna niet veel langer kan wachten om je te zien. Ik zeg niet dat zoiets moet gebeuren, maar ik moet je kunnen zien. Ik wil je huid onder mijn vingers voelen. Ik kan niet langer bij je vandaan blijven.'

'Ik voel hetzelfde,' gaf ik toe.

'Wat dacht je van morgen? Ben je druk? Kan ik je meenemen uit eten, en daarna misschien dansen en een dessert?'

Ik dacht snel aan mijn weekend. Claire en ik hadden het erover gehad om iets te gaan doen, but we hadden geen concrete plannen. Ik was vrij om te zeggen, 'Ja.'

'Uitstekend. Ik kan niet wachten. Ga jij nu maar lekker slapen. Je hebt jezelf net uitgeput.'

'Jij ook. Welterusten, Xander.'

'Welterusten, Mandy. Tot morgen.'

HOOFDSTUK 8

TEGEN DE VOLGENDE middag had ik mezelf helemaal gek gemaakt. Ik ging op mijn eerste date met Xander en was doodzenuwachtig. Na wat we de avond ervoor hadden gedeeld, wist ik niet wat ik moest verwachten. Ik wist ook niet wat ik wilde.

Het enige wat ik zeker wist, was dat ik er zin in had om met hem uit te gaan.

Ik schakelde hulptroepen in om me te helpen beslissen wat ik moest dragen voor onze date. Tegen de tijd dat ze arriveerden, had ik het grootste deel van mijn kledingkast op mijn bed geleegd.

Claire was er als eerste en kwam na een snelle klop zelf binnen. Addi en Sam volgden haar op de voet en drongen naar binnen kort nadat Claire de deur had dichtgedaan. Ze vonden me allemaal boven in mijn kamer, omringd door mijn eigen gekte, in mijn ondergoed.

'Doe je dat aan?' vroeg Addi met een opgetrokken neus.

Ik keek naar mijn ondergoed. Ik had een roze katoenen beha en een wit katoenen slipje aan. Ik zag niet wat er mis mee was.

'Dat kun je niet dragen. Je praat al een week met hem en jullie gaan eindelijk op date. Ik zeg niet dat je seks met hem moet hebben, maar ik zeg wel dat je de mogelijkheid open moet houden. En als er iets 'Gesloten' schreeuwt, dan is het dat wel.'

Ik slaakte een gefrustreerde zucht. Deze date begon me gek te maken. Eigenlijk niet, het stadium van gekte was ik al een tijdje voorbij. Ik was gewoon in de war.

'Wat wil je dat er gebeurt? Als je dat oma-ondergoed aanhoudt, laat je niets gebeuren. Als je erover nadenkt, moet je iets beters aantrekken.'

Ik haalde diep adem en gaf de waarheid toe. 'Ik moet me omkleden. Ik wil niets dat 'Overal voor in' uitstraalt, maar ik wil hem ook niet afwijzen voordat hij überhaupt begonnen is.'

Sam snuffelde door mijn ondergoedlade, iets wat me had moeten storen, maar ach, het was Sam. Ze haalde er een simpele zwarte beha uit met een kanten randje en push-upcups. Het was sensueel in plaats van sletterig. Ze zocht verder, vond een bijpassend slipje en gaf ze me allebei.

'Zwart ondergoed betekent dat je donkere kleren nodig hebt, zodat het zwart er niet doorheen schijnt. Ga jij dat maar aantrekken terwijl wij door de puinhoop spitten die je hebt gemaakt,' beval Addi. Je kon merken dat ze lerares was; ze nam altijd de leiding. Op dat moment had ik dat precies nodig.

Ik dook de badkamer in en trok mijn nieuwe ondergoed aan. Ik moest toegeven dat ik me alleen al door die verande-ring een beetje beter voelde. Een beetje sexyer. Alsof ik Xander waard kon zijn.

Ik liep de badkamer uit en leunde tegen de deurpost, poserend voor mijn vriendinnen. Ik beet op mijn nagel, holde mijn rug en nam mijn sexy pose aan.

Claire floot, Addi juichte en Sam deed alsof ze foto's

maakte. Het was een geweldige reactie. 'Dank je, dank je. Ik heb altijd al geweten dat ik er het best uitzie in mijn ondergoed. Echt niet!'

'Je ziet er geweldig uit, Mandy. Het is het perfecte begin.'

'Ik voel me inderdaad beter. Bedankt, meiden. Zonder jullie was dit me niet gelukt.'

Claire en Sam werden sentimenteel, maar Addi riep iedereen tot de orde. 'Dit is niet het moment om sentimenteel te worden. We moeten nog iets bedenken om al die sexiness mee te bedekken.'

Ik keek toe hoe Addi vakkundig Sam en Claire aanstuurde. Sam hield outfits omhoog en Claire hing de afgekeurde kleding weg. Ik ging zitten en liet ze hun gang gaan, me afvragend waar ze in hemelsnaam mee op de proppen zouden komen.

'Mandy, ga jij je opmaken terwijl wij de kleding afmaken. Als we een paar outfits voor je hebben om te passen, kun je ze voor ons showen,' beval Addi.

Ik ging terug naar de badkamer en liet de deur open zodat ik het gesprek kon horen. Ik boog me dicht naar de spiegel en bracht een lichte laag foundation aan voordat ik aan mijn ogen begon. Ik bracht een neutrale basis aan op mijn oogleden en mengde er vervolgens een diepere bruine tint langs mijn arcadeboog en zwaarder in de buitenste hoeken. Ik bedekte mijn oogleden met een glinsterende goudkleur, omlijnde mijn ogen en bracht mascara aan.

Ik bracht een koperkleurige blos op mijn wangen aan en voegde een lichtere koperkleurige lippenstift toe. Ik leunde achterover van de spiegel en was zelf verbaasd.

Mijn groene ogen sprongen eruit en schitterden door de make-up die ik had aangebracht. Ik had mijn geborstelde koperen krullen los over mijn nek laten vallen. Ik sprayde er een lichte laag haarlak overheen om te voorkomen dat ze uitzakten en verliet de badkamer.

'Mijn hemel,' zei Claire toen ze me aankeek. 'Je ziet er geweldig uit. Misschien moet je gewoon zo gaan.'

Ik rolde met mijn ogen naar haar, maar was verrukt over het compliment. Addi had vier outfits op het bed klaargelegd zodat ik kon passen. Claire was nog steeds kleren aan het ophangen en Sam was mijn sieraden aan het doorzoeken.

Ik pakte de eerste outfit, een korte grijze rok en een zachtroze trui. De rok stond goed, maar de trui vloekte met mijn haar. Dat was bijna altijd zo. Roze was mijn favoriete kleur, maar ik kon het nooit dragen. Het was frustrerend.

Het volgende was een groene overslagjurk. Ik trok hem over mijn lichaam, knoopte de eerste kant vast en streek de tweede kant glad om me te bedekken. Hij paste goed en zag er goed uit, maar verborg mijn imperfecties niet. Toch was het beter dan de eerste outfit.

Als derde probeerde ik een zwarte jurk die gewoon te saai was. Dit was een date, geen zakelijke bijeenkomst.

Als laatste had Addi een kobaltblauwe top uitgekozen die strak over mijn borsten zat maar losjes om mijn middel hing. Ze had hem gecombineerd met een lichtbruine rok met flarden van dezelfde blauwe en roze draden erdoorheen, die samen bloemen vormden.

Zodra ik de rok aantrok, stopten al mijn vriendinnen met wat ze aan het doen waren om te kijken. Ik voelde me alsof ik een trouwjurk aan het passen was, zo emotioneel werden ze. 'Wat? Is het goed?' vroeg ik.

'Het is perfect,' zei Claire, die uit mijn kast tevoorschijn kwam met een paar bruine hakken met een roze strik over de neus. Ik had ze de vorige zomer gekocht, maar wist nooit waar ik ze bij moest dragen. Claire wist het duidelijk wel.

Sam kwam als volgende naar voren, met sieraden. Ze hing een fonkelende gouden ketting om mijn nek met een klein gouden madeliefje als hanger. Ze gaf me oorbellen die eruitzagen als miniatuur gouden zanddollars die aan mijn oorlellen hingen.

Eindelijk draaide ik me om naar mijn passpiegel te kijken om het volledige effect te zien. 'Verdomd, wat zie ik er goed uit,' zei ik vol zelfvertrouwen. Mijn vriendinnen lachten met me mee en volgden me naar beneden.

'Waar ga je heen?' vroeg Sam.

'Hij wilde afspreken bij Thai This. Ik vertelde hem dat ik alleen nog maar in Canada was geweest, dus hij wil met eten de wereld rondreizen. Hij dacht dat we altijd naar Amerikaanse restaurants konden gaan, maar dat het speciaal zou zijn om samen naar iets anders te gaan.'

'Wauw, hij klinkt als een droom die uitkomt,' zei Addi.

'Soms denk ik dat ook. Oké, ik ga ervandoor. Bedankt voor jullie hulp. Er staat wijn in de koelkast en meer in de kast. Pak maar wat je wilt. Hou van jullie,' riep ik op weg naar de voordeur.

'Veel plezier,' klonk het in koor achter me en ik haastte me naar buiten, naar mijn auto.

De sneeuw was eindelijk gesmolten in Winterville, maar het stadje had nog steeds een zachte gloed over zich. Ik hield van mijn stad, vooral als de zon onderging. We lagen niet direct aan het water van Lake Erie, maar we waren dichtbij genoeg voor geweldige zonsondergangen. Helaas waren we ook dichtbij genoeg om alle sneeuw te krijgen die Lake Erie meestal over het gebied uitstortte.

Ik sloeg mijn straat uit en glimlachte, zoals altijd, om de maffe namen met een sneeuw- of winterthema die de meeste straten in het stadje hadden. Ik woonde op de Frozen Drive en groeide op in de Jack Frost Lane. Ik reed over de Snowy Road richting het centrum van de stad. Onze hoofdstraat was de Winter Way, een weg die door het centrum van de stad liep en waar de meeste andere wegen op uitkwamen. Ik reed langs Cooler Coffee en sloeg toen van de Winter Way af de Icy Lane in, richting Thai This.

Ik vond een parkeerplaats op het terrein naast het restaurant. Ik had geen idee waar Xander in reed, dus ik liep het restaurant binnen, voor de verandering een paar minuten te vroeg, met het idee dat ik binnen wel op hem zou wachten. Ik stopte een stukje chocola in mijn mond voor het geluk en ging naar binnen.

De gastvrouw glimlachte hartelijk naar me en vroeg met hoeveel personen mijn gezelschap was. 'Ik heb hier met iemand afgesproken. Ik weet alleen niet zeker of hij er al is.'

'Bent u Mandy?' vroeg ze vriendelijk.

'Ja, dat ben ik.'

'Uw date is er al. Ik kan u naar uw tafel brengen als u er klaar voor bent.'

Ik knikte en volgde haar door het restaurant. De voorste zaal was vol en gezellig door het gemurmel van gasten die tijdens hun diner praatten. Ik keek zenuwachtig om me heen, op zoek naar Xander.

We liepen door een opening naar een kleinere eetzaal met slechts een handvol zitjes, allemaal rond zodat een heel gezelschap naast elkaar kon zitten. Elk zitje was hoog en afgeschermd van de anderen, zodat er een sfeer van privacy hing, ook al was de ruimte open. Het was heel romantisch.

De gastvrouw stopte bij het zitje in de achterste hoek en glimlachte naar me. Ik stapte dichterbij en zag een voet uit het zitje steken. Toen stond daar, voor mijn neus, Xander Carlson.

'Ga je al weg?' vroeg ik, in paniek dat hij zich bedacht had en probeerde weg te komen voordat ik er was.

'Nee,' zei hij met een glimlach. Hij stak zijn hand uit en ik legde de mijne erin, terwijl een vonk van bewustzijn door mijn arm schoot en zich laag in mijn buik nestelde. 'Ik probeer een gentleman te zijn en jou eerst te laten zitten.'

Hij glimlachte naar me en kneep zachtjes in mijn hand. Ik schoof als eerste het bankje in, nog steeds zijn hand vasthoudend, en Xander volgde me. De gastvrouw zei: 'Eet smakelijk,' en liet ons toen alleen.

'Hoi,' zei hij, en hij draaide zich naar me toe toen ze weg was.

'Hoi,' fluisterde ik terug, terwijl een glimlach mijn gezicht overnam.

'Je ziet er fantastisch uit. Ik wil dit bijna niet doen,' zei hij.

'Wat doen?' begon ik te vragen, maar ik werd onderbroken door zijn lippen op de mijne.

Hij hield mijn hand stevig vast, terwijl zijn andere hand zachtjes over mijn wang gleed. Zijn lippen drukten losjes tegen de mijne en we wisselden kleine kusjes uit. Ik zuchtte, genietend van het gevoel van zijn lippen op de mijne, en zijn tong stak uit om mijn lippen te strelen. Ze gingen automatisch uit elkaar, alsof ze onder zijn bevel stonden, en zijn tong gleed mijn mond in.

Zijn hand gleed van mijn wang naar het haar in mijn nek terwijl hij me dichter naar zich toe trok. Zijn tong verkende zachtjes mijn mond, gleed langs de mijne en nam ons beiden mee op de rit van ons leven.

Een moment verloren in onze kus, kantelde Xander mijn hoofd en verdiepte onze kus, terwijl honger en verlangen ons beiden bijna uitzinnig maakten. Ik verkende zijn mond, likte zijn gehemelte en doopte mijn tong in de holte van zijn wangen. Hij deed hetzelfde, leerde me kennen, en keerde terug naar plekjes waar ik een geluidje maakte of harder in zijn vingers kneep.

Na ontelbare momenten liet Xander me los. Hij drukte zijn voorhoofd tegen het mijne, onze hijgende ademhalingen vermengden zich tussen onze monden. 'Het spijt me. Ik heb je make-up verpest. Ik kon gewoon geen minuut langer wachten om je te kussen.'

'Mmm hmm,' murmelde ik, nog steeds suf van zo'n grondige kus. Als die man me al tot in het oneindige kon kussen, kon ik me alleen maar voorstellen wat hij kon doen als hij zijn hele lichaam erin gooide.

'Je smaakt naar chocolade,' fluisterde hij alsof we een geheim deelden.

Mijn ogen schoten open en mijn wangen werden heet. 'Ik heb een stukje gegeten voordat ik binnenkwam. Voor de moed of zo. Ik voelde me er beter door.'

'Ik vond het lekker. Ik zal nooit meer chocolade eten zonder aan jou en die kus te denken.'

Ik glimlachte. God, hij was perfect.

Ik ging rechtop zitten en wilde net mijn menukaart pakken toen de ober naar onze tafel kwam. 'Goedenavond,' zei hij. Hij deinsde even terug toen zijn blik tussen ons heen en weer ging, maar herpakte zich toen. Ik was er zeker van dat hij gewoon geschokt was dat iemand als ik uit was met een god als Xander.

'Kan ik u alvast iets te drinken aanbieden? We hebben Coca-Colaproducten en onze wijnkaart staat achterin de menukaart. We hebben ook een aantal speciale cocktails op dit andere menu.' Ik nam het cocktailmenu van hem aan en keek het snel door terwijl Xander een biertje en een water bestelde.

'Ik neem een Raspberry Lemonade-cocktail en een watertje,' zei ik tegen hem. Hij knikte en liet ons toen weer alleen.

Xander hield mijn hand nog steeds vastgeklemd. 'Kijk me aan,' zei hij. 'Je lippenstift is uitgelopen. Hij keek ons behoorlijk vreemd aan.'

Ik trok mijn hand uit die van Xander om mijn spiegeltje uit mijn tas te vissen. Ik klapte het open en lachte om de puinhoop op mijn gezicht. Ik leek wel een peuter die de lippenstift van haar moeder uitprobeert. Xander legde zijn hand op mijn been en boog voorover om mijn schouder te kussen.

'Ik dacht dat hij zich afvroeg wat jij met mij deed,' bekende ik.

Xander kneep in mijn dij. 'Hij wist precies wat ik met jou deed. Hoe staat bruine lippenstift mij?'

Ik draaide me naar hem toe en proestte het uit bij het zien van de koperen rand om zijn lippen. 'Kom hier,' wenkte ik, met een servet in mijn hand. Ik veegde voorzichtig mijn lippenstift van zijn gezicht, waardoor er geen sporen van onze hartstochtelijke zoensessie in het restaurant achterbleven.

Hij trok het servet uit mijn handen en pakte mijn kin om me naar hem toe te draaien. Hij veegde zachtjes en werkte zich een weg rond mijn mond om de lippenstift op te ruimen. De zachte aanraking van zijn handen op mijn gezicht deed mijn hartslag versnellen en ik was bijna aan het hijgen tegen de tijd dat hij klaar was. Zijn polsslag fladderde in zijn nek en zijn ademhaling haperde mee.

Hij legde het servet neer en keek naar de lippenstift die ik in mijn hand had. 'Doe geen nieuwe op. Ik kus het er toch zo weer af,' zei hij, bij elk woord dichterbij leunend, zodat zijn lippen bij het laatste woord een ademtocht van mijn oor verwijderd waren. Mijn tepels stonden stijf en mijn slipje werd goed nat.

Xander ademde diep in. 'Je ruikt zo lekker,' fluisterde hij in mijn oor, de zachtheid van zijn woorden en het gekriebel van zijn adem stuurden een rilling over mijn ruggengraat. Zijn tong schoot naar buiten en likte achter mijn oor. 'Je smaakt ook goed.'

Ik klemde mijn mond dicht om te voorkomen dat er een kreun van mijn lippen ontsnapte. Xander kuste zijn weg langs mijn nek naar mijn keel en dan weer omhoog naar mijn mond. Hij hield één hand verstrengeld met de mijne en de andere op zijn schoot. Toen hij me weer kuste was het zachter, meer smekend dan bedelend. Zijn kus deed beloften, vertelde verhalen, maar was net zo hartstochtelijk als de vorige en deed nog steeds mijn tenen krullen.

'Ik zie al een lange, koude douche in mijn toekomst,' murmelde hij in mijn oor. Ik keek naar beneden en zag dat zijn spijkerbroek aan de voorkant een tent vormde om ruimte te maken voor de flinke erectie die hij onder de tafel verborg.

Net op dat moment keerde de ober terug met onze drankjes en nam onze bestelling op, en trok zich snel terug toen hij zag dat we niets anders nodig hadden.

Ik nam een slokje van mijn drankje en probeerde de hormonen te kalmeren die door me heen raasden. Ik was er niet aan gewend me zo begeerd te voelen en ik werd er een beetje gek van. Ik wilde onder de tafel kruipen en de druk verlichten die Xander ervoer. Of hem met me mee naar beneden sleuren en ons allebei helpen.

Alsof hij mijn gedachten kon lezen, bracht Xander zijn hand langs mijn rug omhoog naar mijn nek. Hij hield me losjes vast, maar genoeg dat het onmiskenbaar was dat hij er was. 'Ik kan niet stoppen met je aan te raken, of je te kussen, of je in te ademen. Dit is het gekste wat ik ooit heb gedaan, me zo voelen, en ik heb er geen controle over. Ik jaag je toch geen angst aan, wel?'

Ik schudde mijn hoofd en keek hem over mijn schouder aan, met een flirterige blik. 'Je windt me op op een manier die je niet zou geloven. Ik heb me nog nooit zo mooi gevoeld in mijn leven.'

Hij leunde naar voren en liet zijn kin op mijn schouder rusten. 'Je bent prachtig. Zo verdomd knap. Dank je dat je me een kans geeft.'

Ik glimlachte, 'Dank jij dat je mij een paar kansen hebt gegeven.'

Hij lachte, verrast door mijn opmerking. Zijn adem blies over mijn gezicht en kietelde mijn neus. Ik leunde tegen hem aan en drukte zachtjes onze lippen op elkaar. Hij reageerde onmiddellijk, verstevigde zijn greep op mijn nek en draaide me naar hem toe. Ik draaide me naar hem toe en liet onze lichamen samensmelten, mijn zachte rondingen pasten om zijn harde vlakken.

Tegen hem aangedrukt kon ik voelen hoe uitzonderlijk gebouwd hij was. Ik liet mijn handen over zijn borst en omlaag naar zijn buik glijden, en liet mijn vingers over de ribbels van zijn lichaam stoten. Mijn handen gleden weer omhoog naar zijn schouders en ik hield de spieren daar vast, die zich bij elke beweging van mijn handen aanspanden en opsprongen. Ik zweefde over zijn armen, liet een tere vinger over elke spierbobbel gaan en voelde hoe die onder mijn aanraking spande.

Xanders handen verkenden ook. Hij liet mijn nek los en liet een hand over mijn rug naar beneden glijden om bovenaan mijn kont te rusten. Hij duwde mijn shirt uit mijn rok en liet zijn vingers over het onderste deel van mijn rug dwalen, wat vonken door mijn lichaam stuurde. Zijn andere hand rustte bezitterig op mijn dij, net onder de zoom van mijn rok. Hij streelde mijn dij, bloot onder mijn rok, en deed me ernaar verlangen dat hij hoger zou gaan.

'Mijn excuses,' zei een stem ergens buiten mijn bewustzijn. Xander trok zich schuldig van me terug, maar hij hield zijn hand op mijn dij. Ik keek op en zag onze ober boven ons staan met borden vol eten. Hij zette alles op tafel en vroeg of we nog iets nodig hadden en verdween toen weer.

Xander leunde naar me toe en kuste mijn nek. 'Oeps,' grapte hij tegen mijn huid. Ik lachte met hem mee, en voelde me gesterkt door de manier waarop hij me liet voelen.

We vielen allebei hongerig aan op ons eten. Of misschien wilden we gewoon graag weg daar. Hoe dan ook, we aten snel, deelden eten van elkaars borden en voerden elkaar van dezelfde vork. Xander raakte me aan of kuste me om de paar seconden, alsof hij geen genoeg van me kon krijgen. Het was een nieuw maar geweldig gevoel. Ik kon ook geen genoeg van hem krijgen.

Toen we klaar waren met ons diner, leunden we achterover en hielden elkaars hand vast, stalen snelle kusjes terwijl we praatten. 'Ik dacht eraan om naar Sweet & Sassy te gaan voor een toetje. Ze hebben livemuziek, lokale artiesten, op zaterdagavond. Hun desserts zijn natuurlijk geweldig.'

'Dat klinkt goed. We kunnen vanaf hier lopen, toch?'

'Ja,' knikte Xander. 'Het is op de hoek van Winter Way.'

Xander gleed uit het bankje nadat hij voor het eten had betaald en stak zijn hand naar me uit. Ik legde mijn hand in de zijne en glimlachte toen hij hem stevig vasthield terwijl we het restaurant verlieten.

Het was druk bij Sweet & Sassy, maar we wisten toch een tafeltje te bemachtigen. Een serveerster, helemaal in het zwart gekleed met een roze schort om haar middel, begroette ons hartelijk en gaf ons de menukaarten. Ik was een beetje teleurgesteld dat we tegenover elkaar zaten, maar Xander loste dat snel op door zijn stoel naast de mijne te schuiven.

En hij legde zijn hand weer op mijn dij.

'Waar heb je zin in?' vroeg hij zachtjes, terwijl hij zijn lippen tegen mijn oor drukte.

Mijn lichaam trilde en schokjes van genot vonkten door me heen. Ik keek naar het menu en zag chocolade, chocolade en nog meer chocolade. 'Kies jij maar. Ik vind alles lekker klinken.'

'Ik vind jou lekker klinken,' fluisterde hij, en hij knabbelde zachtjes aan mijn oor. Ik deinsde een beetje achteruit, verrast door de intieme aanraking op zo'n openbare plek. Een glimlach speelde om mijn lippen terwijl mijn lichaam opwarmde. 'Wat dacht je van iets met chocolade?' plaagde hij.

De serveerster kwam terug en Xander bestelde een assortiment truffels, twee mini chocolademousse cupcakes en twee glazen wijn. Toen ze wegliep, vroeg Xander me ten dans. Er speelde een liveband, maar niemand was aan het dansen. Er was een brede, open dansvloer voor de band, maar ik was er niet zeker van of ik wel zo in de schijnwerpers wilde staan. 'Ik weet het niet. Niemand anders is aan het dansen.'

'Nou en,' zei hij met een schouderophalen. 'Misschien moedigen we ze wel aan om mee te doen.'

Ik glimlachte om zijn hoopvolle blik en liet hem me naar de voorkant van het restaurant leiden. De band begon een langzaam, lieflijk nummer te spelen toen we de dansvloer op stapten. Xander trok me dicht tegen zich aan, zijn ene hand de mijne vasthoudend, terwijl de andere bezitterig laag op mijn rug rustte.

In zijn armen gewikkeld, voelde ik me kleiner dan mijn maat 48. Xander was lang, zeker meer dan 1,80 meter. Zijn massieve lichaam deed het mijne in het niet vallen, waardoor ik me klein kon voelen in vergelijking met hem. Hij hield me stevig vast, onze lichamen tegen elkaar gedrukt, waardoor ik kon genieten van de stevigheid van zijn lijf.

Zijn spieren hielden me tegen hem aan op mijn plek en zijn beginnende erectie drukte tegen me aan. We dansten langzaam, onze voeten schuifelden een beetje om in beweging te blijven, maar eigenlijk gebruikten we de muziek gewoon als een excuus om elkaar dicht bij ons te houden. Terwijl hij me vasthield, realiseerde ik me dat ik me nog nooit zo gekoesterd of geliefd had gevoeld als op dat moment.

Ik werd er doodsbang van.

Ik wilde niet zo snel voor Xander vallen, maar dat deed ik wel. Hij kende me beter dan wie dan ook ooit had gedaan, inclusief Claire. Ik had mijn diepste geheimen en mijn angsten met hem gedeeld. Ik had hem verteld over mijn verleden en mijn hoop voor de toekomst. En hij had hetzelfde met mij gedeeld.

Ik wist dat ik na hem nooit meer dezelfde zou zijn.

Toen het nummer eindigde, zag Xander dat ons dessert op tafel op ons stond te wachten. Hij sloeg zijn armen om mijn middel terwijl hij me volgde, zijn uitpuilende broek verborgen houdend, terug naar onze tafel.

Xander liet zich naast me op de stoel vallen en bracht onze ineengestrengelde handen naar zijn lippen, waarbij hij een zachte kus over mijn knokkels streek. Xander reikte naar het bord met lekkernijen om het dichterbij te halen en koos er eentje uit. Hij snoof eraan, alsof hij kon ruiken welke smaak er onder de dikke laag chocolade zat.

Hij hield hem naar me toe en fluisterde, 'Neem een hapje.'

Ik opende mijn mond en sloot mijn lippen om de chocolade, zijn vingers raakten mijn lippen aan de binnenkant nauwelijks aan. Ik beet in de truffel en proefde de zoete chocolade en de hartige pindakaas die mijn smaakpapillen raakten. Ik kreunde zachtjes en sloot mijn ogen. Toen ik ze opende, keek Xander naar me. Hij schoof de rest van de truffel in zijn eigen mond en likte zijn vingers schoon.

'Dat was echt lekker,' zei ik.

Xander pakte een andere truffel en deelde die weer met me. We deelden elke truffel, waarbij de smaken zich tussen onze monden vermengden. Toen Xander zijn lippen schuin over de mijne legde, kon ik de chocolade in zijn mond proeven, het zoete vermengde zich met zijn dwingende tong en liet mijn lichaam gonzen van verwachting.

We dronken onze wijn en daarna voerde Xander me een van de cupcakes. Hij was zacht en zoet en smolt in mijn mond. Ik pakte de tweede en hield die voor hem. Hij hield mijn blik vast toen hij zijn lippen om mijn vingers sloot en de cupcake met zijn tong wegnam. Zijn hand op mijn pols hield mijn vingers in zijn mond en hij likte en zoog eraan tot ze schoon waren en ik hijgde. Een nat slipje en stijve tepels waren de voorbode van mijn smachtende lichaam dat voor hem bonkte. Ik wilde hem. Heel erg.

Toen hij vooroverboog en in mijn oor fluisterde, 'Wil je mee naar mijn huis?' knikte ik gretig en volgde hem de deur uit.

In de koele, frisse lucht kwam ik tot bezinning. Ging ik echt mee naar huis met iemand die ik nauwelijks kende? Xander en ik hadden immers wel gepraat, maar we hadden elkaar eigenlijk maar één keer ontmoet. Was ik het soort vrouw dat op de eerste date met een man naar bed ging?

Alsof hij mijn stemmingswisseling kon voelen, hield Xander me tegen op de stoep. Het licht van de open winkels naast ons vervaagde tot diepe schaduwen waar we stonden. Hij trok me naar zich toe en hield me dicht tegen zich aan. 'Gaat het?'

Ik probeerde te knikken, maar was er niet helemaal zeker van hoe ik me voelde. Strak in zijn armen gewikkeld voelde ik me veilig en beschermd, maar door met hem mee naar huis te gaan, maakte ik me zorgen dat ik me in dieper water begaf dan goed voor me was.

Xander boog zich naar me toe en streek met zijn tong lichtjes over mijn oor. Zijn lippen bleven dicht bij me terwijl hij diep ademhaalde. Toen zei hij, 'Je hoeft niet mee naar huis als je dat niet wilt. Ik weet dat dit allemaal vreemd is en de band tussen ons is... Ik weet het niet. Het is verdomd sterk. Ik vraag je niet mee naar huis voor seks. Ik wil gewoon alleen met je zijn. Zonder dat elke andere man in de tent je met zijn slaapkamerogen aankijkt.'

Ik lachte tegen zijn stevige borst en hield me aan zijn middel vast als aan een reddingsboei. 'Niemand keek zo naar me.'

Hij trok zich terug om me in de ogen te kijken. 'Jawel, hoor. Hoe heb je dat niet gemerkt?'

'Eh, omdat het niet gebeurde,' plaagde ik.

'Ja, schat, dat gebeurde wel. Je realiseert je niet eens hoe adembenemend je bent.'

Ik maakte een wegwerpgebaar, niet in staat om onder woorden te brengen hoeveel het voor me betekende om hem die woorden te horen zeggen. Ik had er mijn hele leven van gedroomd dat iemand me aantrekkelijk zou vinden, en de lekkerste man die ik ooit had ontmoet vertelde me dat ik adembenemend was. Het was bijna te veel voor me.

Xander leunde tegen de bakstenen muur van het gebouw achter ons en trok me tegen zich aan. 'Mandy, luister. Ik ben hier met jou omdat ik je persoonlijkheid geweldig vind. We praten makkelijk en ik geniet ervan om alles over je te weten te komen. Vanavond, dat ik mijn handen niet van je af kon houden, had niets te maken met onze gesprekken. Dat ben jij helemaal, schat. Je bent prachtig en je windt me op. Ik weet dat je het kunt voelen, je kunt het merken. Ik wil jou, niet een of andere magere versie van jou. Je bent prachtig zoals je bent. Ik wou dat je kon zien wat ik zie.'

'Ik weet niet of ik mezelf ooit zo zal zien. Ik heb geaccepteerd wie ik ben en ben in wezen gelukkig, maar ik zie mezelf niet als sexy. Het verbaast me dat je me überhaupt wilt.'

Xander verankerde zijn handen op mijn heupen, zijn vingers groeven in mijn vlezige zijkanten, en trok me tegen zich aan. Onze lichamen kwamen samen en hij duwde zachtjes tegen me aan, zijn stijve erectie die in mijn zachte buik groef. 'Je weet dat ik dat doe. Dat kun je voelen. Er is hier niemand anders dan wij en dat komt allemaal door jou. En ja, ik zou je graag mee naar huis nemen en tot de ochtend met je vrijen, maar ik vind het meer dan prima om gewoon meer tijd met je door te brengen. Dit gaat over ons allebei. Ik wil je gelukkig maken.'

'Ik heb dit nog nooit gehad. Ik heb nog nooit iemand

gehad die het belangrijk vindt of ik gelukkig ben. Die eerst aan mij denkt in plaats van aan zichzelf. Het's... het i's gewoon vreemd. Geen van mijn vriendinnen heeft mannen zoals jij in hun leven. Het's alsof we altijd aan de kant zijn geschoven omdat we mollig zijn en dat jij hier staat en zegt dat je me wilt... Het is allemaal een beetje surrealistisch voor me.'

Xander trok me stevig tegen zich aan en hield me vast. Zijn handen streelden mijn rug en hij drukte zijn lippen tegen mijn haar. Waar hij tijdens het eten en het dessert sexy en sensueel was, was hij lief en gevoelig terwijl we op de stoep stonden. Zijn aanraking was een geruststelling, niet bedoeld om me op te winden of hem op te geilen, maar gewoon om me ervan te overtuigen dat hij er om dezelfde redenen was als ik. Hij wilde er zijn.

'Als je je daardoor beter voelt, dit is voor mij ook een beetje surrealistisch. Ik weet dat je denkt dat ik zo'n makkelijk leven heb gehad omdat ik er goed uitzie-'

'Lekker, Xander. Niet gewoon goed uitziend. Je bent verdomd knap. Om nog maar te zwijgen van charmant.'

Hij lachte zachtjes in mijn haar. 'Desalniettemin, het is niet zo dat alles me zomaar aan komt waaien. Ik heb je verteld over de universiteit en hoe slecht ik het daar deed. Ik heb ook voortdurend problemen met meiden. Je zou niet geloven hoeveel vrouwen er zijn die me alleen maar willen als accessoire aan hun arm.'

'Wie zegt dat ik dat niet doe?' plaagde ik.

Hij gooide zijn hoofd achterover en lachte voluit. Het geluid dreunde van zijn borst in de mijne, omdat ik tegen hem aangedrukt stond. 'Zie je, dat is wat ik zo geweldig aan je vind. Je kunt grapjes met me maken. Een vrouw die echt met bijbedoelingen op me uit is, zou daar geen grapjes over maken. We hebben gewoon een klik. Het's vreemd en het is eng, maar het is geweldig. Jij bent geweldig.'

'Weet je zeker dat je me niet gewoon in bed probeert te krijgen?'

Hij trok zich terug, zijn handen grepen nog steeds mijn heupen vast. Hij keek me in de ogen terwijl hij naar me toe dreef, zijn blik gleed naar mijn lippen, seconden voordat zijn mond de mijne ving. Zijn kus was langzaam, zacht. Hij kuste mijn lippen en baande zich een weg van de ene mondhoek naar de andere. Hij trok mijn onderlip in zijn mond en zoog er hard aan. Hij liet hem alleen los om mijn lip weer tussen zijn tanden te nemen, knabbelend en trekkend.

Mijn hart bonkte in mijn borst en dreigde los te breken. Xanders lippen bedekten de mijne weer, zijn tong streek langs mijn lippen toen ik zuchtte van genot. Zijn tong gleed zachtjes over de mijne. Zijn kus was nog steeds zacht, maar er zat een urgentie achter, alsof hij bang was dat iemand ons zou stoppen.

Ik klampte me aan hem vast, leunde met zijn rug tegen de bakstenen muur en liet mijn handen over zijn lichaam glijden. Zijn shirt had lange mouwen, maar het was dun en liet me de contouren van zijn lichaam voelen, de kracht die hij onder zijn kleren verborg. Mijn handen gleden naar zijn middel en ik aarzelde. Ik wilde tussen ons in reiken en hem vasthouden, hem voelen kloppen in mijn hand, maar ik kon dat niet in het openbaar doen. In plaats daarvan schoof ik mijn hand onder zijn shirt en voelde de zachte huid en het zijdeachtige haar op zijn buik. Zijn spieren trokken samen onder mijn vingers en hij kreunde terwijl hij tegen me aan stootte.

Zijn handen reisden zuidwaarts van mijn heupen om mijn kont te omvatten. Hij kneep en kneedde mijn vlees, en hield me tegen zich aan. Ik kreunde zachtjes in hem en trok me terug.

'Laten we naar jouw huis gaan,' zei ik. Mijn stem was onherkenbaar door de dikke emotie die hem vertroebelde.

Xander keek me aan en hield mijn gezicht in zijn handen. 'Dat is niet waarom ik je kuste. Ik wilde je kussen en je naar huis laten gaan. Ik wil niet dat je iets doet wat je niet wilt doen. Ik wil dat je me vertrouwt.'

'Ik weet het. Ik vertrouw je. En ik wil naar jouw huis. Nu.'

Xander keek me nog een paar seconden aan, greep toen mijn handen en sleepte me praktisch mee terug naar de parkeerplaats bij Thai This waar we onze auto's hadden achtergelaten. Hij wees me zijn auto aan en leidde me naar de mijne, me heftig kussend voordat ik instapte. Hij jogde over de parkeerplaats naar zijn Jeep en binnen enkele seconden volgde ik hem naar zijn huis.

HOOFDSTUK 10

DE RIT NAAR het huis van Xander bracht ons terug in de richting van mijn eigen huis. Toen we de oprit van een oudere ranchwoning opreden, was ik onder de indruk. Xander had gezegd dat hij een eigen huis had, maar ik had een chique vrijgezellenflat verwacht, geen huis in een buurt dicht bij de mijne.

Xander reed de garage in en ik parkeerde vlak achter hem op de oprit. Hij klom uit zijn Jeep en liep terug naar me toe. Ik liep hem tegemoet bij de ingang van de garage en hij pakte mijn hand en trok me achter zich aan naar binnen.

We liepen rechtstreeks de keuken in. Die had een oude, rustieke uitstraling. De kastjes waren duidelijk origineel, maar in uitstekende staat. Het stenen aanrecht leek onlangs te zijn vervangen. Rechts stond een massief houten tafel in een diepe, rijke espressokleur met vier verschillende stoelen die er op de een of andere manier perfect bij pasten.

'Dit is prachtig,' fluisterde ik, onder de indruk van zijn huis.

'Dank je. Je had het moeten zien toen ik het kocht. Het had een goede basis, maar het had wel wat liefde nodig.'

'Heb je al het werk hier zelf gedaan?' Hij knikte. 'Wow, nu ben ik nog meer onder de indruk. Wil je me vertellen wat je allemaal hebt gedaan?'

Hij trok een sceptische wenkbrauw naar me op. 'Wil je daar echt alles over horen?'

Ik glimlachte. 'Ja. Het geeft me een beter beeld van wie je bent. Bovendien, ik hou van mijn rijtjeshuis, maar dat heeft niet de charme van deze plek. Ik hou van oude huizen zoals dit. Waarvan je het gevoel hebt dat ze een verhaal te vertellen hebben en je moet uitzoeken wat dat is. Ik denk dat jij het verhaal van dit huis hebt gevonden.'

Hij bloosde en keek weg, terwijl hij de keuken van zijn huis rondkeek. Trots en verlegenheid streden op zijn gezicht, maar toen hij zich weer naar me omdraaide, had de trots de overhand.

'Het huis was van een vrouw die hier opgroeide. Haar ouders hebben het huis gebouwd. Ze ging naar een verzorgingstehuis en had geen familie, dus verkocht ze het huis en was ze van plan het geld te gebruiken voor haar verblijf in het tehuis.'

Hij stond naast me terwijl hij praatte. Toen onze ogen elkaar ontmoetten, zag ik hoe belangrijk het huis voor hem was.

'Ze had het ver onder de marktprijs te koop staan, maar niemand wilde het hebben vanwege al het werk dat eraan moest gebeuren. Ik ben haar gaan opzoeken – ze was al naar het verzorgingstehuis verhuisd – en heb met haar over het huis gepraat. Ze vertelde me hoe ze hier opgroeide en hoeveel liefde er in het huis was geweest. Ze had twee broers en zussen, maar die waren jaren geleden al verhuisd en hadden geen interesse in het huis. Ze was nooit getrouwd, dus ze had ook geen kinderen die het konden opeisen. Ze wilde gewoon dat het naar iemand ging die van het huis zou houden.'

Ik kneep in zijn hand om hem aan te moedigen verder te vertellen. Ik merkte dat hij aan de vrouw gehecht was geraakt.

'Hoe dan ook, ze maakte zich zorgen over geld, want met de vraagprijs kon ze maar zo'n vijf jaar in het verzorgingstehuis betalen. Ze zei dat ze wist dat er veel aan moest gebeuren, maar dat ze er genoeg voor moest krijgen om er zeker van te zijn dat ze zonder zorgen kon leven. Omdat ze alleen was, had ze geen familie die ze kon bellen als haar geld opraakte. Ik stemde ermee in om iets boven haar vraagprijs te betalen en ik heb een contract getekend met het verpleeghuis dat als haar geld opraakt, ze bij mij komen om haar te helpen.'

'Hoe heet ze?'

'Louise. Ze is als een oma voor me geworden. Ik ga elke week bij haar op bezoek en dan kaarten we. Ik breng haar foto's van het huis en dan vertelt ze me verhalen. Dit huis heeft veel verhalen en je hebt gelijk, ik heb mijn best gedaan om die te vinden. Louise heeft daarbij geholpen.'

'Ze klinkt geweldig. Dat maakt dit een nog specialere plek, omdat je een band hebt met de achtergrond ervan.'

Xander knikte. 'Daarom hou ik er zo veel van. Ik weet dat het maar een huis is, maar het is mijn thuis. Het is de eerste plek waar ik ooit trots op ben geweest.'

Ik glimlachte en reikte omhoog om hem te kussen. Hij kwam me halverwege tegemoet en zijn tong gleed snel door mijn mond. Ik trok me terug voordat we te diep in onze kus opgingen en vroeg: 'Dus wat heb je hier allemaal gedaan?'

Hij keek de keuken rond en nam de kamer in zich op. 'Eigenlijk zo'n beetje alles. De kastjes zijn niet origineel, maar ik heb er op maat gemaakt die overeenkwamen met het oude ontwerp. Het aanrecht is nieuw en ik heb de tegelvloer vervangen toen ik hier net was. Natuurlijk zijn alle apparaten nieuw. De tafel is er een die ik een paar jaar geleden bij een garageverkoop vond en ik vond gewoon dat hij erbij paste. De stoelen heb ik in de loop der jaren verzameld, op zoek naar een vergelijkbare schaal en kleur, maar ik wilde iets wat een beetje anders was.'

'Het is je geweldig gelukt. Ik dacht echt dat dat de originele kastjes waren. Ze zijn prachtig.' Ik streek met mijn hand over de kastdeurtjes en voelde het gladde hout, koel onder mijn vingertoppen.

'Wil je de rest zien?' vroeg Xander verlegen.

Ik draaide me naar hem toe, met een brede grijns op mijn gezicht. 'Absoluut.'

Hij leidde me door de eetkamer, waar hij de hardhouten vloeren had vervangen en een inbouwkast had geïnstalleerd voor servies en andere zelden gebruikte keukenartikelen. De woonkamer had dezelfde hardhouten vloeren en een nieuwe plafondventilator. Het meubilair was groot en van leer, heel uitnodigend. Xander had een enorme tv tegenover de bank en een paar kleine tafeltjes verspreid door de kamer. Het geheel had een heel comfortabele, huiselijke sfeer.

Voorbij de woonkamer was een smalle gang die naar de slaapkamers leidde. We liepen langs twee kleine kamers die Xander gebruikte als zijn kantoor en fitnessruimte en een badkamer in de gang voordat we bij zijn slaapkamer aankwamen.

'Ik probeer je hier niet heen te lokken. Ik wil gewoon dat je het ziet.'

'Is dat een eufemisme?'

Hij schoot in de lach, trok me naar zich toe voor een snelle kus en deed toen het licht in zijn slaapkamer aan.

Ik was blij dat hij het voor het laatst had bewaard, want ik wist dat ik de rest van het huis niet meer had kunnen doorstaan.

Midden in de kamer stond een kingsize bed met een enorm houten hoofdeinde dat de helft van de muur bedekte. Kraakwitte lakens en een dekbed lagen op het bed met kussens die er nonchalant overheen waren gegooid. Aan de ene kant stond een groot dressoir en in de hoek stond een tv op een meubel. Twee deuren omlijstten het bed naast de nachtkastjes, die naar de badkamer en de kledingkast leidden.

Toen ik de oversized inloopkast binnenliep, vroeg ik me af waarom Xander niet meer kleren had. De kast leek maar halfvol. 'Waar is de rest van je spullen?'

Hij keek naar zijn voeten en streek met een hand door zijn korte donkere haar. 'Ik heb niet zo veel spullen. De kast is geweldig omdat dingen zelden kwijtraken, maar hij is veel te groot voor mij. Mocht er ooit iemand bij me intrekken, is het wel fijn dat ze ruimte heeft, dus ik probeer hem niet op te vullen.'

Hij zei de laatste zin met zijn ogen op de mijne gericht, alsof hij de mogelijkheid overwoog dat ik bij hem zou intrekken. Ik vormde de woorden 'Oh' en ging terug de slaapkamer in. Ik liep om zijn bed heen naar de andere deur.

Xander deed het licht in zijn badkamer aan en ik viel bijna om. 'Jemig,' zei ik voordat ik mezelf kon tegenhouden. De kamer was adembenemend.

Een douche voor twee of meer personen liep langs de ene muur met daarnaast een bubbelbad, met een raam er precies boven. Het wastafelmeubel en het toilet waren aan de andere kant, met een deur om het toilet privé te houden. Dubbele wasbakken sierden het strakke betonnen aanrechtblad, verankerd door een stevig houten wastafelmeubel. Leistenen tegelvloeren schitterden in het licht en de amberkleur van de vloer was terug te vinden op de muren.

Ik wilde in die badkamer wonen.

'Heb jij dit ook allemaal gedaan?' vroeg ik.

Hij knikte verlegen. 'Ik dacht, als ik het toch allemaal opnieuw doe, kan ik er net zo goed helemaal mee losgaan. Het is een beetje veel, maar ik vind het geweldig.'

'Het is fantastisch. Ik zou een moord doen voor zo'n badkamer.'

'Je ziet er goed uit hier. Het staat je.' Hij strekte zijn armen naar me uit en ik viel gemakkelijk in zijn armen. Terwijl hij me vasthield, leunend tegen het aanrecht, luisterde ik naar het kloppen van zijn hart. Zijn handen gleden langzaam over mijn rug. Ik deed hetzelfde en luisterde hoe zijn gestage hartslag versnelde naarmate we elkaar langer vasthielden.

Toen hij mijn gezicht naar het zijne optilde, kuste hij me, liet zijn hand in mijn haar glijden en hield me op mijn plek. Mijn handen gleden over zijn borst, richting zijn middel. Ik tilde de rand van zijn shirt op en liet mijn vingers over zijn spieren gaan, genietend van de samentrekking die ze maakten telkens als ik een spier aanraakte.

Xanders tong gleed door mijn mond en claimde me als de zijne. De kracht en snelheid van zijn tong namen toe met elke aanraking van mijn handen op zijn buik, totdat hij ademloos onze kus verbrak.

'Het spijt me, schat, ik kan dit niet. Ik kan je niet zo zoenen. Niet hier, zo dicht bij mijn bed. We kunnen naar de andere kamer gaan en praten.'

'Of…' Ik keek naar zijn kamer, waar het kingsize bed net buiten het zicht stond.

'Of wat?' perste hij eruit, vechtend tegen de hormonen waarvan ik wist dat ze door hem heen raasden.

Ik besloot de stoere, zelfverzekerde vrouw te zijn die ik aan de telefoon was. Degene die Xander de avond ervoor had laten klaarkomen met alleen mijn woorden en geluiden. Degene die hem de hele avond hard had gehouden.

'Of we kunnen kijken waar dit ons brengt, misschien op je bed.'

Hij greep zo snel om me heen dat ik niet wist wat hij deed totdat hij me in zijn armen had getild. 'Je bezeert jezelf nog. Zet me neer,' protesteerde ik.

Xander droeg me naar het bed, kuste mijn nek terwijl hij liep en mompelde tegen mijn huid. Mijn benen waren om hem heen geslagen en ik hield me stevig vast, hopend dat hij zich geen breuk zou tillen.

Aan de rand van het bed liet Xander me langzaam zakken, onze lichamen schuurden de hele weg naar beneden tegen elkaar. Hij kreunde toen mijn voeten de vloer raakten en hij drukte onze monden op elkaar, terwijl hij me verwoed kuste.

'Op het bed. Nu,' beval hij. Een kleine opwinding ging door me heen bij de plotselinge verandering in hem. Ik had nog nooit een man gehad die me commandeerde in bed, maar ik dacht zo dat ik ervan ging genieten.

Mijn slipje werd natter toen ik de blik van puur verlangen op zijn gezicht in me opnam. Hij wilde me. Heel erg.

Hij kroop het bed op en over mijn lichaam, en stopte bij mijn middel. Hij duwde mijn shirt met zijn neus omhoog en liet zijn tong over de zachte huid van mijn buik gaan. Ik kromp ineen en probeerde weg te bewegen, wensend dat hij zijn gezicht niet zo dicht bij mijn dikste deel zou houden.

'Blijf stil,' zei hij bars. 'Ik heb de hele avond deze plek aangeraakt en ik moet weten hoe het smaakt.'

Ik bleef stokstijf liggen terwijl hij mijn shirt verder omhoog schoof en de slappe huid van mijn buik kuste en eraan zoog. Hij doopte zijn tong in mijn navel en neuriede tegen mijn lichaam. Mijn hart ging tekeer en vuur likte aan elke centimeter van mijn huid, smachtend en brandend naar meer van zijn aanraking.

'Trek je shirt uit,' zei hij tegen me. Ik tilde mijn schouders van het bed en trok mijn shirt over mijn hoofd, waarna ik het naast het bed liet vallen.

Zijn hazelnootkleurige ogen, een diep, modderig, lustig groen, gleden over mijn bovenlichaam, rustten een korte seconde op mijn mond voordat ze de mijne ontmoetten. 'Je bent prachtig,' zei hij serieus toen onze blikken elkaar vonden. De mijne vulden zich met tranen en hij bewoog onmiddellijk omhoog om me te kussen.

Hij hield zichzelf met één hand omhoog en drukte de andere in mijn haar, me omhoog trekkend om zijn kus te beantwoorden. Zijn tong drong door mijn tanden en stootte ruw mijn mond binnen. Ik hield me aan hem vast en probeerde alles te onthouden van wat ik voelde, voor het geval het een droom was en ik wakker zou worden.

Toen hij zich terugtrok, keek hij in mijn ogen, onze voorhoofden tegen elkaar gedrukt. 'Je bent de mooiste vrouw die ik ooit in mijn bed heb gehad. De mooiste vrouw die ik ooit heb gezien. En ik ga ervoor zorgen dat je weet hoezeer ik je wil, tegen de tijd dat ik klaar met je ben.'

Ik slikte, plotseling doodsbang voor wat hij ging doen. Nee, ik wist dat hij me geen pijn zou doen, maar ik wist dat het heel emotioneel voor me zou worden als hij zou proberen me anders naar mezelf te laten kijken.

'Ik kus je lippen en ik zie niet het dikke gezicht dat jij denkt te hebben. Ik proef je zoetheid, een vleugje chocolade dat me aan jou herinnert, en ik weet dat ik daar niet kan stoppen.'

Hij bewoog naar mijn oor en fluisterde, 'Wanneer ik je wang kus, denk ik niet aan je verborgen jukbeenderen of je bolle wangen. Ik denk eraan hoe goed je huid ruikt en hoe fijn je het vindt als ik mijn tong achter je oor laat glijden en hoe snel je polsslag is als ik in de buurt ben.'

Zijn tong streelde mijn polsslag die oversloeg en versnelde, hem aanmoedigend.

'Ik werk mijn weg langs je nek naar je borsten en ik denk er niet aan dat ze te groot of zwaar zijn, ik denk eraan dat ze perfect in mijn handen passen en,' pauzeerde hij terwijl hij met een duim over een van mijn tepels streek. Ik boog naar hem toe en drukte mijn borsten steviger in zijn hand. 'Ik denk aan hoe je op mijn aanraking reageert. Aan hoe ik gisteravond naar je luisterde toen je je tepels aanraakte en hoe hard ik werd.'

Hij greep achter me en maakte mijn beha los, liet hem van mijn armen glijden en gooide hem achter zich. Zijn mond bedekte een tepel terwijl zijn vingers de andere draaiden. Ik kreunde en klauwde naar hem. Ik stond op het randje van een orgasme, alleen al door zijn woorden en wat tepelspel, iets wat nog nooit eerder was gebeurd. Ik wist dat ik zou ontploffen als hij me zou aanraken waar ik naar hem smachtte.

Zijn handen gleden naar mijn heupen en hij liet een spoor van kusjes achter terwijl hij naar beneden ging. Op mijn buik zei hij, 'Als ik hier kus, denk ik niet aan het gewicht dat jij denkt te moeten verliezen. Ik denk aan hoe zacht je huid is en dat dit een plek is waarvan ik weet dat die naar jou ruikt. Een plek die niet besmet is door deodorant of parfum of iets anders, maar gewoon jou bevat.'

Mijn handen grepen zijn hoofd, zijn korte haar streek langs de toppen van mijn vingers en kietelde mijn handpalmen. Terwijl hij me kuste, schoof hij mijn rokje en slipje van mijn heupen. Hij keek naar me op, een vraag in zijn ogen. Ik glimlachte naar hem en gaf hem de toestemming die hij zocht.

Hij gooide mijn rokje en slipje op de grond bij mijn andere kleren en ik kneep mijn ogen dicht, omdat ik de blik in zijn ogen niet wilde zien wanneer hij mijn volledig naakte lichaam zou aanschouwen.

'Kijk me aan, Mandy,' zei hij zacht. Ik dwong mijn ogen

open en ontmoette de zijne, waarin ik behoefte en een smachtend verlangen vond in plaats van de walging die ik verwachtte. 'Je_ bent _fokking mooi. Ik weet niet hoe ik zoveel geluk heb, maar bedankt dat je hier bent.'

Een traan glipte uit mijn oog en Xander kwam naast me liggen. 'Praat met me, schat. Wat denk je op dit moment?'

Ik aarzelde. Hij zei dat hij de zelfverzekerde vrouw van de telefoon leuk vond, en op dat moment voelde ik me alles-behalve dat. Ik wilde de dekens over me heen trekken en me voor hem verstoppen. Ik wilde gillend zijn huis uit rennen en nooit meer achterom kijken. Ik wilde wakker worden uit de droom waarvan ik zeker wist dat hij me hartzeer zou brengen.

'Ik ben doodsbang. Ik begrijp niet waarom je me aantrek-kelijk vindt, want ik vind dat zelf niet.'

'Stop. Meteen stoppen. Aantrekkingskracht is niet iets wat we in de hand hebben. Ik vond je leuk vanaf het moment dat je de telefoon opnam en dat is niet veranderd door hoe je eruitziet. Het is alleen maar intenser geworden. Ik weet dat je het niet begrijpt, maar in mijn ogen ben je prachtig. Er hoeft niets te gebeuren. Ik kan je je kleren weer aandoen en dan kunnen we op de bank gaan zitten. Jij hebt het hier voor het zeggen.'

'Echt waar?' plaagde ik. 'Want ik vond het eigenlijk wel lekker om orders te krijgen.'

'Ja?'

'Het was best wel opwindend.'

"Dat moet ik onthouden. Voor nu denk ik dat we het rustig aan moeten doen. Vind je dat goed?'

Ik keek omlaag naar onze lichamen die tegen elkaar aan gedrukt lagen, het mijne volledig naakt en het zijne volledig gekleed. 'Ik denk dat ik me overal beter bij zou voelen als jij ook naakt was.'

Hij glimlachte en kuste mijn neus voordat hij van het bed

rolde. Zijn kleren verdwenen snel en hij keerde terug aan mijn zijde, waar hij zich op zijn elleboog opdrukte. Ik draaide me naar hem toe en voelde hoe hij laag en hard tegen mijn blote buik drukte. Ik keek naar beneden en strekte mijn hand naar hem uit, niet in staat mezelf tegen te houden.

Ik sloot mijn vingers om zijn lengte en verbaasde me over de zijdezachte huid die zijn harde schacht bedekte. Een paar druppels voorvocht glinsterden op zijn eikel en ik veegde ze weg met mijn duim, terwijl ik rondjes draaide op zijn topje. Xander klemde zijn tanden op elkaar en stootte in mijn hand. 'Verdomme, schat, daar moet je mee ophouden, anders kom ik klaar.'

'Ik wil dat je klaarkomt. Ik wil naar je kijken. Ik wil je proeven.'

'Mag ik jou eerst proeven? Alsjeblieft,' kreunde hij terwijl ik hem zachtjes streelde. Hij duwde me zachtjes op mijn rug en boog zich over me heen, kuste mijn nek en reisde langs mijn lichaam naar beneden. Hij stopte bij mijn tepels om te likken en te bijten en liet toen zijn tong over mijn buik glijden voordat hij zich tussen mijn benen nestelde.

Ik had hem nog steeds geen antwoord gegeven, dus hij keek me verwachtingsvol aan terwijl hij zijn neus tegen mijn lichaam drukte. Zijn vingers gleden over de binnenkant van mijn dijen en kietelden en plaagden me om wijd voor hem open te gaan. Ik kreunde zachtjes en liet mijn knieën op het bed vallen, waardoor Xander de toegang kreeg die hij nodig had.

Hij verspilde geen tijd en liet zijn tong in één snelle beweging overal over me heen gaan. Ik kreunde luid en boog mijn rug naar hem toe. 'God, je smaakt lekker,' murmelde hij tegen mijn huid. Zijn handen hielden mijn benen opzij terwijl hij zijn tong in me liet glijden, zachtjes in me stootte voordat hij terugkeerde naar mijn clitoris.

Hij cirkelde om me heen en zoog zachtjes aan me. Zijn

vingers gleden dichter naar me toe tot hij er één naar binnen liet glijden en diep in me zocht. Hij trok zijn glibberige vinger uit me en stak hem er samen met een andere weer in, terwijl hij me zijn mond in trok. Ik schreeuwde het uit en vocht tegen hem, in een poging me in te houden in plaats van de ontlading me te laten vullen.

'Kom voor me klaar, schat. Ik moet je proeven. Nu.'

Xander voegde een derde vinger toe en stootte diep en krachtig in me, zijn tong likte me furieus terwijl mijn lichaam zich strak om hem heen spande en ik mijn ontlading op het puntje van zijn tong voelde. Hij reikte omhoog met zijn vrije hand en draaide aan mijn tepel toen hij de volgende keer zijn vingers in me stak, waarbij het genot en de pijn van zijn beweging het orgasme uit me schokten.

Ik schreeuwde zijn naam en kwam klaar in een krachtige, schokkende explosie. Hij hield me vast, zuigend en stotend terwijl golf na golf van orgasme me overspoelde. Toen de roes afnam, voelde ik Xanders vingers diep uit me glijden en kuste hij mijn dij met natte lippen. Hij kroop over me heen en ging naast me op het bed liggen, zijn erectie overbrugde de kloof tussen ons.

'Dat was het meest geweldige ooit. Ik zal nooit meer kunnen stoppen met denken aan hoe je klinkt en hoe je smaakt.'

Ik reikte tussen ons in en hield hem in mijn hand, aarzelend. Hij aaide zachtjes door mijn haar, kuste mijn slaap en hield me vast. 'Wil je met me vrijen?' vroeg ik uiteindelijk.

Hij verstijfde. Alsof hij van gedachten was veranderd. Toen ik de moed verzamelde om naar hem te kijken, had hij de grootste grijns op zijn gezicht. 'Weet je het zeker? Ik wil niet dat je het gevoel hebt dat het moet.'

'Als je niet wilt…'

'Verdomme nee,' onderbrak hij me. 'Je weet dat ik het wil. Ik wil er alleen zeker van zijn dat jij er klaar voor bent.'

'Ik wil je in me voelen. Ik… Ik heb je nodig in me.'

Xander boog zich over me heen, opende de la van zijn nachtkastje en haalde er een condoom uit. Ik pakte het uit zijn vingers en scheurde het open. Hij ging op zijn rug liggen, zijn erectie wees naar het plafond. Ik hield het condoom boven hem en keek hem even aan voordat ik het over hem begon af te rollen.

Zijn vingers vonden mijn naakte vagina en hij liet er twee naar binnen glijden terwijl ik met hem bezig was. Mijn lichaam bewoog mee met zijn vingers, op en neer stuiterend over zijn hand, op zoek naar een nieuwe ontlading terwijl hij met me speelde.

Toen het condoom op zijn plaats zat, greep Xander mijn heupen en begon me te begeleiden om boven op hem te krui-pen. 'Wat doe je?' vroeg ik paniekerig. Ik kon niet op hem gaan zitten, ik zou hem pletten.

'Ik wil jou bovenop, in elk geval om te beginnen. Ik wil je op me zien rijden.'

"Ik ben bang dat ik je pijn doe.'

'Geen schijn van kans. Alsjeblieft. Ik wil gewoon een paar minuten naar je kijken.'

Ik zwichtte voor de smekende blik in zijn ogen en kroop boven op hem. Hij leidde zichzelf mijn vagina in en hield mijn heupen vast toen hij goed gepositioneerd was. Ik liet hem de controle over mijn lichaam nemen en genoot van het gevoel van zijn kloppende lid bij mijn ingang. Mijn lichaam was nat en klaar voor hem, al pijnlijk verlangend door zijn aanraking.

Xander liet me centimeter voor centimeter over hem heen zakken, waardoor mijn lichaam zich kon uitrekken om zijn dikke pik te ontvangen. Ik spreidde mijn knieën verder om hem te verwelkomen en liet me op hem vallen, mezelf op zijn erectie spietste.

De pijn en het genot van hem in me vielen mijn lichaam

aan en lieten me weten dat ik er weer klaar voor was. Xander voelde mijn lichaam zich om hem heen spannen en kreunde zachtjes. 'Rijd op me, schat. Neem je genot van mijn lichaam. Zoals je gisteravond genot nam van mijn woorden. Rijd me hard.'

Ik liet mijn handen op zijn borst rusten voor meer houvast en kwam langzaam van hem omhoog. Ik liet me weer zakken, spreidde mijn knieën wijd om Xander zo diep mogelijk in me te nemen. Zijn pik raakte me diep en hard, maar ik wilde het sneller. Zijn handen hielden mijn heupen vast, niet controlerend, maar alleen om me te voelen. Ik ging harder en sneller op en neer en voelde mijn lichaam zich strak om hem heen spannen terwijl mijn orgasme dichter bij de oppervlakte kwam.

Gefrustreerd dat ik niet sneller kon bewegen, gooide ik mijn hoofd naar achteren en ging rechtop zitten. Xander voelde mijn behoefte en liet zijn hand tussen ons glijden. Hij wreef furieus met zijn vingers tegen me, waardoor ik verder achteroverleunde om hem betere toegang te geven. Ik kreunde luid, steeds dichter bij de rand waar ik wanhopig overheen wilde vallen. Xander draaide ons abrupt om, terwijl hij in mijn lichaam bleef, en beukte in me.

Zijn vingers deden hun magische werk bij me terwijl hij onze lichamen tegen elkaar beukte. Het klappen van huid was een vaag geluid op de achtergrond vergeleken met het zware ademen en kreunen dat we deden. Xander kreunde in mijn oor: 'Kom voor me klaar, Mandy. Schat, ik wil dat je nu klaarkomt. Ik kan het niet lang meer volhouden, schatje. Geef het me.'

Ik kwam klaar op zijn bevel, schreeuwde zijn naam en klampte me aan hem vast terwijl mijn lichaam schokte van de kracht van mijn orgasme. Hij stootte hard en diep, mijn naam op zijn lippen, terwijl hij vlak na mij klaarkwam.

Hij kuste mijn ogen, mijn wangen, mijn vingers, overal

waar hij bij kon, terwijl we allebei nasidderden van de naschokken. Met hem vrijen was de krachtigste en tederste ervaring van mijn leven. Zelfs toen ik de pijn tussen mijn benen begon te voelen en wist dat ik dagenlang beurs zou zijn, wist ik meer dan wat dan ook dat hij me voor andere mannen had verpest. Niemand zou ooit kunnen tippen aan Xander Carlson.

HOOFDSTUK 11

Daarna trok Xander me in zijn armen en hield me vast. Hij fluisterde in mijn oor en vertelde me hoe mooi ik was. In de gloed na de seks stond ik mezelf toe te geloven dat hij dat echt meende.

Heerlijk voldaan en nog gloeiend van ons wederzijdse genot bleef ik in Xanders armen, in zijn bed. Ik wist dat ik weg moest, naar huis, in plaats van te maken te krijgen met een gênante ochtend erna, of een *walk of shame*. Xander hield me dicht tegen zich aan terwijl we in zijn bed knuffelden en praatten tussen zachte kusjes door. Ik zei hem dat ik weg moest, maar hij bleef maar praten en me kussen en dus bleef ik.

Ergens na middernacht vielen we in slaap, verstrengeld in elkaars armen met de frisse, witte lakens om ons heen getrokken. Ik was me er vaag van bewust dat ik nog nooit zoveel tijd naakt met een man had doorgebracht. Toen ik in slaap viel, realiseerde ik me ook dat ik nog nooit de nacht met een man had doorgebracht.

Een paar uur later werd ik wakker en voelde ik me ongemakkelijk om daar te zijn. Na alles wat we hadden gedeeld, onze telefoongesprekken, de aanrakingen, het vrijen, maakte ik me nog steeds zorgen dat de ochtend vreemd zou zijn.

Ik maakte me los uit zijn omhelzing en glipte van het bed. Zachtjes pakte ik mijn kleren bij elkaar en kleedde me aan. Ik keek achterom naar het bed, waar Xander met zijn gezicht naar beneden en languit over zijn kant van het bed lag. Mijn hart kromp ineen en zei me dat ik weer naast hem moest kruipen, maar ik wist dat ik beter kon gaan.

In plaats van er stilletjes tussenuit te knijpen besloot ik hem te zeggen dat ik wegging. Ik liep naar de rand van het bed en legde mijn hand op zijn blote schouder; de warmte van zijn huid verwarmde me. 'Xander,' riep ik zachtjes terwijl ik hem een duwtje gaf.

'Hmm?'

'Ik ga naar huis.'

Hij rolde zich om en keek naar me op, zijn ogen slaperig en verward. 'Mandy. Schat, kom terug in bed.'

'Nee, ik ga naar huis. Ga jij maar weer slapen.'

Hij pakte mijn hand en trok me naar zich toe voor een slaperige kus. 'Je hoeft niet weg te gaan. Ik wil dat je blijft.'

Ik glimlachte, me afvragend of ik misschien moest blijven, maar ik wist dat de ochtend vreemd zou zijn. 'Ik moet naar huis. Ik denk dat mijn vrienden en vriendinnen er nog zijn.'

'Oh schat, ik wist niet dat ik je weghield van je vrienden. Het spijt me.'

Ik glimlachte. 'Nee, het is goed. Ze kwamen langs om me te helpen uitzoeken wat ik aan moest voor ons afspraakje.'

Hij liet zijn hand over mijn kont glijden en dan omhoog onder mijn rokje om mijn blote huid aan te raken. 'Bedank ze dan maar namens mij. Je zag er geweldig uit. Nog steeds.'

'Dat zal ik doen. Bel je me morgen?'

'Zeker weten. Voorzichtig, schat.'

Ik kuste hem zachtjes en liet mezelf via de voordeur naar

buiten. De straten waren stil terwijl ik naar huis reed en mijn huis was donker. Binnen zag ik Sam op de bank en ik glimlachte. Ik sleepte mezelf naar boven en ging mijn kamer in, waar ik voor de tweede keer mijn kleren uittrok. Ik trok een hemdje en een kort broekje aan en klom in bed naast een comateuze Claire.

De volgende ochtend rolde Claire om en gaf me een klap, waardoor ik wakker werd. Ze gilde en sprong op voordat ze zag dat ik het maar was. In mijn bed. 'Wanneer ben je thuisgekomen?' vroeg ze, terwijl ze weer in bed klom.

'Rond een uur of drie. Xander wilde dat ik bleef, maar ik was bang dat de ochtend erna ongemakkelijk zou zijn.'

'Oeh, de ochtend erna. Het klinkt alsof je een leuke nacht hebt gehad.'

'Jep, een heel leuke nacht. Hij is geweldig. En hij heeft me uitgeput. Ik sterf van de honger. Zullen we Sam en Addi wakker maken? Dan vertel ik jullie alles over mijn nacht.'

In de keuken pakte ik pannenkoekenmix. Sam pakte de mengkommen en Addi haalde melk, eieren en spek uit de koelkast. Claire zette de koffie.

Ik zette een pan op het fornuis voor de pannenkoeken, terwijl Addi plakjes spek op een bord legde om in de magnetron te bakken.

'Oké, vertel op. Hoe was het gisteravond?' vroeg Addi, terwijl ik de eerste pannenkoeken in de pan goot.

'Het was geweldig. We gingen uit eten en hij kon niet van me afblijven. Het eerste wat hij deed was me kussen, echt zo'n waanzinnig passionele zoenpartij. Mijn lippenstift zat overal, op mijn gezicht en op het zijne, en de ober keek ons aan alsof we gek waren. Hij zei dat hij er niets aan kon doen, hij moest gewoon weten hoe ik smaakte.'

'Verdomme, dat klinkt geil,' zei Sam.

'Ja, dat was het ook. Hij kon de hele avond niet van me afblijven. Hij hield of mijn hand vast, of wreef over mijn been, of had zijn armen zo'n beetje de hele avond om me heen. Het was… god, ik kan het niet eens beschrijven.'

'Denk je nog steeds dat het hem niet menens is?' vroeg Addi.

'Ik denk dat dat altijd in mijn achterhoofd zal blijven hangen, de vraag of hij gewoon bij me is totdat er iemand langskomt die slanker is. Ik heb zevenentwintig jaar lang geloofd dat ik te dik was om door iemand bemind te worden en het is raar om nu te denken dat het misschien wel zou kunnen. Ik bedoel, ik denk niet dat hij nu verliefd op me is, maar de manier waarop hij op me reageert, hoe opgewonden hij de hele nacht was, niet alleen ik, was gewoon… het was anders dan bij wie dan ook met wie ik ooit ben geweest.'

'Hij klinkt perfect, bijna te mooi om waar te zijn. Ik ben gewoon blij dat je gelukkig bent,' voegde Sam toe.

'Dank je. Het is grappig om het te gaan geloven, maar ik doe het wel. En ik weet dat als het voor mij kan gebeuren, het ook voor jullie kan gebeuren.'

Ze kreunden in koor en ik lachte, terwijl ik pannenkoeken op een bord liet glijden en een stukje donker, knapperig spek at.

'Dus, ben je met hem naar bed geweest?' vroeg Addi.

Ik bloosde, me afvragend wat ze van me zouden denken nu ik op ons eerste afspraakje met hem naar bed was geweest. Ik telde de eerste keer dat we elkaar hadden ontmoet niet mee, want ik vond dat een andere situatie. Dit was ons eerste afspraakje.

'Ja. Ben ik nu een slet?'

'Nee, natuurlijk niet!' schreeuwde Sam. 'Dat is geweldig. Hoe was het?'

Ik keek naar Addi en Claire en zag dat ze bemoedigend glimlachten. Ze leken ook niet te denken dat ik een slet was en stonden te popelen om de details te horen. Het was vreemd om degene te zijn met een verhaal.

'Het was geweldig, zo van 'beste seks van mijn leven'-geweldig. Ik denk niet dat ik ooit nog seks zal hebben zonder het met hem te vergelijken en ik betwijfel of iemand ooit in de buurt zal komen. Het was lief en sexy, maar ook passioneel en wild. Hij zorgde eerst voor mij, een paar keer, en daarna nog een keer. Maar hij was gewoon... ik zou gemakkelijk verslaafd aan hem kunnen raken.'

'Jeetje, ik wil er ook zo een. Heeft hij geen knappe broer die ook op dikke vrouwen valt?' plaagde Addi.

Ik lachte en schudde mijn hoofd. 'Nee, alleen een zus. En ik ben er vrij zeker van dat zij op mannen valt.'

'Ik zou toch niet op het andere team kunnen spelen. Als ik er al aan denk een vrouw aan te raken, krijg ik de rillingen. En niet op een goede manier.'

'Dat snap ik,' viel Claire bij. 'Ik heb het gevoel dat het leven misschien makkelijker zou zijn als ik op meiden viel, maar ik kan het gewoon niet.'

'Ja, ik ben ook fan van worst. Vrouwen zijn veel te humeurig. Bovendien houd ik veel te veel van een lul. Nou ja, van wat ik me ervan herinner,' plaagde Sam.

Addi lachte. 'Ja, daarin ben ik het met je eens. Het is zo lang geleden dat ik niet zeker weet wat ik met eentje zou moeten doen. Maar we zullen het voorlopig via Mandy moeten beleven. Misschien kunnen we onderweg nog wat tips oppikken.'

Ik lachte met hen mee, gooide pannenkoeken om en at er af en toe eentje op. Claire maakte een warme chocolademelk voor me, terwijl de rest van koffie genoot. Na het ontbijt ploften we op mijn bank en zapten wat, voordat we besloten om *Bridesmaids* te kijken.

Kort nadat de film was begonnen, piepte mijn telefoon met een nieuw bericht. Ik pakte hem ongeïnteresseerd op, niet meer verwachtend dan een melding over kortingsbonnen die op het punt stonden te verlopen of zoiets.

Xanders naam stond op mijn scherm en ik opende het bericht. Claire zette de film op pauze. 'Wat is er aan de hand?'

'Niets, gewoon een appje van Xander. Oh, hij is zo lief,' zei ik en gaf mijn telefoon door. Hij had een foto van zichzelf gemaakt met een leeg kussen naast zich en zei: 'Je kussen en ik zijn eenzaam zonder jou.'

De telefoon piepte opnieuw toen die bij Addi aan de andere kant van de bank belandde en ze gilde en liet mijn telefoon vallen. 'Wat is er gebeurd?'

'Dat had ik niet hoeven lezen!' riep ze. 'Oh kut, ik kan het niet ongelezen maken.'

'Wat stond er?' vroeg Sam lachend. Ze pakte mijn telefoon, las het bericht en begon te lachen. Ze gaf de telefoon door aan Claire, die op dezelfde manier reageerde als Addi en de telefoon naar me toe gooide.

> Mijn lul mist je ook. Ik ben klaar voor ronde twee als jij dat ook bent.

Ik bloosde en stuurde hem snel een berichtje terug om de volgende dag af te spreken. Hij antwoordde onmiddellijk dat hij mijn huis wilde zien. Ik stuurde hem mijn adres en we spraken af dat hij de volgende dag na zijn werk zou komen eten.

Ik legde mijn telefoon weg en concentreerde me weer op de film, met een goed gevoel over de niet zo gênante ochtend erna.

HOOFDSTUK 12

DE VOLGENDE PAAR weken vlogen voorbij. Xander en ik brachten veel tijd met elkaar door en leerden elkaars gewoonten, stemmingen en lichamen kennen. Ik wist dat ik voor hem begon te vallen en dat maakte me zowel bang als opgewonden. Het duurde niet lang of we brachten bijna elke nacht samen door.

Melody kreeg lucht van mijn nieuwe relatie en dreigde me bij Diana aan te geven wegens het overtreden van het bedrijfsbeleid. We wisten allebei dat ze me niet echt in de problemen kon brengen, maar het was niet bevorderlijk voor mijn promotiekansen. Dat was natuurlijk precies waar Melody op uit was. Als ik uit de weg was geruimd, was haar de promotie gegarandeerd. Diana had me verteld dat Melody en ik de twee belangrijkste kandidaten waren. Doordat ik de regels oprekte, kon Melody me gemakkelijk verraden en haar positie veiligstellen.

Om de een of andere reden had ze het nog niet gedaan.

'Mandy, heb je de laatste tijd nog iets van meneer Carlson gehoord?' vroeg ze op een vrijdagmiddag toen ik langs haar hokje liep.

Melody's stem galmde door het kantoor, waardoor ik verstijfde en me afvroeg wat ze in vredesnaam van plan was.

'Ja, ik heb van hem gehoord. Hoezo?' reageerde ik, wetende dat ze dondersgoed wist dat ik met Xander omging.

'Ik wilde gewoon zeker weten dat hij geen andere problemen had. Als hij jou belt, neem ik aan dat er een probleem is met zijn account. Is zijn vorige claim uitbetaald?'

Ik klemde mijn kaken op elkaar, wetende dat ze impliceerde dat hij alleen met me zou willen praten als hij een probleem had. Natuurlijk kon ik niet zomaar aankondigen dat onze gesprekken niets met werk te maken hadden en alles met... andere dingen. 'Zijn claim is uitbetaald. Voor zover ik weet heeft hij geen andere problemen gehad met claims die niet correct werden uitbetaald.'

'Misschien moet ik hem bellen om te informeren. Om er zeker van te zijn dat hij tevreden is met de service die hij van jou heeft gekregen. Kijken of *ik* iets voor hem kan doen...'

Mijn bloed kookte en ik balde mijn vuisten. Ik had nog nooit iemand zo graag willen slaan als op dat moment. Ze was me aan het uitlokken, en verdomd als het niet werkte.

'Natuurlijk, Melody. Als meneer Carlson mijn diensten... ontoereikend... vindt, weet ik zeker dat jij hem kunt helpen.'

Daarop draaide ik me op mijn hakken om en snelde terug naar mijn hokje, in de hoop dat ik Xander te pakken kon krijgen voordat Melody dat deed.

Ik stuurde hem eerst een sms, maar hij antwoordde niet meteen. Ik belde hem, maar na een minuut kreeg ik zijn voicemail, wat betekende dat hij het druk had, maar me zou terugbellen zodra hij een moment had.

Een ongemakkelijk gevoel draaide in mijn maag terwijl ik wachtte tot ik iets van hem hoorde. De ochtend leek voort te slepen en tegen lunchtijd was ik zo angstig dat ik niet eens kon eten. Elke keer als mijn telefoon ging, sprong ik op.

Het was bijna tijd om naar huis te gaan voordat ik van Xander hoorde.

> Drukke dag. Alles oké?

> Melody wil je spreken. Ze probeert me op de kast te jagen.

> Ging het daarover? Heb haar al gesproken.

Mijn hart zonk in mijn schoenen.

Voordat ik kon antwoorden, weerklonk het onmiskenbare geklik van Melody's hakken om me heen, wat aangaf dat ze dichterbij kwam. Ik stopte mijn telefoon terug in mijn bureau en klikte naar mijn e-mail, in de hoop dat ze me niet zou storen.

'Mandy, ik heb zojuist meneer Carlson gesproken. Ik dacht dat je dat wel wilde weten, aangezien je zo *geïnteresseerd* was in zijn dossier.'

Ik knikte, maar zei niets, in de hoop dat het allemaal snel voorbij zou zijn.

'Wil je weten wat hij zei?'

'Natuurlijk, Melody. Ik geef net zoveel om onze klanten als jij.'

Melody grijnsde alsof ze een geheim had. 'Meneer Carlson zei dat hij blij was om van me te horen. Hij beloofde dat hij me zou laten weten als er ook maar iets was wat ik voor hem kon doen.'

''Dat zal vast,' perste ik eruit, vervuld van een mengeling van woede en pijn. Waarom zou Xander dat zeggen?

'Hij was erg dankbaar dat ik hem belde. Ik denk dat ik hem op mijn lijst van klanten zet om regelmatig te bellen, gewoon om er zeker van te zijn dat het goed met hem gaat. Per slot van rekening,' zei ze zachtjes zodat niemand anders het kon horen, 'heeft hij een sexy stem. Eentje die niet verspild zou moeten worden aan iemand die eruitziet zoals jij.'

Daarmee draaide ze zich om en liep weg, me achterlatend met het gevoel dat ik een stomp in mijn maag had gekregen.

In zekere zin was dat ook zo.

Het laatste uur van mijn werkdag negeerde ik het gezoem van mijn telefoon in mijn bureau, wetende dat het gewoon Xander was. Ik was er niet klaar voor om met hem te praten nadat ik had gehoord hoe blij hij was geweest om met Melody te praten.

Mijn vrienden hadden aan mijn hoofd gezeurd om Xander te ontmoeten. Ik wist dat ze hem zelf wilden keuren. Die avond zou iedereen bij mij langskomen voor een film-avond. Ik wist dat ik hem niet voor altijd kon ontlopen, maar ik had wat tijd nodig om op adem te komen, zonder Melody die in mijn nek hijgde.

In de aanloop naar die dag was ik nerveus. De vier mensen die het dichtst bij me stonden, zouden allemaal bij mij thuis zijn voor de avond en ik maakte me zorgen dat ze niet met elkaar overweg zouden kunnen. Ik dacht dat Xander mijn vrienden misschien niet leuk zou vinden of dat zij hem misschien een eikel zouden vinden. Ik wilde dat alles perfect was.

Met Melody's gesprek met Xander boven mijn hoofd hangend, was ik niet langer nerveus. Ik was gewoon gekwetst, gefrustreerd en verward.

Na een bezoek aan de slijterij voor een nieuwe fles wodka en een paar flessen wijn, stopte ik bij de supermarkt. Ik vond het bier dat Xander lekker vond, ook al was ik boos op hem, en sloeg rauw koekjesdeeg, ijs en cupcakes in. We hadden de neiging om op filmavonden veel snacks te eten en veel te drinken.

De deurbel ging rond vijven en ik hoorde de deur open-gaan. Ik kwam de hoek van de keuken om en liep de woonkamer in, net op tijd om te zien hoe Claire de deur achter zich dichttrok. 'Hé,' zei ze. 'Kan ik iets doen?'

Claire kende me te goed. Ik had niet openlijk gezegd hoe nerveus ik was voor de avond, maar dat maakte duidelijk niet uit als het om beste vriendinnen ging.

''k probeer nu gewoon een beetje te ontspannen. Melody heeft Xander vandaag vanaf haar werk gebeld en zei dat hij haar vertelde dat hij blij was haar te spreken en dat hij haar zou bellen als er iets was wat hij nodig had.'

Claire's ogen vernauwden zich. 'Waarom ben je daar zo overstuur over?' Ze pakte een kurkentrekker en vulde twee wijnglazen, waarvan ze er een aan mij gaf.

'Het voelde gewoon alsof hij haar vertelde dat hij liever met haar te maken had.'

'En sindsdien heb je zijn telefoontjes genegeerd, niet-waar?' zei ze, terwijl ze mijn telefoon pakte en ontgrendelde. 'Zeventien gemiste oproepen van hem? Mandy, ik ben een ramp als het op mannen aankomt, maar zelfs ik kan zien dat Xander hier zijn best doet. Melody verdraait alles, dat weet je. Hij weet dat al je gesprekken worden opgenomen. Hij wilde waarschijnlijk niets zeggen dat erop zou duiden dat hij iets met je had, of onnodig gemeen tegen haar doen zonder reden. Hij komt zo. Je moet geen ruzie met hem hebben als hij hier is om ons te ontmoeten.'

Ik zuchtte diep, wetende dat Claire gelijk had. Het was typisch iets voor Melody om me te stangen. Voor hetzelfde geld had ze niet eens met hem gepraat. Nee, hij zei van wel, maar dat betekende niet dat hij iets had gezegd van wat zij beweerde.

'Ik gedraag me weer als een gekke trut, hè?'

Claire haalde haar schouders op en nam een slok van haar wijn. 'Jij zegt het, niet ik.'

Ik lachte toen ik op de voordeur hoorde kloppen en verstijfde toen. Ik wist dat het Xander was, want Sam en

Addi zouden zichzelf wel hebben binnengelaten. Ik haalde diep adem en mompelde: 'Ik kan het maar beter achter de rug hebben.'

Zodra de deur openging, glimlachte hij voorzichtig naar me. Ik voelde me al iets beter en probeerde de spanning die ik voelde uit mijn lichaam te laten glijden. Xander stapte naar binnen en omvatte mijn kin met zijn sterke hand. Hij tilde mijn gezicht op en vroeg: 'Wat is er aan de hand? Ben je oké?'

Ik stapte in zijn armen en glimlachte toen ze zich automatisch om me heen sloten. Ik nestelde me tegen zijn sterke borst en luisterde een paar seconden naar zijn gestage hartslag. Zijn spieren spanden zich onder me aan, mijn spanning overnemend, en hij hield me dicht tegen zich aan terwijl hij zijn lippen in mijn haar drukte. 'Wat is er gebeurd, schat? Praat met me. Waarom nam je je telefoon niet op en reageerde je niet op mijn berichtjes?'

'Melody liet het klinken alsof je het voortaan met haar wilde afhandelen, alsof je haar leuk vond, en dat bracht me gewoon helemaal van mijn stuk.'

'O, schat, het spijt me. Ik wist dat ze iets van plan was toen ik hoorde dat zij me belde en niet jij. Ze vroeg of al mijn problemen met mijn vorige declaratie waren afgehandeld en of ik tevreden was met de service die ik kreeg van WNY Health. Toen zei ze dat ik moest bellen als ik nog iets nodig had. Ik zei: oké. Dat was alles.'

Ik wilde wel lachen. Ik had me zo druk gemaakt en het ging nergens over. Het klonk zo onbenullig nu Xander het vertelde. God, wat was ik een oen.

'Wat is er nog meer aan de hand? Maak je je zorgen over vanavond? Je was gespannen toen je vanmorgen opstond.'

'Hoe kun je me zo goed kennen?' Hij haalde zijn schouders op en trok me dichter tegen zich aan. 'Ja, ik ben een beetje zenuwachtig over het feit dat je mijn vrienden ontmoet.'

Hij trok zich terug om me aan te kijken, zijn armen om mijn middel geslagen houdend. 'Is het erg om toe te geven dat ik ook zenuwachtig ben? Ik wil dat ze me aardig vinden.'

Ik ging op mijn tenen staan en drukte mijn lippen op de zijne, zuchtend toen hij me dichterbij trok en met zijn tong snel door mijn mond ging. Mijn armen sloegen zich om zijn nek en ik liet mezelf in hem smelten. Het was nog maar een paar uur geleden dat ik in zijn armen had gelegen, maar ik had hem gemist.

'O, sorry,' hoorde ik Claire achter ons zeggen. Ik deed een stap achteruit, weg van Xander, en hij knipoogde naar me terwijl hij me losliet en naar Claire toe stapte.

'Hoi, ik ben Xander. Jij bent Claire, toch?'

'Ja,' stamelde ze. 'Hoe wist je dat?'

'O, nou, Mandy heeft me foto's van jullie vieren laten zien en ze heeft me zo veel over jullie allemaal verteld. Het spijt me als ik te direct ben, maar ik heb het gevoel dat ik je al ken. Mandy is dol op je.'

'Eh, bedankt. Het lijkt erop dat ze ook behoorlijk hoteldebotel is van jou,' kaatste Claire terug, waardoor ik een kleur kreeg.

'Nou, zij is niet de enige die hier hoteldebotel is. Ze is vrij geweldig, maar dat wist je al.'

Claire glimlachte en knikte. 'We zijn al begonnen met drinken. Wil je een wijntje?'

'Nee, bedankt,' antwoordde Xander. 'Daar krijg ik hoofdpijn van. Ik pak wel wat water of zo.'

'Ik heb jouw biertje gekocht, schat,' bood ik aan toen Xander richting de keuken liep.

'Bedankt, schat,' riep hij terug.

Claire pakte mijn hand en zei: 'Is alles in orde? Heeft hij het uitgelegd?'

'Ja. Ik deed weer eens als een gek. Hij zei dat het echt niets was, alleen Melody die vroeg of alles was opgelost en hem vertelde dat hij moest bellen als er meer problemen waren.'

Claire knikte toen Xander de kamer weer binnenkwam met een biertje in de ene hand en mijn wijnglas in de andere. 'Is dit van jou, schat?'

Ik bedankte hem en pakte het glas uit zijn hand, de vertrouwde vonk van bewustzijn die door me heen schoot toen onze vingers elkaar raakten. Zijn ogen ontmoetten de mijne en ik zag dat hij hetzelfde voelde. Hij knipoogde naar me en ik wist dat hij aan onze ochtend dacht. Waar hij mijn handen vasthield terwijl ik hem bereed.

Addi en Sam kwamen een paar minuten later aan, renden door de deur naar binnen, stelden zich voor aan Xander en omhelsden mij en Claire. Toen iedereen een drankje had, bestelden we pizza en begonnen we films te zoeken.

'Naar wat voor films kijk je graag, Xander?' vroeg Addi hem.

Hij glimlachte naar me voordat hij zei: 'De laatste tijd naar alles waar Mandy naar wil kijken, maar meestal kijk ik actiefilms. Ik hou ervan om iets uit te zoeken of een taak te volbrengen. Ik hou niet van veel bloed of horrorfilms, maar man-tegen-mangevechten of iets met snelle auto's is best gaaf.'

'Ik hou van snelle auto's,' gaf Claire toe. 'Ik ben dol op de Fast and Furious-films. Ik hield van actiefilms met een beetje komedie erin, zoals 21 Jump Street met Channing Tatum. Natuurlijk is alles met hem goed, zelfs zonder geluid.'

Xander lachte en Claire wiebelde met haar wenkbrauwen naar me. We hadden het vaak gehad over de pluspunten van Channing Tatum. En er waren veel pluspunten. Hij is de enige man van wie we ooit hebben gezegd dat we bereid zouden zijn een trio met hem te hebben, als hij ons niet afzonderlijk zou willen hebben.

'Een Channing Tatum-film lijkt me wel wat als jullie dat willen. En jij, Xander?' vroeg Sam.

'Alles is prima. Hij is een goede acteur, al zou ik het geluid wel graag aan willen houden,' plaagde hij Claire.

Ze lachte naar hem en zei: 'Als je erop staat. Dan droom ik wel over hem terwijl jij naar de film kijkt.'

Ik scrolde door en vond een lijst met Channing Tatum-films. 'Wat dachten jullie van een van de GI Joe-films?' stelde Addi voor. 'Daar zit zeker actie in, maar volgens mij is er ook een verhaallijn.'

'Jullie hoeven je normale filmroutine niet te veranderen omdat ik hier ben, hoor. Ik vind het prima om naar She's the Man of Dear John te kijken als jullie dat willen. Zelfs Step Up is prima.'

Ik glimlachte en kuste hem vluchtig. Zijn hand verstrakte op mijn dij en ik kon de terughoudendheid voelen die hij gebruikte om me niet voor de ogen van mijn vrienden te verslinden. Ik waardeerde het, maar het deed mijn dijen gloeien. Het zou een lange nacht worden.

We besloten uiteindelijk om met Step Up te beginnen, omdat we er allemaal van hielden om Channing Tatum te zien dansen. Xander zei dat hij het goed vond en installeerde zich om de film te kijken.

Xander zat op de grond aan mijn voeten, waardoor wij vieren de bank konden innemen. Ik vroeg me af of hij het erg vond, maar hij bood het zelf aan. Er stond een luie stoel in de hoek die ik hem aanbood, maar hij zei dat hij dicht bij me wilde zijn. Vanuit mijn ooghoeken ving ik een blik op tussen Addi, Sam en Claire, maar Claire kneep alleen maar in mijn arm. Het leek erop dat ze hem begonnen te mogen.

HOOFDSTUK 13

HALVERWEGE DE FILM werden de pizza's bezorgd. Xander betaalde alles en wuifde de aanbiedingen om mee te betalen weg. 'Als je onze goedkeuring probeert te kopen met pizza, zou het weleens kunnen werken,' plaagde Addi hem.

Hij lachte en zei: 'Ik had gehoopt jullie goedkeuring te krijgen met mijn charme en humor, maar zolang ik die heb, maakt het denk ik niet echt uit hoe ik die heb gekregen.'

Iedereen lachte terwijl we onze borden volschepten met pizza en terugliepen naar de woonkamer. Xander pakte mijn arm voordat we de keuken verlieten en trok me in een ruwe kus, terwijl zijn tong mijn mond binnendrong. Hij verkende me, greep mijn kont vast en schuurde zijn heupen tegen de mijne terwijl ik daar stond, met pizza en wijn in mijn handen.

Net zo snel als hij me had vastgegrepen, trok hij zich weer terug en zei: 'Ik sta op springen om je te kussen. Het is moeilijk om van je af te blijven als je zo dichtbij bent. Alleen al een vleugje van je geur is bedwelmend.'

Verbijsterd en ongelooflijk opgewonden stond ik hem

aan te staren. 'Je kunt me niet zomaar zoenen en weglopen. Shit, ik kreeg niet eens de kans om je aan te raken.'

Hij pakte zijn pizza en flesje bier en knipoogde naar me toen hij de keuken verliet om met mijn vriendinnen verder te kijken naar de film. Ik staarde hem na en hoopte dat het geklop tussen mijn dijen zou stoppen, maar ik wist dat er maar één ding was dat daarvoor kon zorgen. En het leek erop dat ik wat dat betreft pech had.

Toen Step Up was afgelopen, verzamelde Xander de pizzaborden en bracht ze naar de keuken. 'Hij is echt lief,' zei Addi toen hij uit het zicht was. 'Ik mag hem. En hij is helemaal gek op je.'

'Ja,' zei ik, terwijl ik naar de keuken keek, 'ik kan het meestal nog steeds niet geloven. Vrouwen staan hem na te gapen wanneer we uitgaan, maar hij merkt het niet eens. Het is bizar.'

'Hij vindt je heel leuk, Mandy. Stel er geen vragen bij, geniet er gewoon van,' zei Sam. 'Ik wou dat ik de manier waarop hij naar je kijkt als je niet oplet, kon vastleggen. De blik in zijn ogen… Het is dezelfde blik die de meeste bruidegoms hebben wanneer hun bruid voor het eerst in beeld komt. Het is gewoon krachtig en geweldig.'

'Nou, we zijn nog lang niet klaar om te trouwen, maar ik weet dat hij om me geeft. Hij heeft nog niet gezegd dat hij van me houdt en ik ook niet van hem.'

'Doe je dat? Hou je van hem?' vroeg Claire, wat verrast.

Ik haalde mijn schouders op, niet zeker hoe ik de plotselinge en krachtige band die we deelden moest uitleggen. Ik wist dat ik hard op weg was om verliefd te worden op Xander, maar ik wist ook dat liefde voor mij mijn hele leven ongrijpbaar was geweest. Ik wist niet helemaal zeker hoe liefde zou voelen en ik wilde liefde niet verwarren met genieten van geweldige seks.

'Ik denk het niet, nog niet. Maar ik voel wel iets heel sterks voor hem. Ik ben er alleen nog niet klaar voor om te zeggen dat het liefde is.'

Voordat ik de kans kreeg om hun te vertellen dat het idee om verliefd te worden op Xander me doodsbang maakte, kwam hij de kamer weer binnen. Hij had een dienblad vol met de cupcakes die ik had gekocht, een bak koekjesdeeg en een grote kom verse popcorn.

'Ik hoop dat jullie het niet erg vinden, dames. Ik hou van popcorn tijdens een film en eet er altijd graag iets zoets bij. Naast deze dan,' zei hij met een knipoog in mijn richting.

Hij ging weer op de grond aan mijn voeten zitten en kuste de binnenkant van mijn knie. Hij opende zijn mond een beetje om op de huid van mijn dij te zuigen en ik kreunde bijna van de sensatie. Filmavonden duurden meestal de hele nacht met een logeerpartij aan het eind, maar zijn aanwezigheid maakte me gek. Ik bleef me afvragen of ik hem kon vragen me met iets boven te helpen, zonder dat mijn vriendinnen zouden weten dat het codetaal was voor 'Kom me neuken terwijl zij de film kijken.' Ik was er vrij zeker van dat ze dwars door elk smoesje dat ik zou bedenken, heen zouden kijken.

We kozen Fast Five als onze volgende film, omdat we het erover eens waren dat Vin Diesel en Paul Walker net zo goed waren als Channing Tatum. Xander rustte zijn hoofd op mijn knie en liet zijn vingers tijdens de film op en neer over mijn kuiten glijden. Toen hij opstond voor nog een biertje, kuste hij me zachtjes en fluisterde in mijn oor: 'Het geluid dat je maakt als je ergens van schrikt, is hetzelfde als wanneer ik mijn pik in je stoot. Je maakt me helemaal gek.'

Ik glimlachte naar hem terwijl hij wegliep, kijkend hoe zijn spijkerbroek strak om zijn kont spande. Zijn shirt spande strak over zijn brede rug toen hij zich omdraaide en me betrapte op het staren. Hij toverde een glimlach van een miljoen tevoorschijn voordat hij de hoek om verdween naar de keuken.

Toen ik hem hoorde terugkomen, kantelde ik mijn hoofd tegen de achterkant van de bank en wachtte tot hij voorover zou buigen om me te kussen. Zijn hand, koud van het bierflesje, rustte op mijn keel toen zijn tong in mijn mond gleed. Ik sprong op van de kou en beet hem bijna. Hij lachte en ging weer voor me zitten, terwijl hij zijn koude bierflesje tegen mijn been hield. Ik schrok van het contact en voelde zijn hand verstrakken om mijn enkel bij het horen van het geluid dat ik maakte. Ik streek met mijn hand door zijn korte haar en hij leunde erin, alsof hij er geen genoeg van kon krijgen dat ik hem aanraakte.

Tijdens de film maakten we de popcorn en cupcakes op en besloten van de laatste film een drankspel te maken. Toen de regels waren vastgesteld, zette ik Never Been Kissed op. Binnen enkele seconden waren we allemaal aan het drinken en lachen. Het was leuk en dwaas en ik wist dat we er waarschijnlijk allemaal spijt van zouden hebben in de ochtend, maar op dat moment genoten we ervan.

Toen de film eindigde, waren we allemaal gezellig dronken. Sam strekte zich uit op de bank en schopte ons er allemaal af zodat ze kon gaan slapen. De rest van ons ging naar boven en Claire en Addi liepen naar mijn logeerkamer, terwijl Xander mij naar mijn slaapkamer volgde.

'Je vriendinnen zijn geweldig. Ik ben echt blij dat ze me mochten.'

'Ik ook,' zei ik terwijl ik mijn bed op kroop.

'Verdomme, schat. Dat kun je niet doen.'

'Wat doen?' vroeg ik suffig.

'Je kunt niet op handen en knieën zitten. Ik zou je zo weleens kunnen pakken. Jezus, ik ben al bijna de hele avond keihard en ik kan er niet tegen dat je me plaagt.'

'Wie zegt dat ik je plaagde? Ten eerste wist ik niet dat het je zo zou opwinden. En ten tweede, ik ben net zo opgewonden als jij,' hijgde ik.

Ik lag op mijn rug op bed naar hem te kijken toen ik de verandering in zijn ogen zag. In een seconde veranderde zijn blik van opgewonden naar bezeten. Hij kroop het bed op, zijn ogen op de mijne gericht, terwijl hij steeds dichterbij kwam. Hij steunde op zijn onderarmen en ik voelde zijn lichaam over het mijne strijken toen hij boven me kwam hangen.

Ik klopte van verlangen en smachtte ernaar dat hij me aanraakte, me kuste, wat dan ook. Hoewel hij nog volledig gekleed was, omcirkelde Xander de vage omtrek van mijn tepel en die verstijfde, om meer aandacht vragend. Hij boog zich eroverheen en beet me door mijn shirt heen, en ik kreet het uit.

Snel sloeg ik mijn hand voor mijn mond, vergetend dat we niet alleen waren. 'Ik wil zien hoe opgewonden ik je kan krijgen voordat je je kreten niet meer kunt inhouden. Ik ga je laten smeken om je te laten klaarkomen.'

Zijn woorden stuurden een schok dwars door mijn lichaam naar de hitte die zich tussen mijn dijen had verzameld. Ik wist dat er niet veel voor nodig zou zijn toen hij zijn pik tegen me aan stootte en ik zachtjes kreunde.

'Vond je dat lekker, schatje?'

'Ja,' kreunde ik, en kromde mijn rug naar hem toe toen hij het een tweede keer deed.

Bij zijn derde stoot overbrugde Xander de afstand tussen onze monden en verzwolg de kreun die aan mijn lippen ontsnapte. Hij duwde zijn tong mijn mond in met hetzelfde ritme dat hij met zijn heupen gebruikte en ik voelde mezelf langzaam afbrokkelen.

'Xander, ik moet klaarkomen,' smeekte ik.

Er overviel me een koude golf toen hij verdween. Voordat

de teleurstelling kon indalen, voelde ik hoe hij mijn kleren van mijn lijf scheurde. Mijn short en slipje waren in één efficiënte beweging verdwenen en het volgende moment werd mijn hemdje afgerukt. Ik hijgde nog steeds, smachtend om de spanning los te laten die zich strak om mijn lichaam had gewikkeld.

Xander duwde mijn benen wijd uit elkaar en hield ze over zijn schouders terwijl hij in me dook, likkend van de ene naar de andere kant. 'Fuck, ik ga klaarkomen.'

Zijn vingers drongen diep in me, stootten hard en lieten mijn lichaam tollen. Hij likte, zoog en knabbelde terwijl hij zijn vingers in me beukte. Net toen ik op het punt stond te komen, vertraagde hij alles totdat het verlangen afnam en ik een jankerig hoopje ellende was.

Hij begon weer, voerde zijn snelheid en kracht op en liet mijn lichaam zich strak om hem heen spannen. Vlak voordat ik over het randje viel, trok hij zich weer terug, en frustratie maakte zich van me meester. Ik greep zijn hoofd vast en trok hem dicht tegen me aan, zijn gezicht tegen mijn lichaam houdend. 'Laat me klaarkomen, nu. Jij doet het, of ik doe het,' eiste ik.

Hij liet die kans niet voorbijgaan toen hij hard met zijn vingers in me stootte, zijn gezicht niet van me wegtrok terwijl mijn lichaam begon te spartelen. Ik beet in mijn kussen en dempte mijn schreeuw zo goed als ik kon toen de krachtige behoefte om te komen me overspoelde, seconden voordat ik over het randje van het beste orgasme van mijn leven viel.

Toen ik weer op aarde landde, voelde ik Xander tussen mijn knieën. Ik haalde het kussen van mijn gezicht en keek op hem neer, zijn lippen nat van mij en een tevreden grijns op zijn gezicht. Hij was naakt en had al een condoom om, en ik spoorde hem aan met een duwtje van mijn hielen. Hij begreep de boodschap en boog voorover om me te kussen, de smaak van mijn eigen orgasme nog steeds in zijn mond.

Toen zijn tong diep mijn mond in stootte, duwde hij zijn erectie in me. Ik kreunde luid, en voelde de heerlijke volheid waar ik de afgelopen weken aan verslaafd was geraakt.

Xander bleef stil in me, zodat ik kon genieten van het gevoel van onze lichamen die zo intiem met elkaar verbonden waren. Toen hij zich langzaam terugtrok, huilde ik bijna van het verlangen dat ik voor hem voelde. Hij stootte snel weer in me, mijn heupen kwamen omhoog om hem te ontmoeten en hem dieper te ontvangen. Ik voelde de samentrekking in mijn buik waarvan ik wist dat het betekende dat ik weer met hem zou klaarkomen.

Zijn ademhaling werd panisch toen hij in me stootte, zijn spieren strak gespannen boven me. Ik sloeg mijn benen om zijn slanke taille en kon mijn voeten bijna in elkaar haken. Ik voelde de spanning in zijn spieren, liet mijn handen over zijn armen naar zijn borst gaan. Mijn nagels schampten langs zijn tepels en hij ging harder en sneller, waardoor ik dichter en dichter bij het randje kwam.

Ik snakte naar lucht, wanhopig om te komen terwijl hij zijn marteling van mijn lichaam voortzette. Ik voelde de pijn tussen mijn benen die me eraan zou herinneren dat hij daar was geweest en de golf van het orgasme overspoelde me. Ik was me er vaag van bewust dat Xander nog twee keer diep stootte voordat hij boven me schokte en mijn naam in mijn haar kreunde terwijl hij klaarkwam.

Hij stortte boven op me neer, zonder genoeg energie om opzij te rollen. Ik liet mijn handen over zijn rug dwalen en streelde zachtjes de sterke spieren daar. 'God, je voelt zo goed. Sorry dat ik je plet.'

Hij bewoog om van me af te gaan, maar ik hield hem steviger vast. 'Ik hou ervan om je lichaam tegen het mijne gedrukt te voelen. Als ik op jou lag, zou ik je pletten, maar jij bent niet zo groot als ik.'

'Schatje,' koerde hij terwijl hij zijn hoofd optilde, 'je bent perfect. Als je een magere hark was, zou ik je niet willen. Ik hou van een vrouw die van chocolade en cheeseburgers houdt. Je weet hoe prachtig ik je vind. Daarom wil ik dat je mijn familie en vrienden ontmoet. Volgend weekend. Mijn ouders geven zondagavond een etentje en hebben ons uitgenodigd en een paar van mijn vrienden houden maandag een barbecue voor Memorial Day. Drew zal er zijn en ik wil dat je ze allemaal ontmoet.'

Ik duwde tegen zijn schouder om hem van me af te laten rollen. Hij lag naast me, zijn erectie slonk in het condoom dat hij gebruikte, en vroeg me om de mensen te ontmoeten die het belangrijkst voor hem waren.

'Ik weet het niet,' zei ik zacht. 'Wat als ze me niet mogen?'

'Hoe zouden ze je niet leuk kunnen vinden? En trouwens, wat maakt het uit. Ik vind jou leuk genoeg voor hen allemaal. Mandy, ik wil je daar bij me hebben. Zeg alsjeblieft dat je er op z'n minst over na zult denken.'

Ik keek naar hem, zo perfect, in mijn bed. Ik wist dat het belangrijk voor hem was. Zijn familie en vrienden ontmoeten was net zo belangrijk voor hem als het voor mij was dat hij mijn vriendinnen ontmoette. We hadden pas een maand iets met elkaar, maar als het zou doorgaan, zouden we deze dingen moeten doen.

Waar maakte ik me eigenlijk zorgen over? Het zou toch niet uitmaken als zijn vrienden me niet geweldig vonden? Zolang het fatsoenlijke mensen waren, was het geen probleem.

'Ik zal erover nadenken.'

'Dank je. Het betekent veel voor me. Ik ben blij dat je me vroeg om je vriendinnen te ontmoeten.'

'Ik ook. Ze vonden je echt leuk,' vertelde ik hem.

'Ze zullen me waarschijnlijk niet meer zo leuk vinden als ik klaar ben met ronde twee met jou.'

Ik keek hem argwanend aan en zag dat hij alweer hard was geworden. Hij deed een schoon condoom om en sloop bovenop me, zijn vingers tussen onze lichamen, en omsloot me, waardoor ik alweer kreunde.

Het zou een lange nacht worden.

HOOFDSTUK 14

DE VOLGENDE DINSDAG was ik weer te laat voor de meidenavond. Ik had een laat gesprek gehad met Diana, waarin ze me officieel vertelde dat ze de kandidaten hadden teruggebracht tot Melody en mij. Ik was opgewonden, maar ook nerveus, en wachtte af wat Melody met die informatie zou doen.

Ik stormde de deur van Cooler Coffee binnen en bestelde mijn warme chocolademelk en cupcakes. Ik wachtte ongeduldig op mijn lekkers, bedankte de kassamedewerkster toen ze het me overhandigde en haastte me naar ons tafeltje.

Met een zucht plofte ik in mijn stoel. Addi had het over haar week en trakteerde iedereen op een verhaal over een van haar leerlingen die in een paar weken tijd van muurbloempje was veranderd in de clown van de klas.

'Het is zo moeilijk om niet te lachen als hij een grap vertelt of iemand een poets bakt. Het is net alsof hij comedyles heeft gehad. Hij is hilarisch, maar als lerares moet ik hem terechtwijzen om te voorkomen dat het escaleert. Het enige wat ik echt wil doen, is achteroverleunen en lachen!'

Sam en Claire hielden hun zij vast, terwijl de tranen van het lachen over hun wangen stroomden. 'Wat heb ik gemist?'

'O, gewoon die jongen. Het is moeilijk lesgeven als hij moppen tapt, maar eerlijk gezegd maakt hij het wel vermakelijker. Zijn mop om de les vandaag mee te beginnen was: 'Heb je gehoord van die wiskundige met verstopping?"

Ze nam een pauze en keek me verwachtingsvol aan. Ik schudde mijn hoofd.

"Hij heeft het met een potlood uitgewerkt."

Ik barstte in lachen uit. 'Jezus, dat is hilarisch! Geen woordspeling bedoeld. Je moet hem elke les met een mop laten beginnen.'

'Dat doet hij eigenlijk sowieso al. Zelfs als ik probeer als eerste te beginnen, onderbreekt hij me en vertelt een mop. Het helpt hem sociaal, dus ik probeer er niet te veel aan te doen. De grappen zijn altijd leuk en gepast, geen schuine moppen, dus ik laat het maar gaan.'

'Ik weet niet hoe je met zo veel verschillende persoonlijkheden omgaat. Ik zou gek worden als ik de hele dag met kinderen te maken had, laat staan met kinderen van die leeftijd. De middelbare school is of een geweldige ervaring of een klote-ervaring.'

Addi was het daarmee eens. 'Ja, zo lijkt het wel. Ik had grotendeels een hekel aan de middelbare school. Ik was een nerd die dol was op leren, dus ik was degene van wie alle populaire kinderen wilden afkijken. Het duurde maar een paar maanden voor ze doorhadden dat ik dat niet zou toelaten, waarna ze verdergingen naar iemand anders die wanhopiger was om erbij te horen.'

'Ik hield me op de middelbare school nogal afzijdig. Ik had een beetje een doorsnee-ervaring. Het is zeker geen tijd waar ik met overdreven veel plezier aan terugdenk, maar ik zou niet zeggen dat ik er een hekel aan had. Ik werd lid van een paar clubs en had mijn vrienden, maar ik liet de populaire types me niet raken. Ik wist toen al dat ik fotograaf wilde worden, dus ik volgde elke les die ik erover kon vinden of over iets wat er ook maar enigszins op leek. Ik wist dat een voorsprong nemen op mijn carrière me meer zou helpen dan populair zijn,' voegde Sam eraan toe.

'Het is verbazingwekkend hoe sommige mensen denken dat de middelbare school het enige is wat telt,' zei Addi. 'Ik zie sommige leerlingen, uit alle rangen, die denken dat de middelbare school de beste tijd van hun leven is. Sommigen denken dat de middelbare school voor altijd zal bepalen wie ze zijn, anderen denken dat het maken van de juiste vrienden op de middelbare school hen de rest van hun leven zal helpen. De meeste mensen die ik ken, hebben hooguit een of twee vrienden van de middelbare school over en zijn compleet anders dan toen. Soms wil ik mijn leerlingen vertellen dat de middelbare school maar vier jaar van je leven is en dat je nog veel meer te leven hebt.'

Claire was stil tijdens ons gesprek. Ik wou dat ik terug kon gaan naar de middelbare school en haar pijn kon wegnemen, maar ik wist dat het iets was waar ze altijd mee zou moeten leven. Ik heb geen idee met welke angst ze sindsdien heeft moeten omgaan, maar ik wist dat het gesprek dat we voerden haar niet hielp.

'Gaat het?' fluisterde ik naar Claire, terwijl Addi en Sam verder praatten over de middelbare school en Addi's leerlingen.

Ze gaf me een geforceerde glimlach die verraadde dat het niet zo was en ik wreef over haar rug. 'Nog gekken op de luchthaven vandaag?'

Ze rolde met haar ogen, maar er speelde een glimlach om haar lippen. 'Altijd. Het is net alsof mensen denken dat de regels niet voor hen gelden. De zakenlui denken dat ze een uitzondering moeten krijgen omdat ze zo veel vliegen, de gezinnen denken dat ze een uitzondering moeten krijgen omdat ze kinderen hebben en de rest van de reizigers denkt dat ze een uitzondering moeten krijgen omdat iedereen dat doet. Ik blijf me erover verbazen.'

'Wat is het vreemdste dat iemand ooit heeft geprobeerd mee te nemen aan boord?' vroeg Sam, die onze verandering van onderwerp oppikte.

Claire dacht erover na terwijl ze van haar koffie nipte. 'We zien bijna elke dag moedermelk. We hebben ook mensen die alcohol smokkelen in hun 100ml-verpakkingen. We zien vaak vreemde dingen, maar ik denk dat het raarste nog steeds die keer was dat we iemand met ingevroren sperma hadden.'

Sam verslikte zich in haar koffie en ik ademde een stukje van mijn cupcake in. We proestten het uit, terwijl Addi luid schaterde. Toen Sam en ik eindelijk weer onder controle waren, vroeg ik: 'Waarom zou iemand ingevroren sperma bij zich hebben?'

'Ze hebben altijd een briefje van hun dokter bij zich. Het zijn vrouwen, soms stellen, die kunstmatige inseminatie gebruiken om te proberen zwanger te worden. Ze gaan naar de ene plek om het sperma te halen, maar moeten het om de een of andere reden in de praktijk van hun eigen arts gebruiken. Het is maar een paar keer gebeurd, maar het overvalt ons altijd als het gebeurt.'

'Wauw, ik kan me niet eens voorstellen dat je daarmee moet omgaan. Moet je het controleren? Wat doe je dan? Proeven?'

'Ieuw!' riepen we in koor, terwijl Sam lachte.

'Je bent vies, Sam,' zei Claire, rillend van walging. 'Zodra we het briefje van de dokter hebben, laten we ze vrijwel doorlopen. We moeten de koelbox door de röntgenscan halen, maar er is nog nooit een probleem geweest.'

'Je moet wel behoorlijk wanhopig zijn om zwanger te worden als je het niet eens in je eigen stad kunt doen. Het lijkt extreem, maar ik denk dat mensen wanhopig zijn om kinderen te krijgen, dus het is wel logisch.'

We waren het allemaal met Addi eens. 'Dat moet een moeilijke keuze zijn, om zo ver te gaan voor kinderen. Tegelijkertijd weet ik dat ik op een dag kinderen wil. Ik denk dat als ik de optie heb, ik ook zou doen wat nodig was om kinderen te krijgen.'

'Heb je het nu al over kinderen krijgen? Het is serieuzer tussen jou en Xander dan we dachten,' zei Sam.

Ik haalde mijn schouders op. 'Ik vind hem heel leuk, maar het is niet alsof we al voor altijd samen zijn of zo. Sinds hij is langsgekomen voor de filmavond, vraagt hij me steeds om zijn vrienden te ontmoeten.'

'Dan vindt hij je echt leuk. Mannen stellen hun vriendinnen niet voor aan hun vrienden, tenzij het serieus is,' zei Addi.

'Ik denk het. Ik ben nerveus. Zondag wil hij dat ik met hem ga eten bij zijn ouders thuis. Dan ontmoet ik zijn ouders en zijn zus, met wie hij een heel hechte band heeft. Maandag is er een barbecue met zijn vrienden.'

'Dat is een goed teken, toch? Als hij wil dat je de mensen ontmoet die het dichtst bij hem staan, is dat een goed teken. Je zou niet zenuwachtig moeten zijn, je zou juist enthousiast moeten zijn.'

'Dat wil ik ook, weet je, maar ik maak me gewoon zorgen dat ze me niet mogen.'

Ik wilde hun vertellen dat ik bang was dat zijn familie en vrienden zouden vinden dat hij bij iemand moest zijn die er beter uitzag, iemand die dunner was. Als er iemand was die zou begrijpen hoe het is om je onzeker te voelen over je gewicht, dan waren het mijn beste vriendinnen wel. Ergens was ik verbaasd dat ze het niet meteen doorhadden.

Sinds mijn eerste date met Xander, degene die ik niet meetelde, deed hij er alles aan om me gerust te stellen over mijn gewicht. Ik had nooit het gevoel gehad dat ik de aandacht van een man nodig had om me goed over mezelf te voelen. Ik wist dat ik fysiek niet perfect was, bij lange na niet zelfs, maar ik had vrede met wie ik was. Ik kreeg het gevoel dat mijn geluk afhankelijk was geworden van Xander en de mensen om hem heen. Alsof, als zijn vrienden of familie me niet zouden mogen, dat kwam omdat ik niet goed genoeg was en dat het dan alleen maar om mijn gewicht zou gaan en nergens anders om.

Als ik bij Xander was, was ik gelukkig. Ik vond het fijn om me sexy en mooi te voelen. Hij vertelde me constant dat ik dat was en een deel van mij begon het te geloven. Dat een man die eruitzag als Xander zei dat hij me mooi vond, dat hij zo opgewonden van me raakte, gaf me een zelfvertrouwensboost die ik nog nooit had gevoeld.

Ik begon me af te vragen wat het over mij zei dat zijn mening zo belangrijk voor me was geworden.

'Waarom zouden ze je niet mogen?' vroeg Claire.

Ik rolde met mijn ogen en voelde de tranen prikken. 'Jullie weten wel waarom.' Ik haalde mijn schouders op alsof het niet zoveel voorstelde, maar mijn vriendinnen zagen de blik op mijn gezicht.

'Xander wil met je pronken. Hij neemt je mee om zijn vrienden en familie te ontmoeten omdat hij wil dat jij hen ontmoet, maar het werkt twee kanten op. Hij laat hen ook jou ontmoeten. Dat is nogal wat,' vertelde Sam me.

'Als hij dacht dat er een probleem zou zijn, had hij je niet uitgenodigd. Ik denk dat je je druk maakt om niets,' zei Addi.

Ik wist dat ze gelijk had. Allebei hadden ze gelijk. Xander zou me niet in een situatie brengen die me zou kwetsen. Hij gaf om me. Misschien meer dan we beiden wilden toegeven. We begonnen voor elkaar te vallen. Het was duidelijk door de tederheid die hij me toonde, de manier waarop hij met me vrijde, zelfs in zijn kussen.

Hij wilde graag mijn vriendinnen ontmoeten, hoewel hij zich duidelijk nergens zorgen over hoefde te maken. Ze waren dol op hem en ik had geen reden om te denken dat zijn vrienden niet dol op mij zouden zijn.

En als ze me niet mochten, zouden Xander en ik er samen wel uitkomen of dat ertoe deed.

'Zal het voor jou uitmaken als ze je niet mogen? Je kunt niet met iedereen overweg, kijk maar naar Melody. Denk je dat het problemen zal veroorzaken tussen jou en Xander?' vroeg Claire. Ik wist dat ze geen kreng was, ze was gewoon nieuwsgierig.

Maar ze had gelijk.

'Dat hangt ervan af, denk ik. Zoals met alles. Als het gewoon niet klikt, denk ik niet dat het me zal storen. Als zijn vrienden eikels zijn en me als stront behandelen omdat ik dik ben, dan zal ik pissig zijn. En gekwetst. Ik weet niet of ik dat zou kunnen laten gaan.'

'Zou je het uitmaken met hem vanwege zijn vrienden?' vroeg Addi. 'Ik heb het bij sommige van mijn leerlingen gezien, en ik weet dat dit niet te vergelijken is, maar luister even... Die krijgen dan een relatie met iemand en hun vrienden mogen hem of haar niet, en dan laten ze hun vrienden eigenlijk vallen. Soms betekent het dat ze de relatie geheimhouden zodat hun vrienden er niet achter komen. Andere keren heb ik relaties die volgens mij goed zouden gaan, naar de knoppen zien gaan door stomme dingen die vrienden zeggen of doen. Ik wil gewoon niet dat je gekwetst wordt.'

Ik knikte instemmend en zag Claire en Sam hetzelfde doen. 'Dat is waar ik me zorgen over maak. Als zijn vrienden klootzakken zijn en hem vertellen dat hij niet met iemand als ik zou moeten daten, hoe lang duurt het dan voordat hij hen begint te geloven? En bovendien, als het goede vrienden zijn, ga ik me afvragen of hij er niet hetzelfde over denkt.'

'Je zei dat hij je had verteld dat het hem niet uitmaakt welke maat je hebt,' stelde Sam vast.

'Dat deed hij. Het is alleen dat hele groepsgedrag-gedoe. Alleen gedragen we ons anders dan in een groep. Alleen zou hij me nooit dik noemen of iets zeggen om me te kwetsen. In een groep met een stel vrienden die misschien vroeger dikke mensen belachelijk maakten, ik weet het niet. Misschien moet ik gewoon niet gaan.'

'Dit is geen middelbare school, met alle respect, Addi,' zei Sam. 'Als het klootzakken zijn, spreek ze er dan op aan. Je zou toch denken dat mensen volwassen worden als ze van de middelbare school af zijn en stoppen met mensen pesten alleen omdat het kan. Als de vrienden van Xander zo zijn, dan heb je misschien gelijk, misschien is hij het dan niet waard. Ik denk niet dat het een probleem zal zijn.'

'Heb je hier met hem over gepraat? Je lijkt hem zo'n beetje alles te vertellen,' vroeg Addi.

'Nee, dat heb ik niet. Ik maakte me zorgen over hoe hij zou reageren. Als ik iets zeg over hoe we er samen uitzien, zegt hij altijd dat ik me geen zorgen moet maken over wat andere mensen denken. Hij heeft gelijk, maar als die andere mensen zijn goede vrienden zijn, is het een beetje moeilijker om je er niks van aan te trekken.'

Ik haatte het dat ik Xander er niet op vertrouwde dat hij fatsoenlijke mensen als vrienden had. Ik wilde er niet twee keer over nadenken om ze te ontmoeten, gewoon gaan en ervan genieten. Maar ik had er een slecht gevoel over. Ik dacht niet dat het ontmoeten van zijn familie een probleem zou zijn. Ouders willen meestal gewoon hun kinderen gelukkig zien.

Vrienden zijn anders. Vrienden willen je met de juiste persoon zien, maar dat is iemand die ze zelf ook wel zouden willen. Vrienden willen dat je een relatie hebt met iemand van wie ze dromen om hem van je te stelen. Een persoon die misschien op een dag de kamer oversteekt naar je vriend en zich realiseert dat hij verliefd is op je vriend.

Ik betwijfelde ten zeerste of Xander vrienden zou hebben die ervan droomden mij van hem te stelen.

'Je moet met hem praten. Vertel hem waarover je je zorgen maakt. Jullie praten toch al de hele tijd. Neem een pauze van de telefoonseks en voer een serieus gesprek,' plaagde Claire.

Van de geschokte gezichten van Sam en Addi kreeg ik een kleur. 'Niet iedereen wist daarvan,' siste ik naar Claire. Ze barstten alle drie in lachen uit terwijl mijn gezicht knalrood werd.

'Ik wou dat ik een man had die telefoonseks wilde, of welke seks dan ook,' zei Sam. 'Het is zo lang geleden, ik denk dat ik vergeten ben hoe het moet.'

'Ja, ik heb het gevoel dat ik constant nieuwe batterijen koop. Iemand anders erbij hebben om te helpen moet alles veel beter maken,' voegde Addi eraan toe.

Al snel lachte ik met mijn vriendinnen mee, dankbaar dat ik zulke goede had. Ik was nog steeds zenuwachtig over het ontmoeten van Xanders vrienden, maar de spanning nam in ieder geval een beetje af.

HOOFDSTUK 15

DE REST VAN de week was Melody een nog grotere bitch dan anders. Diana had haar vast verteld dat wij de laatste twee kandidaten voor de baan waren, dus ging ze met haar pesterijen nog een stap verder.

Woensdag vertelde ze op kantoor dat ik luizen had toen ze me aan mijn hoofd zag krabben. Ik moest bijna lachen toen iemand me vroeg of het waar was. Daarna liep ik naar Melody toe, gaf haar een dikke knuffel en wreef met mijn hoofd tegen het hare zodat zij ook besmet zou lijken.

Ze gaf het toe.

Donderdag vertelde ze Diana over Xander. Ik moest laat op de dag bij Diana op kantoor komen voor een gesprek. Ze had naar onze eerste gesprekken geluisterd en vertelde me dat het ongepast was om met een klant over een date te praten.

'Mandy, ik ben teleurgesteld. Dit soort dingen had ik niet van u verwacht. Eerlijk gezegd had ik dit eerder van Melody geloofd dan van u, maar ik heb het gehoord. Ik heb uw gesprekken gehoord. Ik vind dat telefoontjes van meneer Carlson door een andere medewerker moeten worden afgehandeld. Wilt u hem dat alstublieft vertellen als u hem de volgende keer spreekt?'

Ik stemde ermee in dat te doen. Het was frustrerend, maar ik was tenminste mijn baan of mijn kans op de promotie niet kwijt.

Vrijdag was echter anders. Melody werd wanhopig. Het probleem was dat ik het niet aan zag komen. Dat betekende dat ik geen tijd had om me erop voor te bereiden. Of om vóór het weekend de schade te beperken. Melody was slim. Ze wachtte tot ik was uitgelogd op mijn computer en me klaarmaakte om voor het weekend te vertrekken. Toen ik naar buiten liep, liep zij het kantoor van Diana in. Ik had moeten blijven hangen, maar ik had me nooit kunnen voorstellen hoe laag ze zou zinken.

UITEINDELIJK HAD IK ermee ingestemd om met Xanders familie te gaan eten en naar de barbecue met zijn vrienden te gaan. Omdat het twee dagen achter elkaar zou zijn, nodigde hij me uit om bij hem te blijven slapen. We hadden wel vaker samen de nacht doorgebracht, maar dit was de eerste keer dat we het van tevoren hadden afgesproken. Om de een of andere reden voelde het anders.

Binnen trok Xander me naar zich toe voor een kus en hield mijn hand omhoog zodat ik een rondje voor hem kon draaien. 'Je ziet er geweldig uit, schat. Deze jurk heb ik nog niet eerder gezien. Is hij nieuw?'

Ik vond het geweldig dat hij de moeite opmerkte die ik voor het etentje met zijn familie had gedaan. De jurk was niet nieuw, maar het was een van die jurken die ik bewaarde voor nettere gelegenheden. Nu het eindelijk warmer weer werd, kon ik hem dragen. De jurk was briljant smaragdgroen met glinsterende parelmoeren knoopjes helemaal van boven naar beneden. Hij had een kraag, zoals een overhemd, en korte mouwen die het een ietwat professionele uitstraling gaven, vooral in combinatie met mijn parelmoeren peeptoes. Zoals al mijn jurken was hij aansluitend bij mijn borsten en liep dan wijd uit zodat mijn buik de ruimte had. Natuurlijk moest ik ervoor zorgen dat ik er niet zwanger uitzag als ik Xanders familie ging ontmoeten.

'Hij is niet nieuw, maar dank je. Ik wilde er gewoon netjes uitzien om je familie te ontmoeten.'

'Je ziet er altijd netjes uit, schat. Ben je er klaar voor?'

Ik knikte en volgde hem naar de garage naar zijn Jeep. Hij wachtte tot ik was ingestapt en deed toen mijn portier dicht. Ik keek toe hoe hij naar zijn kant liep en naast me ging zitten. Hij draaide de sleutel om en legde zijn hand onmiddellijk op mijn dij. Hij streek met zijn vingers onder de zoom van mijn jurk om mijn blote huid aan te raken. Ik legde mijn hand op de zijne en verstrengelde onze vingers met elkaar.

'Wie zal er bij het etentje zijn?' vroeg ik terwijl ik hem bekeek. Zijn korte broek kwam tot zijn knieën, maar spande strak over zijn gespierde dijen toen hij zat. Mijn blik bleef hangen bij de bobbel tussen zijn benen en mijn lichaam werd warmer toen ik dacht aan de dingen die hij de avond ervoor had gedaan.

Zijn zachtblauwe baseball-T-shirt zat strak om zijn borst en spande over zijn biceps. Ik wist dat de blauwe kleur zijn ogen, die achter een zonnebril verborgen waren, blauwer zou laten lijken in plaats van het gebruikelijke groen. Toen mijn ogen naar zijn gezicht gleden, zag ik de kromming van zijn lippen die me vertelden dat hij wist dat ik hem aan het keuren was. Hij kneep in mijn vingers en glimlachte naar me.

'Het etentje zou vrij rustig moeten zijn, alleen mijn ouders en Jessica. Ze is al een tijdje met een jongen aan het daten, maar ik denk niet dat ze hem meeneemt naar het etentje. Mam nodigt meestal de buren uit om te komen eten, maar ik denk dat we vanavond alleen met z'n vijven zijn. Ze wil je leren kennen.'

Ik rolde met mijn ogen. 'Geweldig, dus ik word aan een kruisverhoor onderworpen over of ik wel goed genoeg ben voor haar zoon. Misschien moet ik maar niet gaan.'

Xander lachte. 'Dat durf je niet. Ze zal je geweldig vinden. Net als mijn vader. En Jessica ook. Je maakt je druk om niks, echt waar.'

Ik kneep in zijn hand en draaide me om uit het raam te staren terwijl hij de twintig minuten naar Orchard Park reed. Ik maakte me zorgen over het feit dat zijn ouders hun normale plannen wijzigden. Als ze me niet gingen uithoren over mijn relatie met hem, waarom zouden ze dan hun buren niet uitnodigen? Ik probeerde mezelf te vertellen dat ik overdreef, maar ik kon mezelf er niet van overtuigen dat het goed zou komen.

Xander parkeerde bij een uitgestrekte, gelijkvloerse woning aan een van de drukkere straten aan de rand van Orchard Park. Het huis was prachtig met honingkleurig gebeitst hout en natuursteen aan de voorkant. Een garage voor drie auto's verankerde het huis aan de zijkant en een klinkerpad leidde naar twee voordeuren. Een goed onderhouden tuin strekte zich uit achter het huis en een basketbalnet stond aan de rand van de oprit. Ik glimlachte om de enorme rots bij de weg en nam de hele plek in me op toen ik uit de Jeep stapte. Het huis was enorm, maar het leek een leuke plek om op te groeien, althans afgaand op de open ruimtes buiten.

Xander leidde me door de open garage het huis in. We kwamen binnen in een gang. Rechts was een toilet, de kelder en een van de voordeuren. Aan de linkerkant hoorde en rook ik de keuken. We passeerden een wasruimte voordat de gang uitkwam in een gigantische keuken. Het plafond liep schuin op met het dak en twee dakramen lieten zonlicht binnen, samen met de rij ramen die uitkeken op de achtertuin. Een eiland strekte zich uit door het midden van de kamer, omgeven door kasten langs een muur en een tafel voor zes personen voor de ramen aan de achterkant.

'Hoi mam,' riep Xander toen we binnenkwamen. Ze draaide zich om van de dubbele oven en glimlachte stralend naar hem. Hij liet mijn hand los en liep om het eiland heen naar zijn moeder. Ze was een vrouw van gemiddeld postuur met een gulle lach voor haar zoon. Haar korte grijze haar hing steil in een stijlvolle, schuin geknipte bob. Ze droeg sandalen, ongetwijfeld om haar voeten te beschermen tegen de harde tegelvloer, en een kakikleurige capri met een rood shirt met korte mouwen. Een schort met de Amerikaanse vlag hing om haar nek en was om haar zachte taille geknoopt.

Ze hielden elkaar stevig vast en ze zei: 'Ik heb je gemist. Fijn dat je thuis bent.'

'Bedankt, en het spijt me, mam.' Hij deed een stap achteruit en stak zijn hand naar me uit. 'Dit is Mandy Ryan, mijn vriendin. Mandy, mijn moeder, Peggy.'

Ik stapte naar voren en stak mijn hand naar haar uit. Ze pakte hem hartelijk vast en sloeg haar andere hand om de mijne, zodat die tussen haar beide handen genesteld lag. 'Heel fijn om u te ontmoeten, Mandy. Ik heb al veel over u gehoord.'

'Dank u, mevrouw Carlson. Ik heb ook veel over u gehoord. Xander is dol op u. En uw huis is prachtig.'

'Dank je, en zeg maar Peggy. Mijn man heeft het laten bouwen toen de kinderen klein waren. Hij had last van artritis en zijn artsen zeiden dat hij moest zwemmen, dus bouwde hij een huis met een zwembad. Het leek eerst enorm, maar nu is het gewoon thuis. Zelfs nu beide kinderen het huis uit zijn, kunnen we ons moeilijk voorstellen dat we het verkopen.'

'Niemand heeft gezegd dat je het moet verkopen, mam. Jessica en ik zijn er ook dol op,' zei Xander tegen haar.

'Hoor ik daar mijn naam?' zei een blondine terwijl ze de kamer binnen kwam zeilen. Ze was prachtig, met wapperend blond haar, Xanders hazelnootkleurige ogen en een roze zomerjurkje. Ze zag eruit als iemand met wie iedereen vrienden zou willen zijn, met haar gulle lach en ongedwongen houding.

Maar het beste aan haar was dat ze een normaal gewicht had en niet zo'n spriet was als ik me had voorgesteld. Het zou niet uit moeten maken, maar de wetenschap dat Xander was opgevoed door een vrouw die geen maatje nul had en een zus die niet veel slanker was dan hun moeder, zorgde ervoor dat ik des te meer in zijn aantrekkingskracht tot mij geloofde.

'Hé, zus!' riep Xander terwijl hij naar haar toe snelde. Hij trok haar in zijn armen en tilde haar in het rond. Ze giechelde en sloeg haar armen stevig om hem heen.

'Ik heb je gemist, grote broer. Fijn je te zien.'

'Ja, mam zei net hetzelfde. Jess, dit is Mandy. Mandy, dit is mijn zus, Jessica.'

Jessica slaakte een kreetje en sprong naar me toe en gaf me een stevige knuffel toen ze me bereikte. Ik knuffelde haar terug; haar aanstekelijke enthousiasme deed me glimlachen terwijl we elkaar omhelsden. Toen ze me losliet, zei ze: 'Ik vind het zo leuk je te ontmoeten. Xander heeft het al weken alleen maar over jou en het is geweldig om je eindelijk te zien. Je moet me alles over jezelf vertellen. Xander heeft me al verteld hoe jullie elkaar hebben ontmoet en hoe hij je moest overhalen om met hem uit te gaan, maar ik wil alles over jou horen.'

Ze haakte haar arm in de mijne en trok me mee naar de woonkamer. Een stenen schouw reikte tot aan het hoge plafond en nog meer dakramen overspoelden de kamer met zonlicht. Hoge ramen van de vloer tot het plafond keken uit op een enorm houten terras en de achtertuin. We gingen naast elkaar op een crèmekleurige bank met bloemetjesmotief zitten en Jessica zei: 'Vertel. Ik wil alles van je weten.'

Ik keek vluchtig naar Xander, die nog met zijn moeder in de keuken stond. Hij knipoogde naar me en ik knipoogde terug, en richtte mijn aandacht toen op Jessica. Ik moest mezelf eraan herinneren dat ze met haar drieëntwintig jaar vier jaar jonger was dan ik, en pas een jaar geleden was afgestudeerd. Ze was lief en levendig, en barstte van het zelfvertrouwen.

Ik had eindeloos veel bewondering voor haar.

'Oké, nou, ik ben opgegroeid in Winterville. Mijn ouders wonen daar nog steeds en mijn broer woont in Buffalo. Ik werk bij de klantenservice van Western New York Health, maar ik kom in aanmerking voor een promotie. Het klinkt erger dan het is. Ik vind mijn werk eigenlijk leuk. Ik heb drie geweldige beste vriendinnen en een effen grijze bastaardkat genaamd Zada.'

'Ah, ik heb mam en pap altijd gesmeekt om een kat voor me te kopen, maar dat wilden ze nooit. Ik moet een keertje langskomen om je kat te ontmoeten. Heb je een huisgenoot?'

Ik schudde mijn hoofd. 'Nee. Ik woon alleen. Mijn vriendinnen en ik houden eens per maand een filmavond en dan blijven ze slapen, maar verder ben ik alleen. Ik heb een herenhuis met drie slaapkamers.'

''Dat is geweldig. Ik heb twee huisgenoten om mijn appartement te kunnen betalen. Ik ben net begonnen bij de reclameafdeling van de Orchard Park Gazette. Dat is de plaatselijke krant. Ik ben net als jij, ik vind mijn werk geweldig, ook al klinkt het niet zo spannend.'

Een lange man liep door de kamer en keek ons nauwelijks aan. Toen hij dat wel deed, stopte hij en draaide zich naar ons om. 'Jessica, ik wist niet dat je vanavond een vriendin te eten had. Wie is dit?'

'Dit is Mandy, de vriendin van Xander. We leren elkaar net kennen terwijl Xander mam in de keuken helpt.'

Hij stak zijn hand naar me uit en glimlachte warm. 'Ah, Mandy, mijn excuses. Ik wist niet dat jullie er al waren. Het is leuk je te ontmoeten. Kan ik jullie dames iets te drinken aanbieden?'

'Ik hoef niets, pap,' zei Jessica tegen hem.

'Ik ook niet, bedankt, meneer Carlson.'

'Alsjeblieft, Mandy, noem me maar Todd. Ik ga even bij het eten kijken. Ik vermoed dat het bijna klaar is.'

Todd liep de keuken in en Jessica en ik praatten verder. Ik vroeg haar naar haar nieuwe vriend. 'Peter en ik zijn nog maar een paar keer uit geweest. Hij is wel heel lief en ik vind hem erg leuk. We zijn echter nog niet op het punt dat we elkaars familie ontmoeten.'

'Hoe heb je hem ontmoet?' vroeg ik, altijd geïnteresseerd in de liefdesverhalen van anderen.

'Een van mijn huisgenoten kende hem. Ze waren vrienden op de universiteit en hij kwam een paar weken geleden naar een feestje dat we gaven. Hij heeft een marketingdiploma en werkt voor een bedrijf in Buffalo, maar ik kan me nooit herinneren hoe het heet. Het heeft zo'n lange naam als advocatenkantoren.'

Ik lachte, omdat ik precies wist wat ze bedoelde.

Xander kwam binnen en ging naast me op de bank zitten. Hij sloeg zijn arm om mijn schouders en kuste mijn slaap. 'Je vertelt toch geen verhalen over mij, hè?' vroeg hij aan Jessica.

'Nee, ik ben Mandy aan het leren kennen. De gênante verhalen bewaar ik voor de volgende keer.'

Ik klapte in mijn handen en wreef ze als een boosaardige wetenschapper tegen elkaar. Jessica lachte en Xander wierp me een boze blik toe voordat hij ook in lachen uitbarstte. 'Je kent al mijn geheimen. Ik heb niets voor je te verbergen.'

'Dat weet ik, maar soms hebben anderen een ander perspectief op een verhaal, wat het interessanter maakt.'

'Ja, nou, zolang je me niet verantwoordelijk houdt voor mijn domme jeugd, is het goed,' zei Xander. Ik glimlachte naar hem en hij bracht zijn lippen op de mijne. Zijn hand streek over mijn keel, maar waar zijn zus bij was, hield hij zijn lippen op elkaar.

'Aan tafel!' riep Peggy vanuit de keuken.

Jessica sprong op en Xander en ik volgden haar. Hij hield me tegen voordat we de keuken inliepen en zei: 'Mijn moeder zei dat je mooi bent. Ik zei haar dat ik dat weet. Ze mag je.'

Ik glimlachte. 'Ik mag hen ook. Je zus barst van de energie, maar is heel aardig.'

Hij lachte. 'Ja, mam zegt altijd dat Jessica stuiterend geboren is.'

Ik lachte en knikte. Hij trok me in zijn armen, zijn hand tot een vuist gebald in mijn haar terwijl hij zijn lippen op de mijne drukte. Zijn tong stootte tegen mijn lippen en ik opende ze, zodat hij met zijn tong door mijn mond kon gaan. Net toen ik opgewonden raakte, trok hij zich terug. Hij glimlachte naar me. 'Ik kan niet lang zonder je te proeven.'

Ik glimlachte wrang en liet hem me naar de keuken leiden om bij zijn familie te gaan zitten.

Todd sprak het gebed uit, waarna iedereen de schalen doorgaf. Ik vulde mijn bord met geroosterde kip, knoflookpuree, wortels en broccoli. Er werd een fles witte wijn doorgegeven, samen met een kan water. Het geheel voelde heel ongedwongen en familiair. Het verbaasde me hoe op mijn gemak ik me daar voelde.

'Mandy, waarom vertel je ons niet hoe jij en Xander elkaar hebben ontmoet,' zei Peggy.

Ik keek vluchtig naar Xander, en vroeg me af wat hij zijn ouders over ons had verteld. Jessica zei dat ze wist hoe we elkaar hadden ontmoet, maar ik wist niet zeker hoeveel van het verhaal ze kenden. Hij grijnsde naar me, liet toen zijn blik op zijn bord vallen en liet me aan mijn lot over.

'Hij zat me eigenlijk een beetje achterna. Hij belde naar mijn werk en ik nam toevallig de telefoon op. Ik gaf hem mijn doorkiesnummer omdat dat het beleid is, maar een paar dagen later belde hij terug en vroeg me mee uit. Ik wees hem eerst af, maar hij heeft me overgehaald.'

'Ja, en je had een hekel aan me toen we elkaar voor het eerst ontmoetten.'

Todd proestte het uit van het lachen en Peggy glimlachte vriendelijk. 'Wat heb je gedaan dat ze een hekel aan je kreeg?'

'Hij heeft niets gedaan,' haakte ik in. 'Ik had het in mijn hoofd gehaald dat omdat hij aantrekkelijk is, hij me niet leuk zou vinden en ik was een eikel tegen hem. Een paar dagen na onze ontmoeting belde hij me en vroeg hij om mijn telefoonnummer, zodat we elkaar beter konden leren kennen voordat we weer uitgingen.'

'Slimme man,' zei Todd.

Xander knipoogde naar zijn vader. 'Aan de telefoon was ze zichzelf. Ik wist dat de enige manier om haar weer zover te krijgen om met me uit te gaan was als ze me een beetje leerde kennen.'

'Het werkte. Toen we weer uitgingen, was het geweldig. Ik was al zo snel tot over mijn oren verliefd. Het voelde alsof ik hem al een eeuwigheid kende. Alsof hij een oude geliefde was die ik weer tegenkwam.'

Peggy en Todd wisselden een veelbetekenende blik uit en glimlachten naar ons. Jessica haakte in: 'Dat is geweldig. Ik hoop dat ik ooit ook zo'n verhaal heb.'

Peggy klopte op Jessica's hand en glimlachte naar haar. Zij deden me aan mijn moeder en mij denken. We hadden altijd een hechte band toen ik jonger was. Het was alweer een tijdje geleden dat ik bij mijn ouders had gegeten. Ik sprak mijn moeder om de paar dagen, maar ze hadden Xander nog niet ontmoet. Ik wist dat ik daar snel verandering in moest brengen.

Terwijl we aten, praatte iedereen over werk en familie. Ik vertelde Peggy over mijn ouders en broer en Todd vroeg naar mijn werk. Ik luisterde terwijl ze praatten over Todds aanstaande pensioen, over slechts een paar maanden als alles volgens plan verliep.

Toen we klaar waren met ons heerlijke diner, vroeg Xander of ik de rest van het huis wilde zien. Hij leidde me door een kamer aan de voorkant van het huis, aan de andere kant van de haard dan de woonkamer. Het was een enorme leefruimte met een formele eettafel bij de keuken en een kleinere huiskamer aan het andere uiteinde. Ingebouwde boekenplanken gaven het gevoel van een geweldige plek voor een bibliotheek.

Een grote betegelde foyer verbond de leefruimte en de woonkamer met de voordeur en het zwembad. Ja, een zwembad in huis.

In de zwembadruimte was het warm. Xander zei dat dat kwam doordat de kamer een hogere temperatuur moest hebben dan het water. Het zwembad was niet enorm, maar het was nog steeds *binnen* in huis. Een kleine hottub was in de wanden van het zwembad ingebouwd. Grote ramen en een reeks dakramen lieten veel natuurlijk licht binnen.

'Mijn favoriete ding hier was kunnen zwemmen als het sneeuwt. Het is behoorlijk gaaf om warm in het zwembad te zitten en sneeuw op de dakramen te zien vallen. 's Nachts zwemmen was ook altijd gaaf. Soms deden mijn vrienden en ik gek en renden we naar buiten in de sneeuw om dan in het zwembad te springen. Het was zo dom, maar zo leuk toen.'

Ik lachte, terwijl ik me een jongere Xander voorstelde die zo aan het dollen was.

'Wil je een duik nemen?' vroeg hij, zijn handen achter me in de aanslag.

'Nee!' gilde ik. Het laatste wat ik wilde, was dat hij me in het zwembad gooide.

We verlieten de zwembadruimte met Xanders lach die achter ons galmde. Vlak naast de zwembadruimte was Todds kantoor en daarachter was Jessica's slaapkamer. Tussen haar kamer en Xanders kamer, weer aan de voorkant van het huis, was een badkamer gepropt. Hij noemde het de grot en ik begreep eindelijk waarom. Een korte gang leidde naar de kamer, donker door de bomen buiten het raam en de bruine muren. Een honkbalthema toverde een glimlach op mijn gezicht toen ik door Xanders jeugdkamer liep.

Hij leunde tegen de deurpost terwijl ik ronddwaalde. Ik grijnsde naar hem en zei: 'Als deze muren konden praten, wil ik de verhalen die ze me zouden vertellen waarschijnlijk niet weten.'

'Deze muren zouden je niets vertellen wat ik je niet al verteld heb. Je kent al mijn geheimen, schat, dat blijf ik je zeggen.'

'Ik weet het,' zei ik, terwijl ik hem bij de deur ontmoette.

'Ben je klaar om te gaan?'

'Nu al? Aan jou de keus.'

'Nou,' fluisterde hij hees in mijn oor, 'als ik je in mijn oude slaapkamer zie, wil ik je in mijn huidige slaapkamer zien. Bij voorkeur zonder je kleren.'

'Ik denk dat dat geregeld kan worden. Zeker als het ook zonder jouw kleren is.'

Ik sloeg mijn armen om zijn nek en wachtte tot hij zijn lippen op de mijne liet zakken. Eén hand woelde door mijn krullende haar en de andere gleed over mijn rug naar mijn kont. Hij kneep in mijn kont terwijl hij zijn tong mijn mond in duwde. Ik kreunde toen onze tongen elkaar ontmoetten en proefde de koelte van hem. Ik hield me stevig aan hem vast terwijl hij me tegen de muur leunde, zijn erectie borend in mijn buik. 'God, ik wil je,' fluisterde hij terwijl hij zich een weg naar mijn oor kuste. Hij knabbelde aan mijn oorlel en kuste toen mijn razende polsslag.

Hij trok zich terug en liet zijn voorhoofd tegen het mijne rusten. 'Fuck, je bent als een drug. Ik kan geen genoeg van je krijgen. Kijken hoe je de hele avond met mijn familie lachte, heeft me zo opgewonden. Ik hou van je lach en ik… Ik vind het heerlijk als die helemaal voor mij is.'

'Alles vandaag is voor jou, schat. Je familie is geweldig.'

Hij haalde diep adem en kneep zijn ogen stijf dicht. 'Oké, praten over mijn familie helpt, maar ik kan je nog steeds ruiken. Ik duik even de badkamer in, ga jij maar vast afscheid nemen van mijn familie.'

Met een snelle kus liep ik de gang weer in en trof Peggy, Todd, en Jessica in de keuken aan, die de afwas aan het afronden waren. 'Het spijt me zo, we hadden moeten aanbieden om te helpen.'

'O, nee, je bent onze gast. We zijn gewoon blij dat je er vanavond was. Gaan jullie er al vandoor? Xander zei dat jullie morgen naar de barbecue gaan.'

'Ja, dat klopt. Hij heeft er zin in om zijn vrienden te zien. Ik hoop maar dat ze half zo vriendelijk en gastvrij zijn als u geweest bent.'

'Niemand is zo gastvrij als Peggy,' vertelde Todd me, 'maar ik hoop dat je gelijk hebt over Xanders vrienden. Veel plezier, jullie.'

Xander kwam de kamer binnen en zei: 'We gaan ervandoor. Eten we volgende week zondag weer?'

'Natuurlijk. Mandy, ik hoop dat je dan ook komt,' zei Peggy.

'Dat zou ik heerlijk vinden. Dank u.'

We knuffelden allemaal en toen liepen Xander en ik weer naar de garagedeur. Hij sleepte me praktisch mee naar de Jeep. Daarna scheurde hij door de straten naar huis.

HOOFDSTUK 16

ZODRA WE BIJ Xander thuis aankwamen, trokken we elkaars kleren van het lijf. De rit duurde maar twintig minuten, maar bij elk stoplicht boog hij zich voorover en kuste me. Zijn vingers gleden omhoog en tegen de tijd dat we bij zijn huis waren, had hij zijn hand in mijn slipje en kon hij voelen hoe opgewonden en klaar ik ervoor was.

Xander schopte de garagedeur achter ons dicht en drukte me ertegenaan. Zijn harde erectie drukte tegen mijn zachte huid en ik kreunde vol verwachting. Hij zette zich schrap tegen de deur en klemde me vast tussen zijn stevige armen. Hij boog zich naar me toe en kuste mijn lippen, mijn nek, mijn sleutelbeen. Zijn lippen waren overal en ik kon me niet op één plek concentreren omdat hij steeds verder ging.

Ik klampte me aan hem vast in een poging hem vast te houden. Ik was aan het hijgen en smachtte naar hem, zo ontzettend klaar voor hem dat ik nauwelijks adem kon halen. Xander gromde in mijn nek: 'Ik wil dit jurkje al de hele dag van je lijf scheuren. Die knoopjes, en me afvragen wat eronder zit, maken me helemaal gek.'

Ik drukte mijn bekken tegen hem aan, mijn hoofd raakte

de deur, en hij reikte naar het eerste van mijn knoopjes. 'Ik moet je zien. Ik kan niet langer wachten.'

De beheersing in zijn handen gaf zijn gezicht een gekwelde uitdrukking. Ik wist dat hij de knoopjes het liefst uit elkaar wilde scheuren, maar hij probeerde voorzichtig te zijn en mijn jurkje niet te ruïneren. Het trage proces van het losmaken van alle knoopjes van mijn jurk maakte me geil en zette Xander op scherp. Bij elke centimeter huid die hij blootlegde, drukte hij zijn lippen tegen me aan, beet zachtjes in mijn vlees en liet overal op mijn lichaam tandafdrukken achter.

Toen hij bij mijn buik aankwam, liet hij zijn handen mijn jurkje inglijden en bevrijdde mijn borsten. Hij kreunde toen hij mijn rode kanten push-upbeha zag. Zijn vingers stuntelden met mijn knoopjes, maar dat kon me niet schelen. Zijn lippen sloten zich om mijn tepel en ik kreunde, achterover leunend tegen de deur. 'Godverdomme, wat ben je mooi,' murmelde hij tegen de huid die over het randje van het kant kwam.

Xander ging van de ene tepel naar de andere en nam ze allebei met het delicate kant en al in zijn mond. Hij zoog aan de topjes en cirkelde met zijn tong om mijn tepels tot ik kreunde van genot. Hij trok zachtjes met zijn tanden, waardoor pijn en genot door me heen schoten en ik nog natter werd.

Terwijl hij mijn tepels plaagde, werkten zijn vingers behendig aan de rest van de knoopjes tot mijn jurkje aan de voorkant openhing. Hij deed een stap achteruit en keek naar mij en mijn rode kanten slipje dat bij mijn beha paste. Zijn ogen werden roofdierachtig en ik kreeg kippenvel over mijn hele lichaam. Mijn tepels stonden stijf, benieuwd naar wat er zou volgen.

Xander kwam snel op me af en haakte zijn duim om de zijkanten van mijn slipje. Hij trok hard en ik hoorde de stof in zijn handen scheuren. Het volgende moment stootte hij zijn vingers in me en ik kreunde, mijn knieën knikten. Hij dwong me tegen de deur met zijn grote lichaam en hield me overeind. 'Houd je knieën op slot, schatje. Ik laat je hier en nu klaarkomen. Ik kan niet langer wachten.'

Het verlangen en het bevel in zijn stem zorgden ervoor dat ik meteen deed wat hij zei. Geen enkele man had ooit zo tegen me gesproken als Xander, me het gevoel gegeven dat hij zichzelf niet in de hand kon houden als hij bij me was. Het windde me meer op dan ik ooit wilde toegeven. Het voelde zo verdomd lekker.

Met mijn knieën op slot deed Xander een stap van me af, zijn vingers nog steeds onderzoekend tussen mijn dijen, waardoor ik kreunde en kronkelde onder zijn manipulatie. Hij knielde voor me neer en dwong mijn benen verder uit elkaar. Ik dacht dat hij alleen maar wilde kijken, tot ik zijn adem op me voelde, heet en zwaar tegen mijn dijen. Voordat ik iets kon zeggen, likte hij me van de ene naar de andere kant.

Mijn knieën werden weer week, niet in staat om zich te verzetten tegen het extreme genot dat door me heen schoot. Xander gromde en sloeg zijn armen om mijn kont, tilde me op terwijl hij opstond. Hij draaide zich om en zette me op het keukeneiland neer, waarbij hij mijn kont op de rand hield. Ik ging rechtop zitten, maar hij duwde me terug met een hand op mijn borst terwijl de andere weer in me dook. Zijn lippen vonden mijn centrum en ik kreunde terwijl ik me uitstrekte over zijn keukeneiland.

Hij likte en plaagde me, zijn vingers hielpen me op te winden. Hij stootte zijn hand in me, mijn heupen kwamen omhoog om zijn vingers te ontmoeten. Het enige wat ik voelde was zijn ritmische genot terwijl hij met mijn lichaam speelde, waardoor ik wilde klaarkomen.

Nee, ik moest klaarkomen.

Mijn ademhaling werd oppervlakkig en mijn gekreun en geschreeuw werden luider. Ik drukte mijn bekken tegen hem aan en streek met mijn vingers door zijn haar. Ik moest klaarkomen, ik had de ontlading nodig. 'Nu, schatje, nu,' beval Xander me en mijn lichaam viel uit elkaar. Mijn geschreeuw galmde door zijn stille keuken en ik verstrengelde mijn vingers met de zijne, me stevig vasthoudend terwijl mijn lichaam zich ontspande van de spanning die hij had opgebouwd.

Toen de duisternis van mijn orgasme wegtrok, hing Xander boven me en kuste mijn buik. Hij trok me van het keukeneiland af, de koortsachtige blik nog steeds in zijn ogen. Ik scheurde aan zijn shirt en trok het over zijn hoofd zodat ik zijn borst kon kussen. Ik liet mijn tong over zijn tepels glijden en plaagde ze met een zacht beet die Xander deed kreunen en zijn handen stevig in mijn haar deed vastgrijpen. Hij trok aan zijn korte broek en boxershort, die hij op de grond aan zijn voeten liet vallen.

Hij reikte naar mijn jurk en trok hem van mijn schouders, zijn mond sloot zich om mijn huid. Hij beet me en liet zijn tong de pijn die hij veroorzaakte verzachten. 'Sorry, schatje. Ik ben gewoon zo verdomd geil op je.'

Hij draaide me om en trok mijn jurk helemaal uit. Zijn pik drukte hard in mijn onderrug en zijn borst streek langs mijn rug. Xander boog naar mijn nek en zoog hard, zeker om een afdruk achter te laten. Hij volgde de pees van mijn nek naar beneden tot mijn schouder en kuste me opnieuw.

Hij deed een stap naar voren en dwong me met hem mee. Mijn buik raakte de rand van het keukeneiland en Xander drukte me eroverheen. 'Houd je vast aan de rand, schatje. Houd je stevig vast.'

Opwinding raasde door me heen. Ik was nog nooit van achteren genomen. Ik hoorde het scheuren van het condoom en voelde toen Xanders vingers om me heen cirkelen. Ik kreunde en leunde achterover tegen hem aan, al klaar voor een volgende ronde.

Zijn pik plaagde mijn ingang, cirkelend onder de controle van zijn hand. Langzaam leidde hij zichzelf naar binnen. De kwellende beweging deed me tegen hem aan kreunen. Hij boog zich over me heen en gromde: 'Ben je klaar voor me, schatje? Ben je er klaar voor dat ik je op deze manier neem?'

'Ja,' kreunde ik terug, terwijl ik me steviger vastgreep aan de rand van het aanrecht.

Xander gleed langzaam naar buiten, schurend over me heen en me doen smachten door het verlies van hem. Hij stootte hard terug in me en ik schreeuwde het uit, vuur overspoelde me terwijl mijn lichaam de intrusie herkende en naar meer verlangde. 'Nog eens,' zei ik, een glimlach op mijn lippen.

'Mijn schatje houdt ervan als het hard gaat, hè?' plaagde hij.

'O, god, ja,' kreunde ik terwijl hij weer langzaam naar buiten gleed.

'Klim op het aanrecht, schatje. Laat je lichaam erop rusten. Ik wil je voeten van de grond zodat ik je kan controleren. Ik moet je hard kunnen nemen. Precies zoals je het wilt.'

Hij hielp me hoger op het aanrecht te klimmen, mijn hele buik op het oppervlak terwijl mijn benen recht achter me hingen. Zijn lengte gaf hem een voordeel en hij bleef in me terwijl ik bewoog, en raakte alle juiste plekken terwijl ik mezelf positioneerde.

Xanders handen grepen mijn heupen vast en hij trok zich weer langzaam terug, en trok me toen naar zich toe terwijl hij naar binnen stootte. Mijn lichaam opende zich voor hem en nam hem dieper in me op dan hij ooit was geweest. Ik was dol op het overvolle gevoel dat ik had met hem diep in mij. Ik wiebelde met mijn heupen om hem dieper, harder te krijgen. En hij verloor de controle.

Xander hield mijn heupen vast, niet langer in staat zich langzaam terug te trekken. Hij stootte woest en beukte me tegen het aanrecht terwijl zijn pik dieper en dieper in me drong. Ik gilde het uit terwijl mijn orgasme zich weer opbouwde, zo dicht bij de rand, terwijl ik me vasthield.

Zijn ene hand gleed over mijn bezwete rug omhoog en in mijn haar. Hij trok eraan, waardoor mijn hoofd naar achteren werd getrokken. 'Ik kan me niet meer inhouden, schatje. Ik wil dat je klaarkomt. Kom verdomme nu klaar.'

Hij trok opnieuw aan mijn haar en mijn lichaam spleet in tweeën, een krachtig orgasme trok me de duisternis in, omringd door een wazige versie van de werkelijkheid. Xander bleef in me stoten en ik hoorde zijn stem mijn naam roepen. Zijn hand liet eindelijk mijn haar los en ik kwam weer uit de duisternis tevoorschijn.

Xander leunde over me heen, zijn gezicht slechts centimeters van het mijne. 'Het spijt me zo, schatje. Ik kon gewoon niet wachten tot we in de slaapkamer waren. Ik had je bijna genomen in mijn slaapkamer in het huis van mijn ouders. Heb ik je pijn gedaan?'

Ik lag op het aanrecht, bezweet en beurs. Ik glimlachte naar hem. 'Het doet verdomd veel pijn, maar het voelt zo fucking lekker. D'it heb ik nog nooit eerder gedaan.'

'Het spijt me zo dat ik je pijn heb gedaan.'

'Niet doen. Het voelde goed. Ik zou waarschijnlijk nog een paar keer kunnen klaarkomen, afgaande op hoe goed ik me voel.'

'O, echt?' plaagde hij. Zijn vingers gleden langs mijn blote rug naar mijn billen. Hij streek over mijn huid en liet zijn vingers over me glijden. 'Ik denk dat dat wel te regelen valt. Wat dacht je van een bad?'

'Echt?' vroeg ik opgewonden.

'Ja, schatje. Hopelijk voel je je daardoor beter. Ik ga het alvast laten vollopen. We kunnen het over de rest van die orgasmes hebben als je klaar bent met je bad.'

Ik stemde toe en liet Xander me van het kookeiland afhelpen. 'Ik zal nooit meer kunnen koken zonder er hard van te worden. Dat jij zo voor me uitgespreid lag over dat aanrecht was een van de geilste dingen ooit.'

Ik glimlachte naar hem en streek met mijn hand over zijn wang. 'Dat moeten we misschien nog een keer proberen. Misschien de bank en het bed ook. Heb je geen bureau?'

'Godverdomme, vrouw, jij maakt me nog eens dood. Misschien moet je wel weer in bad nadat ik je opnieuw heb gehad.'

Hij drukte zijn harde pik tegen me aan en ik grijnsde naar hem, terwijl ik met mijn wimpers fladderde. 'Tja, ik zei toch dat ik nog wel een keer kon...'

Ik draaide me om om weg te lopen, maar Xander greep mijn arm. Ik lachte toen hij zijn armen om me heen sloeg. Het gelach veranderde in gekreun toen zijn vingers over mijn buik gleden om tussen mijn dijen te spelen. 'Eerst de bank. We werken ons terug naar de slaapkamer en dan kun je in bad.'

Ik reikte naar beneden, greep zijn pik vast en streelde hem. 'Ik ben er klaar voor als jij dat ook bent.'

ROND MIDDERNACHT BEREIKTEN we eindelijk de slaapkamer. Xander liet zoals beloofd een bad voor me vollopen. Toen ik in het hete water wegzakte, wist ik dat ik de volgende dag spierpijn zou hebben. Ik had meer orgasmes gehad dan ik kon tellen en we hadden vier keer seks gehad. Mijn schouder deed pijn waar hij me had gebeten en toen ik in de spiegel keek zag ik de vage omtrek van de zuigzoen die hij me had gegeven.

Het water was heet en verzachtend. Xander liet me alleen in bad gaan. Hij keek tv toen ik zijn slaapkamer weer binnenliep en hij sloeg zijn armen om me heen. 'Gaat het?' vroeg hij.

Ik grinnikte. 'Je vrienden gaan weten wat er is gebeurd.' Ik liet hem de zuigzoen op mijn hals zien.

'Het spijt me, schatje. Ik liet me een beetje meeslepen.'

'Het is niet erg. Ik vind het best prettig om te weten dat je jezelf niet kunt bedwingen. Het is enorm opwindend dat je zo opgewonden van me raakt.'

Hij nestelde zich tegen me aan. 'Je weet dat dat zo is. Maar het spijt me dat ik je pijn heb gedaan. Hoe was je bad?'

'Geweldig. Dat bad is bijna net zo orgastisch als jij bent.'

Xander lachte luid. Het gerommel van zijn lichaam deed het bed schudden en ik trilde en lachte met hem mee. 'Nou, geen orgasmes meer vannacht. Ik vrees dat ik je in het ijs moet leggen na de manier waarop ik je vandaag te grazen heb genomen. Wil je een film kijken?'

Ik knikte en nestelde me tegen hem aan. Hij trok de dekens over ons heen en zette een film op. Binnen enkele seconden was ik in diepe slaap.

De volgende ochtend werd ik wakker, nog steeds in Xanders armen. Zijn gelijkmatige ademhaling vertelde me dat hij nog sliep en ik genoot van het gevoel van zijn warme, sterke arm om me heen. Zijn pik was wakker, maar ik wist dat we vroeg op moesten staan.

Bovendien was ik veel te beurs om aan seks te denken.

Nee, ik was nooit te beurs om erover te *denken*.

Ik rekte me uit en voelde mijn schouder pijnlijk trekken bij de beweging. De pijn tussen mijn benen beloofde het lopen moeilijk te maken, maar ik had ervoor gezorgd dat ik comfortabele schoenen had meegenomen voor de barbecue.

'Hé,' zei Xander slaperig. 'Je bent al wakker.'

'Sorry. Het was niet mijn bedoeling je wakker te maken. Ik denk dat ik gisteravond op je in slaap ben gevallen.'

'Ja, maar dat is niet erg. Hoe voel je je?'

'Verdomd beurs. Letterlijk.'

Hij trok me steviger tegen zich aan en drukte zijn lippen in mijn haar. 'Het spijt me zo, schatje. Ik beloof het, handen thuis vandaag.' Ik keek hem sceptisch aan en hij lachte. 'Oké, misschien niet mijn handen, maar zeker wel mijn pik. Wat dacht je ervan als jij een douche neemt en ik aan het ontbijt begin?'

'Klinkt goed,' zei ik, terwijl ik uit zijn warme bed klauterde. De koele lucht streek over mijn huid en bezorgde me kippenvel. Ik liep naar de badkamer en hoorde Xander richting de keuken gaan. Zijn douche was warm en voelde geweldig op mijn pijnlijke lichaam. Ik waste mijn haar en lichaam, en was extra voorzichtig rond mijn schouder en tussen mijn dijen. Ik was nog steeds erg beurs, maar ik was tenminste schoon.

Ik sloeg nog een zachte handdoek om me heen en liep de slaapkamer in. Ik pakte mijn tas en haalde er de zwarte korte broek en de legergroene top uit die ik aan wilde doen. Ik'd ook capri's ingepakt, maar het was heet buiten en ik wist dat ik daarin zou gaan zweten.

Ik pakte de rest van mijn kleren en toiletspullen in mijn tas en ging terug naar de badkamer om mijn haar en make-up te doen. Ik kamde mijn haar door en boog mijn hoofd voorover om de krullen op te schudden. Met mijn föhn maakte ik mijn haar licht en luchtig en gooide mijn hoofd weer achterover. Ik deed wat mascara op en besloot de rest van de make-up te laten voor wat het was. Er gingen oorbellen in mijn oren en een ketting om mijn nek.

Ik voelde me goed.

Ik pakte mijn tas en liep naar de keuken. Xander stond

naakt voor het fornuis eieren te bakken. Hij zag er zo goed uit dat mijn lichaam naar hem verlangde.

Zijn gebeeldhouwde spieren waren volledig voor mij te zien. Het water liep me in de mond toen ik de lange, slanke spieren van zijn benen in me opnam. Zijn pik hing los tussen zijn benen, nog steeds lang, zelfs als hij niet opgewonden was. Zijn smalle taille liep naar binnen boven zijn pik en een spoor van haar wees van zijn pik naar zijn navel. De glooiingen van zijn buikspieren deden me afvragen of ik body shots van hem zou kunnen doen. Zijn borstkas was prominent, afgetekende spieren die bewogen terwijl hij de eieren in de pan roerde. Ik liet mijn ogen over zijn stevig gespierde armen glijden en werd warm bij de herinnering aan die armen om me heen, slechts een paar minuten eerder.

Ik liet mijn tas in de keuken bij de deur vallen. Omdat we de volgende dag allebei moesten werken, was ik van plan om na de barbecue naar huis te gaan. Xander draaide zich om en trok me in zijn armen. 'Ik hoop dat je dit niet erg vindt. Ik had honger na gisteravond.'

Ik glimlachte en knikte. Ik kuste zijn borst en streek zachtjes met mijn vingers over hem, terwijl ik toekeek hoe zijn pik trilde. 'Nee, dat kun je niet doen, schatje. Ik ga je vandaag niet nemen. Ik kan aan de manier waarop je loopt zien dat je pijn hebt.'

Ik liet hem los en liep door de keuken om twee glazen voor sap en een mok voor Xander's koffie te pakken. 'Je zou hier niet zo sexy moeten rondlopen. Zeker niet naakt.'

'Ik ga zo douchen. Ik wilde er alleen zeker van zijn dat we zouden ontbijten.'

Hij schepte eieren op borden en haalde toen spek uit de magnetron terwijl het geroosterde brood uit de broodrooster kwam. Xander ging aan tafel zitten, al zijn naakte glorie voor mij uitgestald om te zien. Ik ging naast hem zitten en probeerde me te concentreren op het eten van mijn ontbijt in plaats van op het opeten van hem. Hij viel aan op zijn ontbijt en ik realiseerde me dat ik ook razende honger had.

Toen Xander klaar was, kuste hij me en ging toen douchen. Terwijl hij weg was, ruimde ik de keuken op en zette alle vaat weg, al bekend met zijn huis. Even later kwam Xander tevoorschijn in een kakikleurige cargoshort en een T-shirt van Coca-Cola. Hij stak zijn voeten in zijn slippers en reikte naar me. 'Bedankt voor het opruimen. Dat had je niet hoeven doen.'

'Nou, ik dacht dat je aanrecht wel een goede schoonmaakbeurt kon gebruiken na gisteravond, dus die heb ik ook maar meteen schoongemaakt.'

Hij grijnsde alsof hij'n prijs had gewonnen en kuste me hard op mijn lippen. Hij pakte mijn tas op en liep voor me uit naar buiten. We gooiden mijn tas in mijn auto en stapten toen in zijn Jeep.

'Vertel me eens wat over je vrienden,' zei ik, terwijl ik me probeerde te concentreren op iets wat mijn zenuwen zou kalmeren.

'Ze're leuk. Meestal lachen en drinken we als we'n bij elkaar zijn. De jongens hebben hun vriendinnen bij zich en een paar van onze vrienden zijn vrouwen. Het' zal een leuke mix van mensen zijn. Je weet natuurlijk dat ik het' het hechtst ben met Drew. Hij is' er vandaag bij, maar hij heeft geen relatie. Hij's een goeie vent. Ik denk dat hij's ongeveer de enige is met wie ik een echte band heb. Met de rest komen we gewoon samen om te drinken. Maar het's gezellig.'

'Dus moet ik je daar straks naar buiten dragen?'

'Nee,' zei hij onvermurwbaar. 'Ik ga' niet zoveel drinken. Misschien een biertje of twee, maar ik' ga niet veel drinken.'

'Naar wiens huis gaan we?'

'Ricky en Billy. Die waren vrienden van me op de middelbare school en de universiteit. Ze're huisgenoten. Het huis is mooi, maar de achtertuin is de reden waarom we er altijd heengaan. Die's enorm en behoorlijk privé.'

'Hoe zijn Ricky en Billy?'

'Het're klootzakken,' lachte Xander. 'Nee, dat moet ik' niet zeggen. Het kunnen eikels zijn, maar ze're grappig. Ze' gaan je echter geweldig vinden, omdat je je mannetje kunt staan tegenover hen. Ze' zullen denken dat je' grappig bent.'

'Weet je dat zeker?' vroeg ik. Als deze jongens goede vrienden van Xander waren en het eerste wat hij zei was dat het klootzakken waren, gaf me dat niet veel hoop dat ze me aardig zouden vinden.

'Ja, schatje, het' komt goed. De vrouwen zijn degenen waar je je zorgen over moet maken. Kayleigh en Braylon zijn vriendinnen van ons, maar het're complete krengen. Ik vermijd ze omdat ze' me altijd in bed proberen te krijgen, maar het're sletterige krengen en ik heb nooit iets met ze te maken willen hebben.'

Angst schoot door me heen. Ik wist dat mannen mijn uiterlijk niet belangrijk vonden als ze het met me konden vinden. Als ze niet' met me naar bed wilden, maakte het ze niet' uit hoe ik eruitzag. De vrouwen echter... dat was een heel ander verhaal. Vrouwen konden vreselijke krengen zijn als ze jaloers op me waren. Onder andere omstandigheden zou geen enkele vrouw jaloers op me zijn. Maar met Xander op een feestje verschijnen, zou me openstellen voor een aanval.

Ik had het gevoel dat ik moest overgeven.

'Blijf gewoon bij me. Ik laat' ze je niet te pakken krijgen. En als ze dat wel doen, dan' gaan we weg. Dat beloof ik.' Ik knikte terwijl Xander de Jeep stopte. Ik keek naar het huis waar we voor geparkeerd stonden en haalde diep adem. 'Kom op, schatje. Laat me met je pronken bij mijn vrienden.' Hij streek met zijn vinger over de zuigzoen die hij in mijn nek had achtergelaten en boog voorover om die te kussen. 'Ik vind het heerlijk om mijn merkteken op je te kunnen zien. Om de wereld te vertellen dat je' van mij bent. Het windt me zo op.'

Ik leunde achterover en liet de opwinding door mijn lichaam stromen. Xander draaide mijn gezicht naar hem toe en duwde zijn tong in mijn mond. Zijn kus was ruw en bezitterig. Hij verstrengelde zijn vingers in mijn haar en kantelde mijn hoofd zodat hij me dieper kon kussen. Ik kreunde tegen zijn lippen, terwijl ik voelde hoe mijn slipje nat werd.

Xander trok zich eindelijk terug en kuste mijn wangen. 'Ik' zou je nu meteen nemen als ik wist dat het je geen pijn zou doen. Je maakt me zo gelukkig.'

'Ik ben ook gelukkig, schatje. Laten' we je vrienden gaan ontmoeten voordat ik mijn moed verlies.'

Xander lachte en trok zich van me terug. Hij stapte uit en ik haalde diep adem. Toen hij aan mijn kant was, opende hij mijn deur en bood me zijn hand aan. Ik nam hem aan en liep aan zijn zijde om zijn vrienden te ontmoeten.

HOOFDSTUK 17

XANDER DUWDE DE voordeur van het twee verdiepingen hoge huis open alsof hij er woonde. We liepen meteen de woonkamer in, waar ik oude meubels en een grote tv zag staan. Schoenen waren in een overvolle kast achter de voordeur geschopt. De kamer was groot en maakte een doorleefde indruk. Ik hoorde stemmen dieper uit het huis komen, vermoedelijk waar Xander me naartoe leidde.

Het leek precies op wat ik me bij een studentenhuis voorstelde.

Het rook er ook een beetje naar.

De keuken lag aan de achterkant van het kleine huis en keek uit over de grote achtertuin. Mensen stroomden van binnen naar buiten, lachend en pratend.

Xander begroette de mensen in de keuken en stelde me voor, hoewel hij dat zo snel deed dat ik geen enkele naam kon onthouden. We zeiden hallo en hij trok me mee naar buiten, de tuin in.

'Xander!' werd er vanuit de tuin geroepen. Ik had geen idee uit welke richting het kwam, maar er verscheen een brede glimlach op zijn gezicht. Hij kneep in mijn hand en sleepte me achter zich aan naar het uiteinde van de tuin. Toen we bij een groepje van vijf jongens kwamen, liet hij mijn hand los om stootjes en knuffels uit te wisselen met de anderen.

Hij sloeg zijn arm weer om me heen en zei: 'Jongens, dit is Mandy. Mandy, dit zijn Ricky, Billy, Doug, Trevor en Brian.'

'Aangenaam kennis met jullie te maken,' zei ik, terwijl ik probeerde kalm te blijven. Tot nu toe was iedereen op het feest bloedmooi. Ik had het gevoel alsof ik in de opnames van een biercommercial of zoiets was beland. Het was angstaanjagend.

Ik wilde Xanders vrienden niet op hun uiterlijk beoordelen, net zoals ik niet wilde dat ze mij op het mijne zouden beoordelen, maar ik vond het moeilijk om het niet te doen. Xander had me al verteld dat Ricky en Billy klootzakken waren en Kayleigh en Braylon trutten. Ik wist niet zeker hoe lang ik dat zou volhouden.

De jongens monsterden me, zonder enige schaamte over hun beoordeling. Xander gaf een van hen een stomp op zijn schouder, Billy geloof ik, en zei: 'Jezus gast, ze is al bezet. Afblijven.'

Billy hield zijn handen overgevend omhoog, maar keek me nog een keer van top tot teen aan. Het bezorgde me koude rillingen, maar ik onderdrukte ze en klampte me vast aan Xander. 'Kom schat, we gaan wat drinken,' zei hij.

Ik knikte naar zijn vrienden en draaide me met Xander om, op zoek naar wat te drinken. Misschien dat wat alcohol de scherpe randjes eraf zou halen.

Xander vond drie koelboxen op het terras en viste er voor ons allebei een biertje uit. Hij draaide de dop van het mijne en gaf het aan me. Ik dronk de helft in één teug leeg voordat het zijne zelfs maar zijn lippen had bereikt.

'Fuck schatje, dat kun je niet maken. Ik kan er niet naar

kijken hoe je aan zo'n flesje zuigt zonder te willen dat je dat ook bij mij doet.'

'Sorry lieverd,' zei ik en veegde mijn lippen af. 'Ik heb gewoon even iets nodig om de scherpe randjes eraf te halen. Je vriend bezorgde me echt de kriebels met de manier waarop hij naar me keek.'

Xander keek over de tuin naar de plek waar de jongens stonden te praten. 'Ik weet het, maar hij is onschadelijk. Hij probeert me alleen maar op te naaien.'

'Ik wil gewoon niet bij hem in de buurt zijn. Hij bezorgt me de kriebels.'

'Blijf bij mij. Ik laat hem niet bij je komen. Kom, ik wil dat je Drew ontmoet.'

Xander hield mijn hand vast terwijl hij naar een andere groep liep. Een jongen stond in het midden en trok de aandacht van de hele groep. Hij had donker haar, langer dan dat van Xander, maar nog steeds kort. Zijn bruine ogen keken de groep rond en maakten oogcontact met iedereen terwijl hij zijn verhaal vertelde.

Hij zag er goed uit, net zo knap als de rest van de mensen daar. Zijn linkerarm zat onder de tatoeages en hij had een bewerkelijk kruis op zijn rechterkuit getatoeëerd. Ik kon niet stoppen met naar hem te kijken; ik wilde horen wat hij te zeggen had.

'Ik nam de volgende bocht en wist dat het niet goed zou aflopen. Mijn motor begon te glijden en het enige wat ik kon doen, was meegaan. Er kwamen twee auto's op me af en ze waren allebei aan het uitwijken. Het enige wat ik kon doen, was hopen dat het goed zou komen.'

Ik hield mijn adem in, net als de rest van de menigte, benieuwd om te horen hoe de man die voor ons stond de val had overleefd. Ik kneep in Xanders hand en staarde naar de getatoeëerde god.

'Ik liet de motor vallen en ging mee. Ik remde zo veel

mogelijk af en rolde uiteindelijk het gras in, naast de bocht. Gelukkig was mijn motor niet al te zwaar beschadigd en kon ik er weer opstappen nadat ik mezelf had afgestoft. Ik had een paar schaafwonden op mijn been en had mijn arm flink bezeerd, maar ik was oké.'

'Wat gebeurde er met het meisje dat je zou ontmoeten?' vroeg een van de andere jongens in de groep.

'Ah, je weet hoe dat gaat, ze was knap maar oppervlakkig. We hebben het weekend samen doorgebracht en de wijnmakerijen rond de Finger Lakes bezocht, maar daarna heb ik haar niet meer gezien. Ik heb iemand met een beetje intelligentie nodig, niet zomaar een leeghoofd dat makkelijk te krijgen is.'

Zijn ogen doorzochten de menigte en landden op de mijne. Ik voelde me warm worden onder zijn goedkeurende blik. Hij glimlachte naar me en deed een stap naar voren. De rest van de menigte begon zich te verspreiden, omdat ze aanvoelden dat het verhaal voorbij was.

Hij stak zijn hand naar me uit en zei: 'Jij moet Mandy zijn. Geweldig om eindelijk kennis met je te maken.'

Ik schudde zijn hand en glimlachte naar hem op. Hij was lang, veel langer dan ik. Met mijn 1,73 meter was ik niet zo klein, maar hij was makkelijk een stuk langer dan 1,80 meter, misschien wel 1,98 meter. Xander bleef aan mijn zijde hangen.

'Het spijt me, ik heb geen idee wie je bent,' vertelde ik de mysterieuze man.

'Oh, sorry. Ik ben Drew. Ik werk met Xander,' vertelde hij me.

'Oh, wauw. Heel leuk om kennis met je te maken. Xander heeft me zo veel over je verteld. Je bent totaal niet wat ik me had voorgesteld.'

Hij haalde een hand door zijn haar en schonk me een

adembenemende glimlach. 'Ja, veel mensen vergissen zich door de tatoeages. Ik ben er in mijn studententijd mee begonnen en het werd een verslaving. Maar aangezien ik nooit drugs heb gebruikt en zelden drink, denk ik dat het een redelijk veilige verslaving is.'

Ik lachte en knikte instemmend. Hij deed me zo erg aan Xander denken dat ik me tot hem aangetrokken voelde. Als ik tussen hen heen en weer keek, hadden ze bijna broers kunnen zijn. Hij had een charme waardoor iedereen bevriend met hem wilde zijn. Ik ook.

Xander trok me dichter tegen zich aan en nestelde zijn gezicht in mijn nek. 'Kunnen we even praten?'

'Natuurlijk, schat. Het was leuk je te ontmoeten, Drew. Ik wil alles horen over Xander tijdens zijn studententijd. We'll zijn zo terug.'

Drew glimlachte toen we wegliepen. Xander hield me vast en leidde me naar de achterkant van de tuin. 'Waarom flirt je met hem?' vroeg hij.

'Serieus?' kaatste ik lachend terug.

'Ja, ik ben serieus. Ik ga niet toekijken terwijl je met mijn beste vriend flirt. Wat's er aan de hand?'

Ik keerde me fel naar hem om. 'Xander, hier moet je nu onmiddellijk mee kappen. Drew is niet wat ik had verwacht, maar hij's heel charismatisch. Dat ik geïnteresseerd ben in wat iemand te zeggen heeft, betekent niet dat ik hem wil bespringen. Eerlijk gezegd dacht ik er juist aan hoezeer hij op jou lijkt en hoe erg jullie op elkaar lijken. Ik snap wel waarom jullie're goede vrienden zijn. Maar ik'm val niet op hem.'

'Weet je het zeker?'

'Hé, waar's mijn sexy, zelfverzekerde vriendje? Waar's de man die ik've heb leren kennen? De man die me gisteravond liet hijgen en *zijn* naam schreeuwen. De man die me gisteravond nog heeft gemerkt. Degene die me zo hard kust en me zo teder vasthoudt dat ik vergeet dat er andere mannen bestaan.'

'Ik denk gewoon niet dat ik het aankan als ik je verlies, zeker niet aan mijn beste vriend. Dat zou ik niet't overleven.'

'I'k ga nergens heen. Maar ik wil je beste vriend wel beter leren kennen. Ik don't wil niet dat je jaloers wordt, maar ik ga wel met hem praten. Hij's aardig. Hij stelde me op mijn gemak, gaf me niet de kriebels.'

'Je're bent van mij, baby,' zei hij. Hij boog zich voorover en drukte zijn mond schuin op de mijne, en drong met zijn tong naar binnen. Ik sloeg gretig mijn armen om zijn nek en kreunde tegen hem aan. Zijn vingers groeven zich in mijn vlezige heupen en zijn pik was hard tegen mijn buik. Een jaloerse en bezitterige Xander was sexy, maar er was't geen enkele reden voor hem om zo te zijn.

'Alleen van jou,' kreunde ik terwijl hij kusjes in mijn hals tot aan mijn oor plaatste. Hij knabbelde aan mijn oorlel en stak toen zijn tong achter mijn oor. Zijn tanden streelden mijn sleutelbeen en mijn hoofd viel naar achteren om hem toegang te geven.

'Wanneer we terug zijn bij mij thuis, ga ik'm je nog een keer merken, op andere manieren. Ik wil dat je morgen niet meer kunt lopen.'

'Let"s ga terug naar het feest. Anders sleep ik'm je mee naar boven naar een van die vage slaapkamers. Dan zul je'll me naar de Jeep moeten dragen.'

'Fuck,' fluisterde hij in mijn oor. 'Ik moet even afkoelen. Red je het een paar minuten alleen? Als ik niet't bij je wegga, haal ik't de trap niet. Dan buig ik'll je hier en nu voorover.'

'I'k red me wel. Ik'll ga Drew zoeken en nog wat met hem flirten.'

Hij gaf me een klap op mijn kont. 'Dat dacht ik niet. Je're bent van mij.'

Ik lachte. 'I'k ga niet met hem flirten, maar ik ga wel met hem praten. Als jij're weggaat, moet ik iemand vinden bij wie ik me't niet ongemakkelijk voel.'

'Ik gooi je over mijn schouder en sleep je hier weg als ik je met hem zie flirten.'

'Dat is misschien wel een reden om het te doen,' plaagde ik. Xander keek me vinnig aan en ik lachte alleen maar terwijl ik wegliep om Drew te zoeken.

Halverwege de tuin hoorde ik twee vrouwen praten. 'Wat denkt hij wel niet? Hij's veel te lekker voor haar.'

Mijn verstand zei dat ik door moest lopen, maar om de een of andere reden luisterden mijn voeten niet't. Ik hield stil en deed alsof ik naar iets keek terwijl ik hen afluisterde.

'Precies, hè?' zei de tweede. 'En waarom zou hij haar hier- heen meenemen? Het's niet alsof ze iemand is met wie hij moet pronken. Ze ziet eruit als een koe.'

'Een koe in legerkleding,' zei de eerste. Ze kakelden allebei en de haren in mijn nek gingen recht overeind staan. Ze hadden het over mij.

'Het goede nieuws is dat hij na haar'll wel zal beseffen dat hij't geen liefde kan vinden in de koopjeshoek. Hij moet een echte vrouw vinden. Eentje die net zo lekker is als hij en zijn'll gelijke zal zijn in plaats van zijn schoothondje. Letterlijk.'

Ik wist dat het Kayleigh en Braylon moesten zijn. Ze waren allebei bloedmooi, en ongeveer half zo zwaar als ik. Ik hoefde maar op ze te gaan zitten en ze'd zouden verpulveren.

Xander kwam het huis uit en zocht met zijn ogen de tuin af naar mij. Toen hij me bij hen in de buurt zag, verscheen er een serieuze blik op zijn gezicht. Hij liep recht op me af en ze hielden hem tegen toen hij voorbij probeerde te komen.

'Xander,' spinde de blondine, 'waar was je nou?'

'I'k was bij mijn vriendin. Hebben jullie al kennisgemaakt met Mandy?'

Hij stak zijn hand naar me uit en trok me tegen zich aan. Hij nestelde zijn gezicht bij mijn oor en likte eraan, wat rillingen over mijn ruggengraat stuurde.

'Waarom zou je de moeite nemen? Het's niet alsof ze'll lang in beeld zal zijn. Niet nu wij're hier zijn, bereid en beschikbaar,' kirde de blondine, terwijl ze tegen de ander leunde, waarmee ze duidelijk maakte dat ze openstonden voor een trio.

Ik stond daar geschokt, onzeker over wat ik moest zeggen. Ik balde mijn vuisten en de spanning liep hoog op. Ik wilde die trut een klap verkopen, maar ik wist dat het't geen zin zou hebben.

'I'k ben zo terug, schat. Ik moet even naar binnen,' zei ik zoet. Ik liep weg voordat ik iets kon zeggen of doen waar ik't spijt van zou krijgen.

Binnen vond ik een toilet naast de keuken. Ik deed de deur achter me op slot en klemde mijn handen om de randen van de wastafel. Ik keek mezelf strak aan in de spiegel en dwong mezelf niet te huilen. Ik wilde het wel, dat'll geef ik toe. Die magere secreten gaven me het gevoel een waardeloos stuk stront te zijn. Ik wilde ze slaan, een bitchslap geven, ze knock-out meppen. Alles tegelijk. Ik wist dat het't niets zou uithalen, maar god, wat wilde ik het graag. Ik wilde ze net zoveel pijn doen als zij mij hadden gedaan. Alleen gaat fysieke pijn over. Emotionele pijn blijft.

Ik pakte mijn telefoon en stuurde een appje naar Sam. Ik wist dat Claire aan het werk was en Addi de dag met haar familie doorbracht. Sam had die ochtend een fotoshoot, maar zou 's middags voor zichzelf hebben. We'd hadden het er allemaal over gehad om samen te gaan eten, maar er was nog niets afgesproken.

> Twee magere trutten hebben me een rotgevoel gegeven.

Wil je dat ik hun reet kom schoppen?

Ik lachte.

Nee. Ik werd er gewoon pissig van.

Wat zei Xander?

Ik snoof. Ik begreep dat hij geen problemen wilde veroor-zaken met zijn vrienden, maar ik was teleurgesteld dat hij niet reageerde op hun rotgedrag.

Niets. Ik ben weggegaan voordat hij de kans kreeg.

Niet goed. Wil je dat ik zijn reet kom schoppen?

Ik lachte, dankbaar dat er iemand aan mijn kant stond.

Nu even niet. Ik laat het je weten als dat verandert.

Ben de hele middag thuis.

Ik glimlachte en stopte mijn telefoon terug in mijn tas. Ik controleerde nog een laatste keer mijn make-up en ging toen weer naar buiten.

Xander stond bij de groep achter in de tuin. Ik hoorde Billy al praten voordat ik er was. Iedereen lachte om iets wat hij zei en ik liep dichterbij zodat ik van de grap kon meegenieten.

'Wat is de definitie van ironie?' vroeg Billy aan de groep.

Ik zette nog een stap dichterbij terwijl iedereen naar elkaar keek en zijn schouders ophaalde. 'Een dikke meid die niet slikt!' bulderde Billy.

Ik verstijfde. Vertelde hij moppen over dikke meiden? En

Xander stond erbij en lachte met hem mee. Ik keek naar Xander en zag zijn brede glimlach terwijl hij met de rest meelachte. De blonde trut zag me en gaf haar vriendin een por. De vriendin zei: 'Is jouw leven ironisch, Xander? Slikt jouw dikke meid?'

'Hou je erbuiten, Braylon,' zei hij.

'Hoe neuk je een dikke vrouw?' vroeg Billy, waarmee hij de aandacht weer op zichzelf vestigde.

Iedereen keek weer in het rond. 'Xander zegt dat je op haar reet slaat en de golf berijdt.'

Ik draaide me om terwijl de tranen in mijn ogen brandden. Ik wachtte niet om te horen wat hij te zeggen had, ik moest hier gewoon zo snel mogelijk weg. Het suizen van het bloed in mijn oren overstemde al het andere, maar ik wist dat Xander met de rest meelachte, zonder erom te geven dat die woorden me pijn deden. Het maakte niet uit wat hij deed terwijl ik daar stond. Als hij achter mijn rug om zou lachen, hoefde ik hem niet.

Ik stormde de keuken door en pakte mijn telefoon. Ik stuurde Sam een bericht met het adres en vroeg of ze me op kon halen. Ik liet haar weten dat ik vast zou gaan lopen.

Ik stormde de voordeur uit en liep bijna Drew omver, die op de veranda zat.

'Whoa,' riep hij, terwijl hij opsprong. 'Gaat het wel, Mandy?'

Ik wuifde met mijn hand naar hem en liep de trap af richting de straat.

Hij greep mijn arm. 'Mandy, wat is er gebeurd?'

De tranen die ik tegenhield, kwamen los en stroomden over mijn wangen. Ik probeerde hem van me af te schudden, maar hij hield me stevig vast.

'Mandy, praat met me. Waar's Xander?'

'Xander's een klootzak. Hij is in de tuin met zijn vrienden. En ik rot hier op.'

'Mandy, ga zitten en praat met me. Ik breng je wel als het moet, vertel me gewoon wat er is gebeurd.'

Door de vriendelijkheid in zijn ogen wilde ik hem vertrouwen. Hij stond niet daar met de rest. Misschien was hij zo slecht nog niet. 'Billy vertelde moppen over dikkerds en Xander lachte erom. Hij weet hoe gevoelig ik ben over mijn gewicht en hij lachte verdomme om dikke meiden. Hij is een verdomde klootzak.'

'Wat heeft hij gezegd?' vroeg Drew.

'Niets. Hij zei verdomme helemaal niets. Hij liet ze me gewoon voor gek zetten.'

'Hadden ze het over jou? Wisten ze allemaal dat je er was?'

Ik schudde mijn hoofd. 'Kayleigh en Braylon wisten dat ik er was. Ze zeiden iets tegen hem en hij zei alleen dat ze zich erbuiten moesten houden. Billy vertelde nog een mop en zei dat Xander hem het antwoord had verteld. Het spijt me, Drew. Je lijkt me een aardige vent, maar je vrienden zijn klootzakken.'

'Eigenlijk ben ik hier alleen bevriend met Xander. Ik kom naar deze dingen omdat hij het me vraagt. Ik kan Billy en Ricky niet uitstaan. Het zijn eikels. En Kayleigh en Braylon zijn ellendige trutten die denken dat ze Gods geschenk aan de man zijn. Daarom zit ik hier. Ik had even een pauze nodig van de oppervlakkige kleinzieligheid.'

Ik haalde diep adem. 'Ik denk dat ik ook een pauze nodig heb. Alleen zal mijn pauze voorgoed zijn. Ik ben klaar met klootzakken als Xander.'

'H'et spijt me. Hij vindt je echt leuk. Je bent het enige waar hij het over heeft sinds hij je heeft ontmoet. Ik wou echt dat het niet zo liep. Ik heb hem altijd gezegd dat hij een klootzak wordt in de buurt van die gasten. Misschien beseft hij het hierna eindelijk, maar het spijt me dat jij erdoor gekwetst bent.'

Ik zag Sams auto langzaam door de straat rijden en ik stond op. 'Bedankt Drew. Je bent echt een aardige vent. Bedankt voor het luisteren. Zeg maar tegen Xander dat hij mijn nummer kan vergeten.'

'Sorry, Mandy. Het was leuk je te ontmoeten.'

'Jij ook,' zei ik.

Toen liep ik weg.

HOOFDSTUK 18

IN DE AUTO van Sam liet ik mijn tranen de vrije loop. Drew had ze doen beginnen en ik kon ze niet langer inhouden, zeker niet nu Sam me aankeek alsof ze wist wat er was gebeurd. Ze reed zwijgend en liet me huilen.

Na een paar minuten zei Sam: 'Ik heb Claire en Addi gebeld. We houden een meidenavond bij Claire.'

Ik knikte. 'Ik moet mijn auto halen. Die staat bij Xander geparkeerd. Vanaf daar volg ik je wel.'

'Wil je hem niet later ophalen?'

Ik schudde mijn hoofd. 'Nee, ik wil hem nu halen. Ik kan hem niet zien. Ik wil gewoon vergeten dat hij ooit heeft bestaan.'

Sam knikte een keer en concentreerde zich toen op de weg. Toen we bij Xanders huis aankwamen, keek ik naar boven, nam afscheid en liet alles los. Ik stapte in mijn auto en volgde Sam naar het appartement van Claire.

Binnen zaten Claire en Addi op ons te wachten. Claire gaf me zonder iets te zeggen een glas wijn en we ploften met z'n allen op de bank. Addi zette Ferris Bueller's Day Off op en we zaten naar de film te kijken.

Terwijl de film draaide, liep ik mijn hele relatie met Xander in gedachten na. Ik wist dat ik beter had moeten weten. Dat had ik hem ook gezegd toen we elkaar voor het eerst ontmoetten. Iemand die eruitzag zoals hij en iemand die eruitzag zoals ik zouden nooit samen eindigen. Dat kon gewoon niet. We waren te verschillend.

Toen hij mijn vrienden ontmoette, accepteerden ze hem. Hij werd niet slecht behandeld omdat hij prachtig is. Hij werd als iedere andere persoon behandeld. Maar zijn vrienden... dat waren de klootzakken waar Xander het over had. Als hij het wist, begreep ik niet waarom hij nog steeds met ze bevriend was. Drew zei dat hij tegen Xander had gezegd dat hij een eikel was als hij bij hen was, dus ik vroeg me nog meer af waarom hij met ze bevriend bleef. En waarom hij me meenam om ze te ontmoeten.

Maar goed, ik wist het antwoord wel. Het was omdat hij zelf ook een klootzak was.

Toen mijn wijnglas leeg was, sprong Sam op om het weer te vullen. Claire bracht me tissues en koekjesdeeg. Addi liet me op haar schouder leunen en huilen.

Nadat de eerste film was afgelopen, vroeg Claire of ik erover wilde praten.

Ik wilde hun niet toegeven wat er was gebeurd. Ik wilde niet dat ze gekwetst zouden worden, zoals ik gekwetst was door de wreedheid van die mensen. Ik wist dat ze namens mij allemaal woedend zouden zijn, maar ik wist ook hoezeer het pijn zou doen om die grappen te horen.

Maar het waren mijn beste vriendinnen. Ze verdienden het om te horen wat er was gebeurd.

'Het was vreselijk. Nou ja, niet in het begin. De vrienden die het feest gaven waren klootzakken, maar zijn beste vriend, Drew, was echt aardig. We praatten een tijdje met hem en Xander werd jaloers dat ik met hem sprak. Hij zei dat ik van hem was, en alleen van hem.'

'Eh, dat is griezelig,' zei Addi.

'Dat is sexy,' zei Sam.

Claire staarde me alleen maar aan.

'Hoe dan ook, daarna ging hij naar het toilet en liet me alleen. Ik ging op zoek naar Drew omdat ik hem interessant vond. Nou, voordat ik bij Drew aankwam, hoorde ik twee van die vervelende meiden praten over hoe Xander beter verdiende dan ik en hoe ze hem zouden helpen over me heen te komen als hij zich realiseerde dat hij met iemand moest zijn die knapper was.'

'What the fuck? Had je het daarover in je berichtje aan mij?' vroeg Sam.

'Ja, dat waren dezelfden.'

'En Xander zei daar niks op?'

'Nou, nee. Hij was er niet bij toen ze dat zeiden. Hij kwam er later bij en toen vroegen ze hem waarom hij met mij was, terwijl zij tweeën wel wilden.'

'En hij reageerde niet?' vroeg Sam, verrast en namens mij beledigd.

'Ik liep al weg. Ik weet niet wat hij gezegd zou hebben, als hij al iets zou zeggen, maar ik ben gewoon weggegaan. Hij had me gezegd voordat we erheen gingen dat hij hen niet mocht, maar misschien dat twee beter waren dan één. Ik ging naar het toilet en kalmeerde mezelf. Toen ik terugkwam was die klootzak die in dat huis woont dikkenmoppen aan het vertellen en Xander was aan het lachen.'

'Wat een klootzak,' zei Addi.

'Ja, dat was hij. De meiden zagen me en stookten Xander op omdat hij niet wist dat ik er was. Hij zei alleen dat ze op moesten rotten. Zijn vriend vertelde nog een grap, maar als clou zei hij: 'Dat zei Xander me...' Ik was zo geschokt dat ik ben weggegaan.'

'Wat deed hij?'

Ik haalde mijn schouders op. 'Ik weet het niet. Ik ben

gewoon weggegaan. Ik hoorde niks meer nadat ik wegliep, het bloed bonsde zo hard in mijn hoofd dat ik dacht dat het zou ontploffen. Ik ben daar gewoon zo snel als ik kon weggevlucht.'

'Met wie was je aan het praten op de veranda?' vroeg Sam.

'Dat is Drew, de beste vriend van Xander. Hij is de enige op het feest die aardig tegen me was. Hij zei dat hij niet weet waarom Xander met die mensen omgaat, maar ik denk dat het is omdat hij een net zo grote klootzak is.'

'Weet je het zeker, Mandy? Ik bedoel, waarom zou hij zeggen dat je van hem bent of met je slapen of een van ons ook maar een blik waardig keuren als hij alleen maar met je speelde?' vroeg Addi.

Ik keek haar verbijsterd aan. Misschien was hij gewoon een klootzak die me wilde kwellen? Misschien was hij er goed in vrouwen te laten geloven dat hij iemand anders was dan wie hij werkelijk was. Misschien had Addi gelijk, maar ik wilde het niet horen. Ik wilde medelijden in plaats van dat iemand het probleem oploste. Ik wilde me ook gewoon beter voelen omdat ik het had uitgemaakt met die klootzak.

'Hij is een eikel, Addi. We waren allemaal al bezorgd wanneer het eruit zou komen. We dachten allemaal dat op een gegeven moment zijn ware aard tevoorschijn zou komen. Ik haat het dat het is gebeurd, maar het is zo. Ik wilde dat hij een goede man was, echt waar. Als hij echt een goede man was, dan was dit niet gebeurd,' zei Claire.

'Ja, nou, tot vandaag was hij perfect. Hoe is het mogelijk dat hij ons allemaal voor de gek heeft gehouden? Ze was gelukkig. Ze was verliefd op hem aan het worden. We hebben het allemaal gezien. Hij behandelde haar goed en na de geluiden die ze maakten die avond dat we er allemaal waren voor de filmavond, was het duidelijk dat de seks geweldig was. Ik haat het gewoon dat het plotseling zo naar de klote is gegaan. Ik vraag me af of we misschien te snel conclusies trekken. Hoor zijn kant van het verhaal. Heeft hij je gebeld?'

Ik haalde mijn schouders op. Ik had mijn telefoon in mijn tas in de keuken gelaten, zodat ik niet in de verleiding zou komen om mijn berichtjes te checken of op te nemen als hij belde. 'Ik weet het niet. Mijn telefoon ligt in de andere kamer.'

Addi stond op om mijn tas te pakken en haalde mijn telefoon eruit. 'Nu al zes sms'jes en drie gemiste oproepen van hem. Als hij een eikel had willen zijn en je had willen laten zitten, denk je dan dat hij contact met je zou proberen op te nemen?'

Ik begon weer te huilen, mijn schouders schokten zachtjes. Ik kon niet denken aan Xanders telefoontjes of sms'jes. Ik kon niet denken aan de manier waarop hij me had behandeld. Ik werd verliefd op hem, sterker nog, ik was het al. Ik was begonnen me een leven met hem voor te stellen. We waren pas zo'n zes weken samen, maar ik kon me de tijd voor hem niet meer herinneren. Ik kon me mijn leven zonder hem niet voorstellen.

Toen ik Addi hoorde zeggen dat ik het misschien bij het verkeerde eind had, sloop de hoop weer naar binnen. Ik dacht bijna dat alles misschien in orde was en dat hij belde om zijn excuses aan te bieden en uit te leggen wat er was gebeurd. Maar ik hoefde alleen maar mijn ogen te sluiten en te denken aan de manier waarop hij om de grapjes lachte om te weten dat ik het niet kon. Ik kon niet zomaar accepteren dat alles oké was.

Het was niet oké en dat zou het ook nooit worden.

'Addi, laat maar. Ze hoeft er nu niet over na te denken. Voor nu is Xander een klootzak. Als ze met hem praat en besluit hem nog een kans te geven, zullen we haar steunen, maar op dit moment heeft ze er niets aan dat jij haar vertelt dat ze overdrijft. Ik zou door het lint gaan als iemand dat bij mij zou doen', zei Claire.

Ze praatten over me alsof ik er niet was. Alsof ze het over iemand anders hadden. Ik wilde hun vertellen wat ze moesten doen, een mening geven. Ik wilde hun vertellen dat ik nog steeds van hem hield, wat hij ook deed. Ik wilde hun vertellen dat ik niet wilde dat ze hem haatten, want wat er ook gebeurd was, ik haatte hem niet.

En ik haatte mezelf erom.

Ik wilde hem kunnen haten. Ik wilde dat mijn hart wist wat een klootzak hij was. Maar mijn hart trapte er niet in. Mijn hart wilde hem en het idee dat mijn vriendinnen hem haatten, zat me dwars. Ik kon er niet tegen om te luisteren hoe ze hem afkraakten. Nu niet, nooit niet.

'Laten we gewoon nog een film kijken, meiden', zei ik. 'Ik moet dit allemaal even vergeten en gewoon relaxen.'

Iedereen knikte en keek me zwijgend aan. Ik stond op van de bank en liep naar de keuken. Ik had een paar minuten voor mezelf nodig, weg van hun nieuwsgierige blikken. Ik hoorde ze fluisteren toen ik de kamer verliet, maar ik probeerde niet te luisteren naar wat ze zeiden. Ze waren waarschijnlijk aan het ruziën over wat ik nodig had.

Helaas was het enige wat ik nodig had het enige wat ik niet kon krijgen. Ik had Xanders armen nodig, strak om me heen, die me vertelden dat alles goed zou komen. Ik had het nodig dat hij me vasthield en me geliefd liet voelen. Ik moest weten dat alles wat ik dacht dat echt was, ook echt was.

Maar dat zou ik niet krijgen. Xander zou me nooit meer vasthouden of kussen. Ik zou hem niet meer zien, want hij is niet van mij. Hij was nooit echt van mij.

Ik duwde mijn telefoon terug in mijn tas en leunde tegen het aanrecht.

Hoe kon ik zo dom zijn geweest? Ik hield van mijn leven voordat hij er was. Ik was gelukkig. Ik had alles. Nu had ik alles, maar met een gebroken hart en een misplaatst geloof in mijn geluk. Ik kon niet meer terug naar dat geluk, niet zoals ik voorheen was. Ik had geleerd wat ik miste. Hoe het leven kon zijn als ik liefde had. Dat wilde ik. Ik wilde liefde in mijn leven.

Ik wilde Xander.

Ik vulde mijn wijnglas opnieuw en dronk het leeg voordat ik de keuken verliet. Ik schonk nog een glas voor mezelf in en nam het mee naar de woonkamer. Ik nam weer plaats op de bank en dwong mezelf niet te huilen terwijl we naar *Clueless* keken.

Tegen de tijd dat de film was afgelopen, was ik behoorlijk dronken. Ik kon me niet herinneren hoeveel glazen wijn ik had gehad, of dat ik iets anders had gegeten dan koekjesdeeg, maar ik was klaar voor bed.

Ik volgde Claire de gang door naar haar slaapkamer en maakte me klaar voor de nacht. Sam en Addi logeerden op de slaapbank en we gingen allemaal naar bed.

Opgekruld naast Claire zei ze: 'Het spijt me echt, Mandy. Ik dacht dat hij anders was. Ik wilde dat hij anders was.'

'Ik ook, Claire. Ik dacht echt dat hij een goede vent was. Ook al verzette ik me tegen een afspraakje met hem omdat ik wist dat hij een klootzak zou zijn, toch ben ik voor hem gevallen. Ik ben verliefd op hem. Ik haat het om dat toe te geven. Ik haat het dat ik me zo voel.'

Ik kroop dieper onder de dekens. De slaap trok aan me, maar ik moest even met mijn beste vriendin praten.

'Je hebt niet voor het zeggen op wie je verliefd wordt, dat weet je.'

'Ja, maar het is klote. Ik zou moeten kunnen stoppen van hem te houden als ik erachter kom dat hij een eikel is. Het was zwaar om Sam en Addi over hem te horen ruziën. Ik wilde niet denken aan de telefoontjes of sms'jes en ik wilde niet dat jullie hem zouden haten. Wat ze ook zeiden, het brak mijn hart.'

'Het spijt me, Mandy. We hadden allemaal gewoon moeten luisteren. Je weet dat ze probeerden te helpen.'

'Ik weet het. Het was moeilijk om te horen hoe Sam hem zo afkraakte en het was moeilijk om te horen hoe Addi hem verdedigde. Elk woord deed me willen schreeuwen.' Ik balde mijn vuisten en vocht tegen de drang om op dat moment te gillen, gewoon om alles eruit te gooien.

'Ja, ik weet het. Toen je in de keuken was, waren we aan het bekvechten over wat we tegen je moesten zeggen. Uiteindelijk waren we het er allemaal over eens dat we gewoon onze mond moesten houden en naar je moesten luisteren als je wilde praten.'

'Ik denk dat ik het gewoon allemaal even moet verwerken. Weet je, proberen eroverheen te komen. Over hem praten zorgt er alleen maar voor dat ik hem mis', en ik begon te huilen. Alweer.

'Oké, laten we dan niet meer praten. Ga slapen en misschien voel je je morgenochtend beter. Ik wou dat ik deze pijn voor je kon wegnemen.' Claire streek zachtjes door mijn haar, troostte me en zorgde ervoor dat ik me een heel klein beetje beter voelde.

'Dank je, Claire. Het komt wel goed met me. Uiteindelijk', mompelde ik slaperig.

Althans, dat hoopte ik.

HOOFDSTUK 19

DE VOLGENDE OCHTEND werd ik wakker, douchte en kleedde me snel aan, dankbaar dat ik een extra setje kleding had ingepakt voor de barbecue uit de hel. Ik at met iedereen een kom cornflakes in Claires keuken. De spanning in de kamer was om te snijden, of misschien wel met een zwaard. Het was duidelijk dat ze niet wisten wat ze tegen me moesten zeggen.

'Bedankt dat jullie gisteravond probeerden te helpen. Het betekent veel voor me om zulke goede vriendinnen te hebben.'

'We zijn er altijd voor je. Dat weet je toch', zei Claire.

'Jep, wat er ook gebeurt', voegde Sam eraan toe.

'Het spijt me als ik je van streek heb gemaakt. Ik wou dat het wat voor je was geworden. Je bent zo'n geweldige vrouw en je verdient het om gelukkig te zijn. Dat verdienen we allemaal', zei Addi.

'Je hebt gelijk. Voor nu kunnen we samen gelukkig zijn. Als een van ons iemand vindt, zullen we er allemaal voor zorgen dat wie het ook is een goede vent is.'

Ik glimlachte en werkte mijn cornflakes naar binnen. Ik moest daar weg voordat ze me weer zouden proberen te vertellen wat ik met Xander aan moest. Ze deden het alweer, ik kon er wel van gillen. Totdat ik mijn hart en mijn verstand op één lijn kon krijgen, kon ik niet aan Xander denken.

Toen ik mijn cornflakes op had, spoelde ik de kom om en zette hem in de vaatwasser. Ik bood aan om te helpen met het opruimen van de vaat van de avond ervoor, maar Claire wuifde het weg. 'Hier zorg ik later wel voor. Ik hoef vandaag niet te werken, dus ik ga terug naar bed als jullie weg zijn. Ik ruim vanavond wel op. Gaat onze meidenavond nog door?'

Iedereen keek naar mij. Ik knikte.

'Oké, ik kan maar beter gaan. Heel erg bedankt voor jullie hulp. Ik hou van jullie.'

Ik gooide mijn tas achter in mijn auto en ging toen naar mijn werk.

In de relatieve veiligheid van mijn kantoorhok wist ik dat ik me op mijn werk zou kunnen storten. Ik zou niets van Xander hoeven te horen en ik zou hem zeker niet hoeven te zien. Uiteindelijk zou hij het opgeven en accepteren dat ik er klaar mee was om door hem voor gek gezet te worden.

Mijn telefoon gaf tweeëndertig gemiste oproepen vannacht en eenenvijftig gemiste sms'jes aan. Ik scande de eerste aan mijn bureau en dacht bij mezelf dat ik vast niet zou huilen als ik op mijn werk was. In de eerste sms'jes vroeg hij waar ik was en waarom ik was weggegaan. Daarna maakte hij zich zorgen om me en zei hij dat hij wilde dat ik hem belde. Een paar berichten later moest hij met Drew hebben gepraat, want de toon van de berichten veranderde in excuses en de vraag of we konden praten.

Ik heb ze allemaal verwijderd. Zelfs degene die ik niet de kracht had om te lezen.

Melody liep langs en zag mijn gezichtsuitdrukking. 'Heeft het vriendje eindelijk door dat je de moeite niet waard bent?'

'Houd je kop, Melody. Ik wil niet met je praten', gromde ik tegen haar.

Ze lachte me uit en stiefelde toen weg op haar hakken, haar schaterlach galmde na in mijn hoofd. Maar goed ook, anders had ik mijn nietmachine naar haar gegooid.

'Mandy, ik moet u spreken', zei Diana, czym de aandacht van iedereen in de kamer trok.

Haar stem klonk onheilspellend en ik dacht meteen terug aan vrijdagmiddag, toen Melody haar kantoor in ging. Wat nu weer? vroeg ik me af.

Diana leidde me naar de vergaderruimte, de enige ruimte in de buurt met een deur, zodat anderen ons gesprek niet konden horen. Ik was dankbaar voor de barrière en doodsbang voor wat het betekende dat we er een nodig hadden.

'Mandy, het is onder mijn aandacht gebracht dat u een andere medewerker hier hebt bedreigd.'

'Wat?', vroeg ik, terwijl ik probeerde te voorkomen dat mijn hoofd ontplofte. Waar had ze het in hemelsnaam over? Als er íéts was, dan was ik degene die bedreigd was.

'Ik ga niet in op details, maar de medewerker in kwestie kwam vrijdag laat in tranen naar me toe en vertelde me alles wat er tussen jullie gebeurd is. Ze had bewijs in de vorm van e-mails die ze van u heeft ontvangen, ondertekende documenten van andere medewerkers die getuige zijn geweest van uw gedrag en een gedetailleerd dagboek van al uw interacties. Dit alles wordt momenteel beoordeeld, maar ik moet zeggen dat ik zeer teleurgesteld in u ben. Ik dacht echt dat u een goede vervanger voor mij zou zijn, maar in het licht van dit alles weet ik niet eens zeker of u nog een baan zult hebben tegen de tijd dat ik aan het einde van de week met pensioen ga.'

Ze meende het niet. Na de klap die ik het gevoel had gekregen te hebben van Xander en zijn vrienden de dag ervoor, was ik verdoofd, maar om te horen dat 'een andere medewerker' mij had beschuldigd van het bedreigen van haar… Het deed mijn hoofd tollen. Om nog maar te zwijgen van het feit dat ik op het punt stond mijn baan te verliezen. Wat moest ik in hemelsnaam doen?

Ik strompelde Diana's kantoor uit met knallende hoofd-pijn. Ik wist niet of het door de wijn kwam of door de tranen, maar ik vermoedde dat het waarschijnlijk allebei was. Ik wilde me ziek melden en naar huis gaan, maar ik wist dat dat niet zou helpen. Ik moest uitzoeken hoe ik kon bewijzen dat Melody's beschuldigingen leugens waren.

Terwijl ik probeerde uit te zoeken wat ik moest doen, beantwoordde ik zo snel als ik kon telefoontjes, loste ik problemen op voor de klanten en vergat ik mijn eigen problemen met het oog op de moeilijkheden waar deze mensen mee te maken hadden. Na de lunch logde ik weer in op mijn account en wachtte tot de telefoon zou overgaan. Ik hoefde niet lang te wachten. 'Western New York Health, u spreekt met Mandy. Waarmee kan ik u vandaag helpen?'

'Oh, schatje, Godzijdank. Ik heb me zo'n zorgen om je gemaakt. Waar was je gisteravond?', ademde Xander in mijn oor. Mijn verraderlijke hart maakte een sprongetje bij het geluid van zijn stem. Ik wilde niet met hem praten. Ik wilde niet dat hij me belde. En verdomme als ik niet vergeten was dat hij wist hoe hij me op mijn werk kon bereiken.

'Waarmee kan ik u van dienst zijn, meneer?' vroeg ik, terwijl ik probeerde de paniek en het verlangen uit mijn stem te houden.

'Mandy, alsjeblieft, je moet met me praten. Je moet me de kans geven om het uit te leggen.' Hij klonk wanhopig en daardoor wilde ik hem aanhoren. Ik was benieuwd welke verklaring hij in hemelsnaam kon hebben.

Maar ik was nog steeds woest.

'Wat uitleggen, meneer? Mijn excuses, maar dit is een zakelijke lijn. Als u geen probleem heeft waarmee ik u kan helpen, dan moet ik u vragen om op te hangen.'

'Ik heb wel iets waarmee je me kunt helpen en dat weet je,

baby. Mandy, je moet naar me luisteren. Drew heeft me verteld wat je hebt gezegd. Ik ga je niet vergeten. Dat kan ik niet, baby. Je bent alles voor me. Hij heeft me verteld wat je hebt gehoord, maar je moet naar me luisteren. Als je nu niet met me wilt praten, wacht ik tot je er klaar voor bent.' Zijn stem veranderde van smekend naar wanhopig. Het deed me vanbinnen pijn en ik wilde hem vergeven, maar ik was te verward en te boos.

'Ik heb hier geen tijd voor,' siste ik. 'Ik ben aan het werk en ik kan mijn baan niet verliezen omdat jij een klootzak bent die op dikke vrouwen jaagt om ze in bed te krijgen.'

'Godverdomme, Mandy, je weet dat dat niet is wat er gebeurd is. Jij bent van mij, baby. Ik kan je niet verliezen. Je bent alles voor me.' Hij smeekte me praktisch om te luisteren. Zijn stem was hard toen hij me vertelde dat ik van hem was. Hij wilde me bezitten, me controleren, niet mijn partner zijn.

'Jij bent niets voor mij, Xander,' snauwde ik, terwijl mijn vastberadenheid afbrokkelde. 'Ik dacht dat je dat kon zijn, maar je hebt bewezen dat dat niet ging gebeuren. Je hebt bewezen dat je precies was wie ik dacht dat je was. Je bent de eikel waar ik bang voor was om een relatie mee te beginnen.'

'Dat ben ik niet, Mandy, en dat weet je,' zei hij zacht. Ik hoorde het verdriet in zijn stem, alsof hij het opgaf. Of alsof hij wist dat hij me niet kon overtuigen om hem weer in mijn bed toe te laten. Al dat werk en hij zou weer van voren af aan moeten beginnen.

Arme zak.

'Nee, eigenlijk niet. Je hebt me voor de gek gehouden. Je liet me geloven dat je geen eikel was. Je verborg wie je werkelijk was. God, ik werd ver… Het doet er niet toe.'

Hij slaakte een gefrustreerde zucht. 'Het doet er wel toe, Mandy. Voor mij doet het ertoe. Wat wilde je zeggen? Zeg het me nu of zeg het me vanavond. Ik kom vanavond naar Cooler Coffee en dan kunnen we na je meidenavond praten.'

'Nee, laat me met rust. Het is over, Xander. Het is klaar tussen ons. Bel hier niet meer, want ik zal niets voor je kunnen doen. Aangenaam kennis met u te hebben gemaakt, meneer Carlson. Tot ziens.'

Ik hing de telefoon op. Het had me al mijn moed gekost om hem af te wijzen. Ik dacht niet dat ik het nog een keer zou kunnen, zeker niet als hij zo lief deed. Maar het moest. Ik zou me niet twee keer door hem laten beetnemen.

Ik voelde de pijn in mijn buik opkomen, die me overweldigde en de adem benam. Tranen prikten in mijn ogen en ik wist dat ik naar het toilet moest voor ik voor iedereen in huilen zou uitbarsten. Melody zou me dat nooit laten vergeten.

'Mandy Ryan, ik wil dat u me volgt, alstublieft,' hoorde ik achter me. Ik draaide me om en was verbijsterd door de strenge blik op Diana's gezicht.

Ik stond op en volgde haar weer door het gangpad naar de vergaderruimte. Ze bleef bij de verste muur staan en keek me boos aan terwijl ik ging zitten.

'Mevrouw Ryan, ik neem aan dat u met een klant aan de telefoon was, aangezien privégesprekken onder werktijd niet zijn toegestaan.'

'Ik, uh…' stamelde ik. Ik wist niet wat ik moest zeggen. Afhankelijk van hoeveel ze had gehoord, zou het duidelijk zijn dat het telefoontje persoonlijk was. Ik wilde geen discussie beginnen over het feit dat mijn relatie uit was en ik wilde zeker niet toegeven dat ik persoonlijke zaken onder werktijd afhandelde.

'Het was inderdaad een klant.'

Diana zuchtte diep en geïrriteerd. 'Ik had echt gehoopt dat u dat niet zou zeggen. Mevrouw Ryan, afgaande op wat ik van dat telefoongesprek heb gehoord, was u erg onbeleefd tegen wie er ook aan de lijn was. We praten niet op die manier tegen klanten, wat ze ook zeggen. Wat zei de klant tegen u?'

Ik haalde diep adem. Ik keek om me heen, op zoek naar inspiratie, en zag Melody naar me grijnzen. Het herinnerde me aan Melody's leugens. Ik twijfelde er niet aan dat ze dacht dat Diana me op mijn kop gaf omdat ik Melody had bedreigd. Verdomd, misschien had ze mijn telefoongesprek met Xander wel gehoord en was ze gewoon blij dat ze gelijk had. Op dat moment kon het me niet schelen.

'Het is een klant die ik in het verleden heb gesproken en hij was niet beleefd tegen me. Ik heb hem gezegd dat zijn situatie was afgehandeld en dat hij geen reden had om terug te bellen, maar dat deed hij wel.'

'Valt hij u lastig? We kunnen de transcripties van de gesprekken opvragen en de autoriteiten waarschuwen. Als hij u lastigvalt, zullen we ervoor zorgen dat u zijn telefoontjes niet meer krijgt.'

Diana keek zo serieus. Ik wist dat ze het meende. Hoewel het een paar problemen voor me zou oplossen, wist ik dat ik zelf met Xander moest afrekenen. Ik moest met hem praten en hem vertellen dat het voorbij was en dat hij me met rust moest laten. Ik moest ervoor zorgen dat hij me met rust liet. Zijn telefoontjes ontwijken zou maar tot op zekere hoogte helpen.

'Nee, Diana, hij valt me niet lastig. Hij belde vandaag gewoon over iets waarmee ik hem niet kon helpen. Het spijt me dat ik zo reageerde.'

Ze staarde me een paar seconden aan. Ik kon haar uitdrukking niet peilen, hoewel ik wist dat het niet goed was. Angst bekroop me. Zou ik ontslagen worden? Vanwege Xander? Eerst verloor ik mijn vriend en nu ging ik mijn baan verliezen? Dit moest wel de slechtste week ooit zijn.

Terwijl ik daar zat en wachtte tot Diana het slechte nieuws

zou brengen, probeerde ik te bedenken wat ik zou gaan doen. Ik zou bij Claire moeten intrekken, als zij dat goed zou vinden. Ik zou mijn rijtjeshuis en al mijn spullen moeten verkopen zodat ik een tijdje genoeg geld had voor eten en alles. Ik zou meteen op zoek gaan naar een andere baan, maar banen in de klantenservice waren niet altijd makkelijk te vinden.

Godverdomme, hoe kon één man zoveel van mijn leven verpesten?

'In het licht van de informatie die ik vrijdagmiddag heb ontvangen, vrees ik dat ik u op non-actief moet stellen. We gaan de problemen tussen u en Melody en dit nieuwe probleem met de klant onderzoeken. Ik heb zijn naam nodig en ik zal de transcripties van al uw gesprekken met hem doornemen om er zeker van te zijn dat dit een opzichzelfstaand incident was. In zes weken tijd bent u van een van mijn beste werknemers veranderd in iemand die ik misschien moet ontslaan, Mandy. Ik weet niet wat er met u is gebeurd, maar ik ben zeer teleurgesteld.'

'Weet je wat,' zei ik, terwijl ik de woede en frustratie de vrije loop liet. 'Ik ben ook teleurgesteld. U hebt die giftige slang hier vrijdag laten komen, nadat ik al naar huis was, en haar een hoop leugens laten vertellen, en u gelooft haar zomaar. U vraagt me niet eens wat er is gebeurd voordat u me als schuldige aanwijst? Melody is de gemeenste persoon met wie ik ooit heb gewerkt. Sinds u uw pensioen aankondigde, heeft ze meer roddels en leugens over me verspreid dan ik ooit op de middelbare school heb gehoord. Vorige week nog vertelde ze het hele kantoor dat ik luizen had, toen vertelde ze u over mijn relatie in de hoop dat u me daarom zou ontslaan, en nu dit. Het maakt niet uit wat ik zeg. Het is duidelijk dat u naar haar luistert en mij negeert.'

'Zei je nou dat ze zei dat je luizen had?'

'Ja,' zuchtte ik, me afvragend waarom dat het enige was waar ze om leek te geven.

Diana rommelde door wat papieren op de tafel. Toen ze vond wat ze zocht, haalde ze het van de stapel. 'Melody zei dat jij die leugen vorige week over haar hebt verspreid.'

Ik schudde mijn hoofd. 'Ze is niet eens creatief genoeg om een nieuwe leugen te verzinnen. Het verbaast me niet. Diana, ik weet niet wie deze papieren voor haar heeft getekend, of welke e-mails ze heeft laten zien, but I have enough issues of my own. Ik hoef geen problemen met Melody te creëren.'

Diana schudde haar hoofd. 'Ik was behoorlijk verrast, maar het bewijs was niet iets wat ik kon negeren. Melody kan heel overtuigend zijn.'

'Ja,' stemde ik in, terwijl ik terugdacht aan de dag dat ze Xander belde. De tranen sprongen in mijn ogen. Ze had nu geen reden meer om bij hem uit de buurt te blijven. Hij was weer vrijgezel.

'Gaat het?'

Ik schudde mijn hoofd. 'Niet echt. Ik heb het eerder vandaag uitgemaakt met mijn vriend. Dat was het telefoontje dat u hoorde.'

'Je zei dat het een klant was,' zei Diana met haar handen in haar zij.

'Nou, Melody heeft u vorige week verteld dat hij dat is. Ik heb het gisteren uitgemaakt en hij belde vandaag omdat ik zijn oproepen op mijn telefoon niet beantwoord.'

'Mannen zijn een blok aan het been. Het spijt me, Mandy. Luister, ik zal wat dat telefoontje betreft een oogje dichtknijpen, maar ik moet de beweringen van Melody nog steeds onderzoeken, ook al weet ik zeker dat er niets van waar is. Waarom log je niet uit het systeem en neem je een paar van de dossiers door die we nog hebben liggen. Als ik ontdek dat Melody over dit alles heeft gelogen, is zij degene die aan het eind van de week haar baan kwijt is, en krijg jij de promotie.

Misschien moet je je alvast inlezen in hoe je mijn werk moet doen.'

Ik glimlachte. Eindelijk zat er iets mee. Ik was voor mezelf opgekomen en Diana geloofde me. Was het maar zo makkelijk met Xander.

Diana knikte, als teken dat ik kon gaan, en ik verliet de vergaderzaal. Ik liep terug naar mijn bureau en logde uit het systeem zodat ik geen telefoontjes meer zou krijgen. Ik wist dat mijn dag hierdoor zou voortkruipen, maar hij was al bijna voorbij.

Ik pakte mijn telefoon en stuurde snel een berichtje naar Claire, Sam en Addi. Als Xander naar Cooler Coffee zou komen, dan zorgde ik er wel voor dat ik daar niet was.

Xander wil praten. Hij komt naar Cooler Coffee. Ik kan hem niet onder ogen komen. Ik red het niet vanavond voor de meidenavond.

ADDI

Ik heb gehoord over die nieuwe bakkerij Bijt me! Een andere lerares had cupcakes van daar meegenomen. Zo lekker.

Weten jullie het zeker?

SAM

Zeker weten. Laten we dat doen.

CLAIRE

Ik ben erbij.

Nu één probleem was opgelost, ging ik naar het toilet om te proberen mijn hartslag omlaag te krijgen. Ik was nog steeds van de kook door het telefoontje van Xander en mijn confrontatie met Diana. Ik controleerde de wc-hokjes en was blij te zien dat ze allemaal leeg waren. Ik liet me op een van de toiletten vallen en begroef mijn hoofd in mijn handen.

De tranen kwamen makkelijk. Ik liet ze vallen, zonder ook maar te proberen ze tegen te houden. Ik snikte niet, voor het geval er iemand langs de deur liep, maar ik liet mijn tranen de vrije loop. Ik huilde om de relatie die ik dacht te hebben, om de man waarvan ik voor de gek was gehouden te denken dat Xander was, om mijn eigen dwaasheid en om mijn gebroken hart. Ik speelde zijn woorden af van toen ik zijn familie ontmoette en nogmaals toen ik zijn vrienden ontmoette. Ik speelde onze telefoongesprekken af en alle dingen die ik hem had verteld.

Ik had me nog nooit zo kwetsbaar gevoeld.

Hij had me laten geloven dat ik hem kon vertrouwen, alsof hij een goed mens was. Ik had hem zo veel dingen verteld, dingen waarvan ik me nooit had voorgesteld ze aan iemand toe te vertrouwen. Hij gaf me het gevoel dat ik geliefd was, dat er voor me gezorgd werd. Hij gaf me het gevoel dat alles goed zou komen, alsof het leven perfect kon zijn. Perfect met een man.

Perfect met Xander.

Ik droogde mijn tranen en duwde mezelf van het toilet omhoog. Ik moest weer aan het werk voordat iemand merkte dat ik zo lang weg was.

De spiegel liet me zien hoe slecht verdriet me stond. Mijn ogen waren rood en gezwollen. Ik spatte koud water in mijn gezicht, maar veel hielp het niet. Ik pakte mijn make-uptasje en deed wat mascara en oogschaduw op mijn ogen. Toen ik besloot dat dit het beste was dat ik ervan kon maken, ging ik weer naar buiten om met mijn training te beginnen.

Ik hoefde me in ieder geval geen zorgen meer te maken dat Xander me weer zou bellen.

HOOFDSTUK 20

Ik voerde het adres van Bijt me! in op mijn telefoon. Addi zei dat het vlak bij het centrum was, maar ik had geen idee waar, zelfs niet nadat ik naar het adres had gekeken. Ik vond de naam wel leuk en bleef maar denken dat ik dat tegen Xander wilde zeggen: Bijt me!

De routebeschrijving leidde me door Winterville naar Addi's school, Winterville High School. Het was nog steeds vreemd om een vriendin te hebben die lesgaf op mijn oude middelbare school en bevriend was met mensen die mijn leraren waren geweest. Ik was alleen maar blij dat ze geen feestjes gaf waar we allemaal bij waren. Ik wist niet zeker of ik dat aankon.

Ik sloeg Lake Effect Lane in en begon naar het adres te zoeken. Een paar straten verder zag ik een klein winkelcentrum met een paar restaurants en wat winkeltjes en besefte dat het ertussenin geprop zat. Ik voelde me een idioot, parkeerde vlak bij de ingang en sleepte mezelf naar de deur.

Op de deur stond een chocoladecupcake afgebeeld, bedekt met roze glazuur. De cupcake had een glimlach op zijn gezicht en erboven stond in een tekstballon: 'Bijt me!' Zodra ik binnen was, was ik van plan om precies dat te doen.

De geuren die me tegemoetkwamen toen ik de deur opendeed, gaven me de neiging om achterin een veldbed op te zetten en nooit meer weg te gaan. Godallemachtig, wat rook het hier lekker. Het was alsof de suiker in de muren was getrokken. Ik kwam in de verleiding om de muren te likken om te zien of ze net zo goed smaakten als de hele zaak rook.

Toen ik opkeek, zag ik dat de romig witte muren eruit-zagen als botercrème. Rijke chocoladekrullen waren langs de muren geschilderd met daarnaast vegen roze. Ik wist niet dat muren er heerlijk uit konden zien.

Toen ik mijn ogen van de muren losrukte, zag ik de grote vitrine met alle cupcakes. Ik voelde me als een kersverse moeder die door het raam van de kinderkamer naar haar kostbare bundeltje geluk keek. De cupcakes vormden een regenboog van kleuren, allemaal kunstig gerangschikt in een display die ontworpen was om me te verleiden van elke soort één te proberen.

En na de dag die ik had gehad, was ik meer in de verlei-ding dan ik wilde toegeven.

De vrouw achter de toonbank glimlachte naar me. Ze had chocoladebruin haar dat in korte, warrige laagjes was geknipt met pindakaaskleurige highlights, en ik maak geen grapje: ze had cupcakes die erbij pasten. Haar helderblauwe ogen fonkelden terwijl ze mijn reactie op de zaak bekeek. Ze had de mooiste glimlach die ik ooit had gezien; ze verlichtte de hele kamer. Ik kon zien dat ze van haar werk hield, en niet alleen aan de omvang van haar lichaam, maar aan die stra-lende glimlach.

Natuurlijk vond ik de zaak nog leuker omdat er een zwaardere vrouw achter de toonbank van Bijt me! stond. Ik had er een hekel aan als ik een cupcakewinkel, of elke andere zaak die gespecialiseerd was in zoetigheden, binnenliep en een spillebeen achter de toonbank zag. Dan vroeg ik me af hoe goed hun spullen werkelijk waren als zelfs de medewerkers de verleiding konden weerstaan. Ik wist dat Bijt me! wel goed moest zijn, afgaand op de omvang van de medewerkster.

'Wat kan ik voor je halen vandaag?', vroeg ze me.

Ik wist dat het geen makkelijk antwoord zou worden. Ik wilde er minstens vier bestellen, misschien wel meer. Toen ik haar aankeek, wist ik dat ze me niet zou veroordelen. Het was absoluut een 'cupcakes als avondeten'-soort dag.

'Ik denk dat ik een red velvet, een chocolade-pindakaas, een aardbei, een chocolademousse, een vanilleboon en een verrassing van de dag probeer. O, en mag ik een warme chocolademelk?'

Ze pakte elke cupcake op terwijl ik sprak en plaatste ze voorzichtig in een doos met een kartonnen inzet die de onderkant van de cupcakes vastklemde zodat ze niet zouden omvallen. Ik moest toegeven dat er niets erger was dan een heerlijke cupcake te zien omvallen en te weten dat je hem nooit meer goed zou krijgen, hoe hard je het ook probeerde.

Ze gaf me de cupcakes en ging toen mijn warme chocolademelk halen. Ik betaalde haar en ze zei: 'Hier is een van onze flyers. We hebben over een paar weken een feestelijke opening.'

'O, je bent pas net open. Je vindt het vast geweldig om hier te werken. Ik weet niet hoe je dit de hele dag ruikt en ze niet allemaal opeet.'

Ze lachte, een rinkelend geluid dat me beter deed voelen dat ik haar niet had beledigd. 'Ik ben ongeveer drie weken geleden geopend, maar ik wilde wachten tot ik wist of het goed zou gaan voordat ik het feestje geef. En ja, het is moeilijk om al dit lekkers te weerstaan. Maar je zou eens moeten zien als ik nieuwe recepten uitprobeer. Dat is het ergst, want dan moet ik een hele lading maken om erachter te komen of ze lekker zijn.'

'O, wauw, jij bent de eigenaresse?', vroeg ik, aangenaam verrast.

'Ja, ik ben Charlotte Black, Charlie.'

'Aangenaam kennis te maken, Charlie. Ik ben Mandy en mijn vriendinnen zitten daar in de hoek. Als je ooit proefkonijnen nodig hebt, weet ik vrij zeker dat we daar allemaal heel graag mee willen helpen.'

Charlie lachte weer, en het geluid maakte mijn dag net een beetje beter. 'Dat zal ik in gedachten houden. Ik hoop dat je van deze geniet.'

'Als ze half zo goed smaken als ze ruiken, halen ze het waarschijnlijk de winkel niet uit in de doos. Ik stond op het punt om de muren te likken toen ik binnenkwam.'

Ze gooide haar hoofd achterover en lachte hartelijk. Op dat moment besefte ik dat zij iemand was met wie ik bevriend wilde zijn. 'Dat was precies mijn reactie toen mijn schilders hier klaar waren. Gelukkig heb ik nog niemand gehad die voor de verf ging in plaats van voor de cupcakes.'

Ik lachte met haar mee en bedankte haar nogmaals voor de traktaties. Ik moest ervoor zorgen dat ik haar mijn kaartje gaf op weg naar buiten. En ik wist vrij zeker dat ik zou voorstellen om onze wekelijkse meidenavond te verplaatsen naar Bijt me!

Claire, Sam en Addi stopten met praten toen ik bij de tafel aankwam. Als dat geen teken was dat ze net over mij hadden gepraat, dan wist ik het ook niet meer.

'Hoi meiden, hoe is het?', vroeg ik opgewekt, terwijl ik probeerde niet kwaad te zijn dat ze over me praatten. Of dat ze dachten dat ik zo kwetsbaar was.

O, wacht, ik was kwetsbaar.

'Hoe was je dag?', vroeg Sam voorzichtig.

Ik had opzettelijk de details van Xanders telefoontje

weggelaten toen ik iedereen eerder had ge-sms't. Sterker nog, ik had het feit dat hij überhaupt had gebeld weggelaten. Ik wilde er op mijn werk niet over beginnen. Ik zat al genoeg in de problemen door hem. Ik kon een tweede reprimande op één dag niet aan.

'Mijn dag was klote, en die van jullie?', zei ik sarcastisch. Ze zouden me de hele avond met fluwelen handschoentjes aanpakken en daar kon ik niet tegen. Als ze wilden weten hoe het met me ging, moesten ze voorbereid zijn op mijn eerlijke antwoorden.

En eerlijk gezegd had ik een rotdag gehad.

'Waarom had je een slechte dag?', vroeg Addi. Haar stem was een beetje te hoog en ze zag eruit alsof ze iets in haar oog had door de manier waarop ze snel knipperde. Het was alsof ik naar een van de Stepford Wives keek, met haar perfecte uiterlijk en neppe emoties.

'Nou, eens even zien, ik werd wakker met de wetenschap dat mijn ex-vriend, op wie ik dacht verliefd te zijn, me als een dikke koe ziet. Ik kwam erachter dat Melody een stel leugens over me heeft verzonnen en dat ik misschien mijn baan verlies. Xander belde me op mijn werk en vertelde me dat hij me niet met rust gaat laten en dat hij me gaat vinden zodat ik met hem praat. Toen kreeg ik op mijn kop en werd ik van de telefoontjes gehaald omdat ik onbeleefd tegen hem was aan de telefoon en mijn baas zei dat ik niet zo tegen klanten mag praten. Nu ben ik hier en word ik behandeld alsof ik mentaal onstabiel ben door de drie mensen die me altijd hebben gesteund. Is dat erg genoeg voor je?'

Ze wisselden alle drie een blik uit. Het woord 'Betrapt' stond op hun gezichten geschreven. Ik confronteerde ze met hun idiote gedrag en ook al vonden ze het niet leuk, ze wisten dat het de waarheid was.

'Het spijt ons. Het is alleen, na wat je me gisteravond vertelde, zei ik tegen Sam en Addi dat ze rustig aan moesten doen met het advies of wat dan ook over Xander. We weten gewoon niet wat we moeten zeggen', vertelde Claire me.

'Wat dacht je van "Wauw, wat een rotdag. Sorry dat je dat allemaal moest meemaken. Kunnen we iets doen om het beter te maken?" Dat zou misschien helpen in plaats van dat iedereen zelf probeert uit te vogelen wat ik nodig heb.'

Ik opende mijn doos met cupcakes en ademde diep in. Een paar seconden lang had ik het nodig om te voelen dat alles oké was. Ik moest vergeten hoe overstuur ik was over Xander en hoe mijn vriendinnen me behandelden alsof ik niet in staat was om mijn eigen leven te leiden. Ik moest ergens in mijn leven de controle over hebben, en terwijl ik naar de zes prachtige cupcakes staarde die ik net had gekocht, was ik blij dat ik de controle had over welke ik als eerste zou opeten.

Ik bekeek ze allemaal, alsof ik kon zien welke de beste zou zijn. Ze zagen er allemaal heerlijk uit. Als ik zes handen had, wist ik zeker dat ik ze allemaal zou vasthouden en van elk een hap zou nemen tot ze allemaal op waren. In plaats daarvan koos ik er twee uit en legde ze op een servet voor me om het papiertje van het zachte cakeje aan de onderkant te trekken.

De red velvet ging als eerste. Het felrode papiertje werd weggetrokken en onthulde de bloedrode cake eronder. Het glazuur was zoals het hoorde, bijna net zo dik als de cupcake zelf. Ik ademde diep in en rook de kenmerkende roomkaas-frosting die altijd bij red velvet hoort.

Mijn eerste hap was praktisch orgastisch. Ik glimlachte bij de gedachte dat ik tenminste iets had gevonden om dat deel van mijn relatie met Xander te vervangen. De zachte cake viel in mijn mond uit elkaar, niet verkruimelend, maar smeltend met het glazuur tot een heerlijke poel van romige zachtheid. Ik sloot mijn ogen en liet de smaken samen-smelten op mijn tong, de rijke chocolade met de zoete roomkaas. Een lichte crunch verraadde een geheim dat in de cupcake verborgen zat, maar ik kon er mijn vinger, of mijn tong, niet precies op leggen wat het was.

Ik nam nog een hap en negeerde mijn vriendinnen en hun onverholen gestaar terwijl ik mijn cupcake met hart en ziel verslond. Ze wisten misschien niet hoe ze met mij of mijn humeur om moesten gaan, maar ze wisten in elk geval genoeg om me met rust te laten met mijn cupcake.

Voor ik het wist, en voordat ik het geheime ingrediënt had ontdekt, was mijn red velvet cupcake op. Met de heerlijke tinteling van suiker die door mijn lijf gierde, pelde ik het papiertje van mijn tweede, de aardbeiencupcake.

Toen ik hem naar mijn lippen bracht, zag ik mijn vriendinnen naar me staren. Ik zette de cupcake neer en keek hen aan. 'Wat is er met jullie aan de hand?'

'We dachten dat je misschien wel wilde avondeten. Er is een Mexicaan op de hoek of een Japans restaurant?' zei Addi.

'Ik eet cupcakes als avondeten. Ik heb er zes gekocht zodat ik genoeg binnen zou hebben. Ik ben depressief en ik verdrink mijn verdriet in suikerzoete lekkernijen. Als ik geen orgasme van een man kan krijgen, dan neem ik er wel zes door suiker veroorzaakte, met dank aan een vrouw.'

'Ik dacht dat ik al zou klaarkomen door alleen maar te kijken hoe je die eerste naar binnen werkte. Ik ga ook cupcakes halen,' zei Sam terwijl ze opstond. Addi volgde haar.

Claire bleef zitten. 'Gaat het wel?'

Ik keek haar boos aan. Ze wist beter dan me die vraag te stellen met die puppyogen. 'Je weet dat het niet zo is. Het doet verdomd veel pijn. Het rukte mijn hart uit mijn lijf om zijn stem vandaag te horen. Hij klonk zo opgelucht dat hij me eindelijk aan de telefoon kreeg en ik was een enorme bitch. Ik liet hem niks uitleggen omdat ik niet wilde horen 'ze hadden het niet over jou' of 'het was maar een grapje.' Ze hebben mijn naam misschien niet genoemd, maar zo kwam het op mij zeker over. Dus nee, Claire, het gaat niet goed met me. Ik heb fucking veel pijn. En ik wil verdomme cupcakes eten als avondeten.'

Claire keek me aan terwijl ik mijn ogen stijf dichtkneep tegen de tranen. Ik wilde niet in het openbaar huilen, maar zij had het uitgelokt. Ik had ze gezegd te vragen wat ik nodig had, niet om me dat medelijdende gezeur te geven. Ik kon die emoties verdomme niet aan. Mijn hart lag nog steeds in die achtertuin, waar het uit mijn borst was gerukt en op de grond was achtergelaten zodat Xander en zijn vrienden erop konden stampen.

Behalve Drew dan.

Hij had tenminste één fatsoenlijke vriend. Eén persoon in zijn kring die geen totale eikel was.

Jammer dat ik me totaal niet tot Drew aangetrokken voelde. Buiten het besef dat hij knap en charismatisch was, was hij gewoon Xander niet.

En dat haatte ik.

Sam en Addi haastten zich terug naar hun stoelen met kleinere dozen dan de mijne en openden ze allebei op dezelfde manier als ik de mijne had geopend. We ademden allemaal de geur van onze cupcakes in en ze trokken het papier eraf met dezelfde eerbied die ik had gebruikt. We tilden alle drie tegelijk onze cupcake naar onze mond en beten in de zachte, kleverige heerlijkheid.

De aardbei was net zo heerlijk als de red velvet. Kleine stukjes aardbei waren door de cake gesprenkeld en versierden de chocoladebotercrème. Een rijke, romige aardbeienvulling verraste me toen ik erin beet en mijn mond vulde met een extra verrassinkje.

Ik wilde Charlie wel zoenen voor het creëren van zulke prachtige meesterwerken.

Claire ging met haar doos zitten terwijl ik het papier van

mijn derde cupcake pelde. Ik hoorde mijn telefoon trillen in mijn tas en dook met hernieuwde kracht in de cupcake, wetende dat het telefoontje van Xander kwam.

Ik wilde zijn nummer blokkeren, zijn telefoontjes en sms'jes helemaal vermijden. Maar elke keer als mijn vinger boven de knop zweefde, kon ik het niet over mijn hart verkrijgen. Alsof er een redelijke verklaring was voor waarom hij een eikel was en ik misschien bereid zou zijn ernaar te luisteren.

Maar dat kon ik niet. Ik had mezelf er al van overtuigd dat ik bij hem uit de buurt moest blijven tot mijn hoofd en hart op één lijn zaten. En het was duidelijk dat dat niet het geval was als ik niet eens kon beslissen of ik zijn nummer moest blokkeren of hem moest laten praten.

Ik was er verdomd slecht aan toe. Heel slecht.

Na mijn vierde cupcake-orgasme realiseerde ik me dat iedereen weer naar me staarde. 'Wat?' vroeg ik, duidelijk gefrustreerd.

'Waarom belde Xander je?' vroeg Sam. Ik wist dat zij de enige zou zijn die het lef had om erover te beginnen. Zij was degene die altijd de dingen zei die niemand wilde horen. Degene die zei waar het op stond. Degene die je op de kast joeg om je kwaad te krijgen, omdat ze wist dat je pas over je problemen heen kon komen als je kwaad was.

Helaas was ze verdomd goed in die shit.

'Hij wilde dat ik met hem zou praten,' antwoordde ik haar uiteindelijk. 'Hij wilde me vertellen wat er gisteren is gebeurd.'

'Hoe weet hij waarom je kwaad bent? Heeft die klootzak je gezien en nog steeds gelachen alsof er niks aan de hand was?'

Ik schudde lachend mijn hoofd, blij om te horen dat ze me zo onvermurwbaar verdedigde. 'Zijn vriend, die met wie ik op de veranda zat te praten? Hij heeft het hem verteld.'

De vechtlust verdween net zo snel uit Sam als hij was verschenen en ze kneep haar ogen tot spleetjes. 'Wat heeft hij gezegd?'

'Ik heb hem niets laten zeggen. Ik wilde met hem praten, maar ik wist dat ik hem dan gewoon zou vergeven en elk slap excuus dat hij had zou accepteren, omdat ik nooit een knappere man dan hij zal krijgen.'

'Echt wel,' zei Addi luid. 'Doe niet alsof je een vreselijke partij bent omdat je geen spriet bent. Ieder van ons verdient het om geliefd te zijn, wat onze maat ook is. Lekkere mannen vallen op dikke meiden.'

'Op welke planeet? Ik weet niet waar jij uithangt, maar ik word niet versierd door lekkere mannen. Het punt is dat het me niet kan schelen hoe knap een man is als hij een klootzak is. Xander behandelde haar als stront, dus het maakt niet uit hoe hij eruitziet. Hij verdient haar niet.'

'Ja, maar-'

'Jongens, stop. Dit deden jullie gisteravond ook en het maakte alles alleen maar erger. Ze is gekwetst en overstuur. Laat haar gewoon uitzoeken hoe ze hiermee om moet gaan en dan zullen we beslissingen nemen over het karakter van Xander. Misschien is er een verklaring, misschien niet. Maar het is niet aan ons om dat te beslissen. Het is aan Mandy,' verdedigde Claire me.

'Bedankt Claire. De waarheid, meiden, is dat ik niet weet wat ik moet denken. Ik weet niet hoe ik me moet voelen. Ben je ooit zo overrompeld geweest door iets dat je niet meer wist wat boven of onder was? Zo voel ik me. Ik was er eerst zo zeker van dat Xander een eikel was, maar hij heeft hard zijn best gedaan om mijn ongelijk te bewijzen. En gisteren heb ik het gevoel dat hij me liet zien dat ik gelijk had en dat heeft me gewoon van mijn stuk gebracht. Ik vertrouwde hem. Ik dacht dat hij de man was waarvoor hij me probeerde te overtuigen dat hij was. Ik wilde dat hij de lieve, zorgzame, gepassioneerde man was op wie ik verliefd aan het worden was. Het voelt alsof ik onder water ben, alsof ik midden in een droom zit of zo. Ik weet niet waar ik antwoorden kan vinden, maar totdat ik heb uitgevogeld wat ik hiermee wil, kan ik hem niet zien. Ik moet gewoon even boven water komen en kijken of ik mijn weg kan vinden. Dan zal ik erover nadenken om met hem te praten.'

'Dat ken ik,' fluisterde Claire. Sam en Addi keken ons aan, duidelijk onbekend met wat ik beschreef. Mijn hart deed pijn voor Claire dat zij dit eerder had meegemaakt, maar dan veel erger. Ik was jaloers op Addi en Sam en hun gelukzalige naïviteit. Ik wilde daarnaar terug. Terug naar voordat ik Xander ontmoette en besefte wat het leven kon betekenen met liefde erin.

Cupcake-orgasmes waren geweldig, maar orgasmes veroorzaakt door liefde zouden altijd beter zijn.

Plotseling moe en klaar voor mijn eigen bed, stond ik op. 'Ik ga naar huis. Ik moet rusten en mijn wereld weer opbouwen zonder Xander Carlson. Bedankt voor het luisteren, meiden. Sorry dat ik vanavond niet zo'n goed gezelschap was. Oh, en laten we voortaan hier afspreken.'

Iedereen was het ermee eens en nam afscheid. Ik liep de deur uit met mijn laatste twee cupcakes, wetende dat mijn vriendinnen nog even zouden blijven om over mij te praten.

En wetende dat het me niet kon schelen, omdat ik nog twee cupcake-orgasmes in het verschiet had.

HOOFDSTUK 21

IK REED TERUG naar mijn kant van de stad en vroeg me af hoe
ik in hemelsnaam ooit over wat er was gebeurd heen zou
komen. Het deed pijn. Om hem te horen lachen om de
grappen waarom hij lachte. Het was niet alleen dat hij had
gelachen. Het was dat het hem niet kon schelen dat die
woorden mij zouden kwetsen. Dat ik niet het eerste was
waar hij aan dacht.

Mijn leven zou nooit meer hetzelfde zijn. Nadat ik bijna
twee maanden mijn leven met iemand had gedeeld, had ik
het gevoel dat ik niet wist hoe ik terug moest. Hoe ik weer
alleen moest zijn. Mijn vriendinnen waren geweldig, maar er
waren grenzen aan wat ik met ze kon delen. Er waren
grenzen aan de onderwerpen waar we het over konden
hebben. Xander was de man die me toestond mezelf te zijn.
En hij was degene die dat had afgenomen.

Toen ik voor mijn huis parkeerde, bleef ik zitten, luiste-
rend naar de rest van het nummer op de radio, nog niet klaar
om in mijn eentje mijn lege huis onder ogen te komen. Ik
was niet thuis geweest sinds ik twee dagen eerder Xanders

familie had ontmoet en ik wist dat het anders zou voelen, alsof mijn huis zou weten hoezeer mijn leven was veranderd.

Ik glimlachte in mezelf toen ik me realiseerde dat dat een van de redenen was waarom ik een kat had. Ik kon haar twee dagen alleen laten en dan zou ze zich prima redden.

Ik stapte uit de auto en zag beweging bij mijn voordeur. Ik keek op en hapte naar adem. Xander stond op mijn veranda en stond net op van de plek waar hij duidelijk had zitten wachten tot ik thuiskwam.

Mijn lichaam maakte een sprongetje bij de aanblik van hem en mijn gebroken hart deed pijn. In mijn gedachten was ik boos dat hij het lef had om bij mij thuis op te duiken, maar een geheim deel van mij was dolblij dat hij mijn aandacht probeerde te trekken.

Ik pakte langzaam mijn spullen en liep naar de deur. Xander bleef op de veranda staan en blokkeerde de weg naar binnen met zijn lichaam, dat er veel te verdomd goed uitzag om boos op hem te kunnen zijn. Waarom had hij geen cupcakes als avondeten kunnen eten en in een paar uur dik zijn geworden? Waarom moest hij er nog steeds zo verdomd goed uitzien?

Het was niet eerlijk.

Langzaam overbrugde ik de afstand tussen ons, waarbij elke stap voelde alsof ik recht op de rand van een klif afliep. Alsof ik, eenmaal daar, zou moeten kiezen om een stap terug te doen of over de rand te vallen.

'Waar was je? Ik heb me zo'n zorgen om je gemaakt,' zei Xander toen ik dichterbij kwam.

Een onbedwingbare woede raasde door me heen. Gisteren kon het hem niet schelen wat ik voelde en vandaag had hij het recht om te vragen waar ik was geweest.

Dacht het niet.

'Het gaat je echt helemaal niets aan waar ik ben geweest.'

Zijn ogen schoten vuur. Hij was boos, misschien ook een

beetje gekwetst. Ik probeerde mezelf te vertellen dat het er niet toe deed, maar verdomme, het deed er wel toe. Het deed ertoe dat ik hem had gekwetst.

Hij verzachtte voordat ik iets kon zeggen, de scherpte in zijn ogen verdween en de spanning in zijn lichaam smolt weg. 'Het spijt me. Het gaat me niets aan. Ik heb nergens in jouw leven recht op als je niet wilt dat ik dat heb. Ik wil het wel. Ik ben gek geworden terwijl ik je probeerde te vinden. Maar ik zie dat je nog niet klaar bent om met me te praten.'

Zijn vriendelijkheid bracht me van mijn stuk. De man die ik de afgelopen 24 uur had proberen te haten, was niet de man die voor me stond. De man voor me was een schim van Xander. Hij zag er hetzelfde uit, maar hij was het niet. Hij had dezelfde zachte groene ogen en kort bruin haar, maar hij was een andere man. Een man door wie ik me schuldig voelde. Een man die ik in mijn armen wilde sluiten en ervan wilde overtuigen dat alles goed zou komen.

Een man van wie ik weer wilde houden.

Mijn hart won de strijd en ik gaf toe, 'We zijn naar een nieuwe plek gegaan voor onze meidenavond omdat ik je niet wilde zien.'

'Ben je bang voor me?'

Als ik ooit een strikvraag had gehoord, was het deze wel. Bang voor Xander, de man? Absoluut niet. Bang voor hoe ik me bij hem voel? Elke seconde van de dag.

'Nee.'

'Waarom ontwijk je me?'

'Omdat ik gekwetst ben. Omdat ik wilde dat je anders was. Omdat ik erachter kwam dat je niet bent wie ik dacht dat je was.'

Ik voelde de tranen opkomen. De brok die mijn keel dichtkneep, hielp ook niet. Ik verloor de controle, die als droog zand door mijn vingers glipte. Xander leek berouwvol, schaamde zich voor wat er was gebeurd. Het maakte niet uit.

Ten eerste had hij nog steeds geen spijt betuigd. Ten tweede zou sorry de pijn die ik had gevoeld niet wegnemen.

'Ik ben precies wie je dacht dat ik was. Ik begrijp dat je gekwetst bent, maar je was niet de enige. Ik was het ook,' zei hij zacht. Hij draaide zich langzaam om. Op de een of andere manier had ik niet beseft dat hij in de schaduw stond, een deel van zijn gezicht voor mij verborgen. Toen hij zich omdraaide, begreep ik waarom.

Zijn linkeroog was opgezwollen en rood, een paarse en blauwe plek vormde een halve cirkel aan de buitenkant en eronder. Hij had sneetjes aan de zijkant van zijn gezicht en zijn knokkels waren kapot.

'Oh, Xander,' fluisterde ik. 'Wat is er gebeurd?' Ik liep zonder na te denken naar hem toe, zonder de noodzaak om afstand tussen ons te bewaren. Ik reikte naar zijn gezicht en hij hapte naar adem toen mijn vingers zijn wang streelden. Zijn ogen sloten zich en zijn kaak spande zich aan terwijl hij de pijn bevocht die werd veroorzaakt door mijn lichte aanraking.

'Ik wil je alles uitleggen. Ik wil je alles vertellen. Maar dan moet ik wel naar binnen. Ik wil alles uitleggen. Alsjeblieft.'

Ik deed een stap achteruit. Ik wist wat hij me vroeg. Wat hij zei zonder de woorden te gebruiken. Hij wilde mijn vergeving. Hij wilde dat ik hem binnenliet, niet in mijn huis, maar in mijn hart. Hij wilde dat ik hem een tweede kans gaf. En hem binnenlaten zodat we konden 'praten' zou het alleen maar moeilijker maken.

Hoe kon ik dat doen? Hoe kon ik daar zitten en overwegen hem terug te nemen?

Aan de andere kant was hij duidelijk in een gevecht beland. En dat was hoogstwaarschijnlijk om mij.

Toch?

Shit. Ik had geen idee wat ik moest doen.

'Ik weet het niet, Xander. Ik heb het gevoel dat ik me te

veel voor je heb opengesteld. Ik weet niet of ik er klaar voor ben om dat opnieuw te doen. Of ik kan toekijken hoe je opnieuw mijn hart uit mijn lijf rukt.'

Hij knikte een keer, en liet me weten dat hij het snapte. Het was logisch voor hem. Maar ik kon zien dat dat niet echt zo was. Hij wilde zich naar binnen forceren, me laten luisteren naar wat hij te zeggen had. Maar ik wist dat Xander me nooit pijn zou doen.

'Jij bent niet de enige wiens hart uit hun lijf werd gerukt. Ik geef ons niet op, Mandy. Je bent nu gekwetst. En in de war. Je wilt weten waarom ik je niet verdedigde of er iets aan deed. Ik heb de antwoorden op alle vragen die je jezelf hebt gesteld. En jij kunt mijn vragen beantwoorden. Maar we moeten op een punt komen waarop we elkaar vertrouwen. We moeten kunnen praten. Ik ga wachten tot je er klaar voor bent. Ik heb vannacht op je veranda geslapen, wachtend tot je thuiskwam. Ik zal het elke nacht doen totdat je me binnenlaat om te praten. Ik ga nergens heen totdat je alles weet. Dan, en alleen dan, zal ik het accepteren als je nog steeds wilt dat dit voorbij is. Alleen dan zal ik ook maar overwegen om je te laten gaan.'

Zijn stem werd verdrietig en daarna bezitterig terwijl hij sprak. Hij was boos en gekwetst, maar hij wilde nog steeds bij me zijn. Hij kon mijn vragen beantwoorden. De vragen die je altijd stelde als een relatie eindigde. De vragen die je de rest van je leven aan jezelf stelde. De vragen die me 's nachts wakker zouden houden.

Ik kon antwoorden krijgen.

Maar het enige wat ik kon zeggen was: 'Laat me erover nadenken.'

Xander stapte opzij toen ik langs hem liep. Een vleugje van zijn geur zweefde om me heen, waardoor mijn knieën slap werden van verlangen. Ik wilde mezelf tegen hem pressen, mijn armen om zijn nek slaan en hem kussen alsof er niets was gebeurd. Ik wilde mijn herinnering aan de vorige dag uitwissen, hem naar mijn bed slepen en met hem doen wat ik wilde.

Maar ik deed geen van die dingen. Ik liep gewoon langs hem heen, deed mijn voordeur van het slot en ging naar binnen.

Aan de andere kant van de deur zakte ik ertegenaan en liet me toen op de grond vallen. Ik wilde met mijn hoofd tegen de voordeur slaan, maar ik wist dat Xander het zou horen en zou proberen de deur in te trappen om te zien wat er aan de hand was.

In plaats daarvan duwde ik mezelf overeind en ging naar de keuken aan de achterkant van mijn rijtjeshuis. Toen belde ik Claire.

'Hé Mandy, wat's er aan de hand?' vroeg ze. Voorzichtigheid en bezorgdheid klonken door in haar woorden en toon. Ze wist dat als ik haar zo snel na mijn vertrek terugbelde, er iets gebeurd moest zijn.

'Xander's hier,' zei ik, terwijl ik probeerde elke emotie uit mijn stem te bannen.

'Hij's waar? Bij jou thuis?' vroeg ze, en de schok was in haar woorden te horen.

'Yep. Hij's op de veranda. Hij zei dat hij gisteravond op mijn veranda heeft geslapen, wachtend tot ik thuiskwam, en dat hij daar zal slapen zolang het duurt voordat ik met hem praat.'

Het laatste wat ik had verwacht door de telefoon te horen was een zacht proestgeluidje dat uitgroeide tot een complete lachbui. Claire lachte hard, en haar aanstekelijke lach zorgde ervoor dat ik meedeed.

'Waarom lachen we?' vroeg ik eindelijk tussen mijn tranen en snikken door.

'I'k zie het al helemaal voor me. Ik zag hem ineens voor

me op je veranda, opgerold tegen de deur, en dat hij naar binnen valt als je de deur opent.'

'O, God, dan i'k moet ik morgenochtend wel voorzichtig zijn.'

Claire stopte onmiddellijk met lachen. 'Dus j'e gaat niet met hem praten?'

Ik haalde diep adem. Ik dacht dat als iemand zou begrijpen hoe verward ik was, het Claire wel zou zijn. Zi'j had het meegemaakt. Zi'j was gekwetst door iemand van wie ze dacht dat hij om haar gaf. Ze was vernederd en gebroken toen het gebeurde en ik dacht dat ze mijn behoefte om Xander uit mijn leven te bannen zou begrijpen.

'Ik weet hoe eng dit is, Mandy, dat weet je. H'ij is niet wie je dacht dat hij was. Dat is klote. Ik denk dat als ik terug in de tijd kon en met BJ kon praten, hem kon vragen waarom, ik dat misschien wel zou doen. I'k vergelijk Xander niet met BJ, want ik denk nie't dat ze op elkaar lijken. I'k zeg alleen dat de kans krijgen om die vragen te stellen best veel voorstelt.'

Ik zuchtte. Ze had gelijk, natuurlijk. Voordat BJ probeerde Claire te verkrachten hadde'n ze een goede relatie. Ik wist dat ze' zich de afgelopen tien jaar altijd had afgevraagd waarom. Waarom hij ineens zo leek te veranderen. Wat er gebeurde dat hem veranderde in het monster dat hij die avond was.

'Wat als het me nie't bevalt wat hij te zeggen heeft? Wat als hi'j gemeen is of iets nog kwetsenders zegt?'

Ik kon de glimlach van Claire in haar stem horen toen ze zei: 'Dan zou hij daar nie't zijn. Als je een spelletje of een grap voor hem was, zou hi'j daar niet zijn. Dan had hi'j je vandaag niet gebeld of je verteld dat hij op je veranda zou slapen tot je naar hem luisterde. Ik weet dat j'e onze meningen niet wilt horen of dat wat wij denken je nog meer in de war brengt, maar ik denk dat hi'j een goeie vent is. Een tijdje dacht ik van nie't en ik twijfelde er gisteren aan toen je langskwam. Maar de waarheid is dat hij je nu niet achterna zou zitten als hij een klootzak was. Als hij alleen maar met je was om je voor gek te zetten voor zijn vrienden, dan had hij het daarbij gelaten. Dan had hij je vernederd laten weglopen en was hij klaar met je geweest.'

Ik knikte, ook al kon ze me niet zien. Ik knikte net zo veel voor mezelf als om enige andere reden. 'Hij heeft gevochten,' zei ik zachtjes, bijna alsof het een geheim was.

'Wat?!? Met wie?' riep Claire uit.

'Dat wee't ik niet. Hij zei dat hi'j het me zal vertellen als ik alles wil horen. I'k gok dat het met het feest te maken heeft.'

'Is hij nu nog lekkerder?' vroeg Claire ondeugend. 'Ik heb altijd gevonden dat een man die bereid is voor me te vechten, serieus heet is. Ik denk dat nadat ik AANGEVALLEN was en voor mezelf moest vechten, ik wilde dat iemand anders het voor me zou doen. Maar ja, ik kan ook voor mezelf zorgen.'

'Dat kan je, en dat heb je altijd gedaan. Maar ja, hij ziet er heet uit. En een beetje goor. Zijn hele oog lijkt ontploft. H'ij heeft een lelijke blauwe plek en wat krassen en zijn knokkels zijn helemaal kapot.'

'Hmmm, klinkt sexy. Als jij nie't met hem wilt praten, geef hem dan mijn adres, dan zo'rg ik wel voor hem.'

Woede en pijn raasden door me heen. Ik liet de telefoon bijna vallen, of verpulverde hem in mijn hand. Ik wilde tegen mijn beste vriendin schreeuwen omdat ze dacht dat het oké was om achter Xander aan te gaan. Wat er ook tussen ons was gebeurd, het zou nooit oké zijn voor haar om achter hem aan te gaan.

God, wat haatte ik haar op dat moment.

Waarom was ik bevriend met zo'n achterbakse trut, en hoe had ik dat nooit eerder gemerkt?

'Hé, Mandy. Ben je kwaad dat ik dat zei?'

Ik gromde, niet in staat om woorden te vormen. Ik wilde

schreeuwen dat ze een vreselijke trut is en dat ik nooit meer iets van haar wil horen.

'Al die shit die j'e voelt… Hoe kwaad je nu op me bent? Dat vertelt je hoeveel je hem nog steeds wilt. I'k maak maar een grapje. Ik heb geen interesse in Xander, gehavend gezicht of niet. Waar ik wel in geïnteresseerd ben, is dat jij toegeeft hoeveel je hem nog steeds wilt. Als j'e zo overstuur bent door zo'n opmerking, doe dan je deur open en luister naar de man van wie je houdt.'

'Je ben't een trut, hè, dat weet je,' gromde ik naar haar.

Ze lachte hard in mijn oor, duidelijk genietend van het feit dat ze me kwelde. 'Het zorgde ervoor dat je toegaf hoe je je voelt. Laat die man nu maar binnen en verzorg zijn gezicht. Bel me later.'

Ik hing op en glimlachte naar mijn telefoon. Ze had gelijk. Als ik zo kwaad was, moest ik hem een kans geven om het uit te leggen.

Ik haalde diep adem om moed te vatten en opende de voordeur om hem binnen te laten.

En trof een lege veranda aan.

HOOFDSTUK 22

MIJN EERSTE GEDACHTE WAS: 'Die leugenachtige klootzak.' Hij zei dat hij daar op mijn veranda zou blijven, wachtend tot ik klaar was om met hem te praten. En binnen tien minuten was hij verdwenen.

De moed zonk me in de schoenen toen ik me realiseerde dat hij me weer in de steek liet, precies op het moment dat ik had toegegeven en besefte hoezeer ik hem nog steeds wilde. Hij wilde me niet echt. Hij wilde gewoon gelijk hebben. Of me weer voor schut zetten. Of god weet wat.

Ik slaakte een gefrustreerde zucht en schudde mijn hoofd om mijn eigen domheid. Toen ik me omdraaide om weer naar binnen te gaan, hoorde ik mijn naam.

Ik keek om me heen, maar zag niemand. Hij riep nog een keer. Ik keek de auto's langs die voor de rijtjeshuizen stonden, maar de avondzon weerkaatste op de voorruiten en ik kon niets zien.

Toen zag ik een hand naar me zwaaien.

Xanders SUV.

Ik bleef staan wachten, me afvragend wat er in hemelsnaam aan de hand was. Een paar seconden later stapte hij uit de auto en jogde over het gras naar me toe.

'Was je aan het masturberen in je auto?' vroeg ik, enigszins geschokt.

'Nee', zei hij, terwijl er een blos op zijn wangen verscheen. 'Ik moest heel nodig plassen. Ik wilde niet op je deur kloppen omdat ik niet wilde dat je zou denken dat het een excuus was om binnen te komen.'

'Waarom ging je niet naar huis?' vroeg ik alsof het de normaalste zaak van de wereld was.

'Voor het geval je van gedachten zou veranderen over mij', zei hij zacht, terwijl hoop door zijn woorden klonk toen hij naar me opkeek vanaf het stoepje dat naar mijn veranda leidde. Ik stond twee treden boven hem, bekeek elke beweging van hem en vroeg me af of ik iets wat hij zei zou kunnen weerstaan.

'Wil je nog steeds praten?' vroeg ik kalm.

Zijn ogen schoten naar de mijne, en het groen in zijn hazelnootkleurige ogen werd helderder toen hij besefte dat ik hem binnen uitnodigde. Dat ik hem nog een kans zou geven.

'Ja, dat wil ik. Heel graag.'

Ik knikte en draaide me weer om naar de voordeur. Ik voelde hem achter me, de warmte van hem die zich een weg baande door mijn verdediging naar mijn hart. We gingen naar binnen, naar de woonkamer, en gingen allebei op de bank zitten. Ik kroop op aan het ene uiteinde en verwachtte dat Xander aan het andere uiteinde zou gaan zitten, maar dat deed hij niet. Hij ging vlak naast me zitten, dichtbij genoeg voor mij om hem te ruiken en zijn warmte te voelen.

Er was zo veel dat ik wilde weten. Alle vragen die ik hem wilde stellen. Maar terwijl ik daar zat en hem tegen me aan voelde, verdwenen alle gedachten uit mijn hoofd. Het enige wat ik me kon herinneren was hoe zijn handen op mijn huid voelden, de manier waarop hij naar me keek toen hij in me stootte, de bezitterigheid in zijn stem toen hij me vertelde dat ik van hem was.

Ik wilde de problemen die we hadden vergeten en gewoon boven op hem kruipen. Ik wilde hem uit mijn systeem krijgen. Maar ik wist dat dat nooit zou lukken. Ik kon elke dag van hem houden voor de rest van mijn leven en hem nooit uit mijn systeem krijgen. Ik zou altijd hunkeren naar jeho aanraking, zijn liefde.

Xander schraapte zijn keel en keek me aan. Hij trok een wenkbrauw op alsof hij vroeg of ik klaar was om te horen wat hij te zeggen had en ik knikte.

'Sorry dat ik je gisteren meenam naar dat feest. Als ik had geweten wat er zou gebeuren, had ik je niet gevraagd om mee te komen.'

'Dan was je zonder mij gegaan. Had je me gewoon meteen aan het begin gedumpt', suggereerde ik. Mijn woede kwam weer boven. Eraan vasthouden was de enige manier waarop ik het gesprek met hem kon overleven, met hem hier in mijn huis waar we vaker gevreeën hadden dan ik me kon herinneren.

'Verdomme, nee. Is dat wat je van me denkt? Dat ik zo ben?'

Xander sprong op en ijsbeerde door de kamer. Hij was boos, maar het kon me niet schelen. Ik was niet van plan het hem makkelijk te maken. Ik moest weten of hij eerlijk was of niet. En ik wist dat hem boos maken daarbij zou helpen.

'Je hebt me meegenomen naar een feestje van mensen van wie je zei dat het je beste vrienden waren. Waarom zou je bevriend zijn met mensen die het tegenovergestelde van jou zijn? Ik weet dat je net als hen bent. En dat is precies wat ieder van hen zou hebben gedaan. Het dikke mokkel dumpen voordat hun vrienden haar zagen.'

Hij haalde een hand door zijn haar terwijl een spier in zijn kaak trilde. Hij probeerde te bedenken hoe hij moest reageren, maar de waarheid was bekend. Hij kon het proberen te ontkennen, maar ik wist dat het waar was.

'Mag ik je gewoon vertellen wat er gebeurd is? Alsjeblieft? Laat me praten zonder te proberen me af te schilderen als iemand die ik niet ben?'

Zijn ogen smeekten me en ik haalde mijn schouders op, waarmee ik hem stilzwijgend de toestemming gaf waar hij om vroeg.

'Billy en Ricky zaten bij mij op de middelbare school. We waren vrienden omdat we samen sportten. We zijn vrienden gebleven omdat we nu eenmaal altijd vrienden waren. Ik heb je van tevoren verteld dat het eikels zijn en dat ik ze niet vaak zie, maar ze hadden altijd goede feestjes, dus ik bleef gaan.'

Hij haalde diep adem, en keek even naar me om er zeker van te zijn dat ik hem niet zou onderbreken. Ik knikte dat hij door kon gaan.

'Toen Billy je aan het bekijken was, dacht ik dat dat iets goeds was. Hij is altijd een klootzak tegen vrouwen, maar ik dacht dat als hij jou bekeek, het betekende dat hij je mee naar huis zou nemen als hij de kans kreeg, wat nooit zou zijn gebeurd, dus ik dacht dat hij geen klootzak zou zijn.'

'Oeps', fluisterde ik, niet in staat mezelf in te houden. Xander keek me boos aan, dus ik hield mijn handen omhoog in overgave.

'Kayleigh en Braylon zijn altijd vreselijk en proberen me te versieren, dat heb ik je verteld. Zo gemeen zijn ze nog nooit geweest. Toen je wegging, was ik geschokt door wat ze zeiden en heb ik ze gezegd dat ze je met rust moesten laten. Ik dacht niet dat ze dat echt zouden doen, maar het is niet alsof ik twee vrouwen in elkaar kon slaan.'

Ik snoof, en dacht dat ik wenste dat dat precies was wat hij had gedaan.

'Ik begreep, uit een gesprek met Drew, dat jij weer naar buiten kwam toen Billy grappen aan het vertellen was, en een eikel was.'

Ik knikte.

'In het begin lette ik niet op hem. Een andere kerel met wie we op de middelbare school hadden gezeten, Kevin, was er. We waren aan het praten toen Billy zijn grappen vertelde. De eerste paar waren domme, schunnige grappen en ze waren grappig. Kevin en ik waren aan het praten en ik lachte om iets wat hij zei toen Braylon…eh, toen zij…'

'Het geeft niet, ik hoorde die trut. Ze vroeg of je leven ironisch was en of ik slik.'

Hij had tenminste het fatsoen om zich te schamen. Hij liet zich naast me op de bank vallen. 'Ik wist niet waar ze het over had, maar ik had de grap al eerder gehoord, dus ik gokte dat dat de grap was die Billy net had verteld. Toen Billy de volgende grap vertelde en jou als clou gebruikte… nou, toen heb ik hem als boksbal gebruikt.'

'Wat?' schreeuwde ik.

Alle lucht ontsnapte uit mijn longen terwijl ik verwerkte wat hij zei. Hij kon het niet menen, toch? Waarom zou hij een van zijn oudste vrienden slaan? Om mij? Dat kon gewoon niet.

'Iedereen lachte en vond het grappig. Ik zweer het, ik zag rood, zo woedend was ik. Ik wilde zijn verdomde kop eraf rukken omdat hij iets over jou zei, omdat hij iemand liet denken dat je iets anders bent dan perfect. Ik zei hem dat hij zijn verdomde bek moest houden en nooit meer over jou moest praten. Hij bleef maar lachen, en ik…'

Hij stopte en haalde diep adem. Zijn vuisten waren gebald in zijn schoot. Zijn ogen trilden achter zijn oogleden, alsof hij de hele scène opnieuw voor zich zag.

Met zijn ogen nog steeds gesloten zei hij: 'Mijn eerste

klap raakte zijn kaak vol. Billy struikelde achteruit en viel languit op het gras nog voordat hij was gestopt met lachen. Iedereen staarde me stil en bang aan. Ricky hielp Billy overeind en hij stormde op me af. Hij greep me bij mijn borstkas en gooide me op de grond. Zijn eerste stoot was goed raak.' Xander raakte zachtjes zijn oog aan waar Billy hem duidelijk had geraakt. 'Omdat ik groter ben dan hij, kon ik hem van me afwerpen en overeind krabbelen. Toen hij voor de tweede keer op me afkwam, deelde ik nog een klap uit, waardoor hij zijn evenwicht verloor. Zijn wang spleet open en het bloed stroomde eruit. Ricky hielp hem overeind en ze staarden me allebei aan en zeiden alleen maar dat ik moest oprotten.'

Hij haalde diep adem en opende eindelijk zijn ogen. Hij keek me aan en mijn hart kromp ineen. Ik wist dat wat hij nu zou gaan zeggen het moeilijkste deel was.

'Ik kon je niet vinden. Ik keek in de badkamer, maar die was leeg. Ik ben zelfs naar boven gegaan. Ik wist dat je niet buiten was, want dan had ik je wel gezien, maar ik wist niet waar je was. Ik kwam net de trap af toen Drew binnenkwam. Hij vroeg wat er was gebeurd en ik negeerde hem en vroeg of hij wist waar je was.'

Ik snoof hoorbaar. Xander was stapelgek van jaloezie geweest omdat ik met Drew had gepraat en met zoveel woede kon ik me alleen maar voorstellen wat hij zijn beste vriend had aangedaan.

'Drew zei dat je weg was, dat een van je vriendinnen je was komen ophalen. Ik was pissig en gekwetst. Ik wist niet waarom je weg was, waarom je me dat zou aandoen terwijl het net zo geweldig ging tussen ons. Ik... fuck, ik had je nodig. Ik vroeg Drew hoe hij dat wist en hij gaf toe dat jullie buiten voor hadden zitten praten terwijl ik in elkaar werd geslagen. Ik was woedend. Ik zei tegen Drew dat hij een waardeloze vriend was omdat hij je niet had tegengehouden.

Ik noemde hem een eikel omdat hij je had laten gaan. Ik probeerde hem te slaan, maar hij weerde mijn klap af en drukte me tegen de muur. Die klootzak is sterker dan hij eruitziet. Hij zei dat ik naar huis moest gaan om af te koelen en dat we later wel zouden praten.'

Ik liet de adem ontsnappen die ik had ingehouden, bang dat Xander zijn vriendschap met de enige persoon die me die dag goed had behandeld zou verpesten. Ik wist dat hij gekwetst en boos was. Ik wist dat hij niet van mij was. Maar ik wilde dat hij gelukkig was. En ik wist hoeveel beste vrienden betekenden.

'Ik ben weggegaan en direct naar mijn huis gereden, maar je auto was al weg. Ik wist niet waar je vriendinnen woonden, dus daar kon ik niet naartoe. Ik probeerde het bij jou, maar toen je niet thuis was, heb ik een tijdje rondgereden om je te proberen te vinden. Toen de zon onderging, ben ik gewoon teruggegaan naar jouw huis, met het idee dat je uiteindelijk wel zou opdagen.'

Hij zag er uitgeput uit, alsof hij zichzelf had afgemat door alleen al het verhaal opnieuw te vertellen. 'Toen je niet thuiskwam, raakte ik in paniek. Ik kreeg je maar niet te pakken via telefoon of sms. Ik dacht dat er iets met je was gebeurd. Ik belde Drew en vroeg hem met wie je was en wat ik moest doen. De vrouw die hij beschreef klonk als Sam, dus ik nam aan dat je bij haar was. Drew stelde voor dat ik nog even thuis op je zou wachten en dan wat zou gaan slapen. Gelukkig was hij niet boos op me.'

'Hij is een goede vriend,' zei ik zachtjes, terwijl ik dacht aan de vriendelijkheid die hij me had getoond toen ik het nodig had. Hij was een goede vriend voor mij, ook al ging dat tegen zijn beste vriend in. Drew was absoluut iemand die een vrouw op een dag heel gelukkig zou maken.

'Ja, dat is hij. Ik was de afgelopen 24 uur niet zonder hem

doorgekomen. Ik weet dat ik de rest van de week niet zonder hem doorkom als jij me niet kunt vergeven.'

Ik zuchtte diep. Hij gaf me een opening. Het zou zo makkelijk zijn om hem te vergeven en in zijn armen te vallen. Om terug te gaan naar hoe het de dag ervoor was.

Ik wilde het. Echt waar. Ik voelde dat ik zwakker werd terwijl hij zijn kant van het verhaal vertelde. Het zou niet lang duren voordat ik zou toegeven. Voordat ik gewoon zou zeggen dat het goed was en dat het niet zijn schuld was.

De waarheid was dat het niet genoeg voor me was. Het was niet genoeg om te zeggen dat het hem speet. Dat hij voor mij ruzie maakte met een van zijn oudste vrienden was... leuk, denk ik. Maar ik wist genoeg om te weten dat het keer op keer zou gebeuren. Ik zou aan hem twijfelen. Ik zou het slechtste van hem denken. Ik zou verwachten dat hij zou eindigen als die man waarvan ik vreesde dat hij was toen we elkaar voor het eerst ontmoetten.

En dat kon ik hem niet aandoen.

Het was niet eerlijk om hem aan het lijntje te houden, van hem te houden terwijl hij vrij moest zijn om iemand te vinden die meer op hem leek, iemand die nooit zou twijfelen aan wie hij was of hoeveel hij om haar gaf, simpelweg omdat het werkte.

Knappe mensen waren bedoeld om met knappe mensen te zijn. En Xander was absoluut een van de knappe mensen.

Ik niet.

Ik keek hem aan, terwijl de tranen trilden in mijn ooghoeken en ik ze probeerde tegen te houden. Ik moest sterk zijn en hem vertellen dat hij meer verdiende dan een dikke vriendin. Maar hij opende zijn mond en zei: 'Mandy, ik hou van je. Ik hou zo godverdomme veel van je dat het pijn doet. De afgelopen 24 uur waren de ergste van mijn leven, omdat ik wist hoeveel pijn je had en dat het door mij kwam. Ik ga hier vanbinnen dood omdat alles wat ik wil is je in mijn armen trekken en de pijn die ik heb veroorzaakt wegkussen, maar ik zie dat je daar nog niet klaar voor bent. Misschien zul je dat ook nooit zijn, maar ik wil dat je weet dat ik nog nooit van iemand heb gehouden zoals ik van jou hou. En dat zal ik ook nooit doen.'

Oh, verdomme.

HOOFDSTUK 23

Hoe moest ik daar in hemelsnaam op reageren? Alles wat ik mezelf vertelde, alles waar ik me zorgen over maakte, werd uitgewist met slechts een paar woorden van zijn prachtige lippen. Hij sprak de woorden uit waarvan ik nooit had gedacht dat ik ze van hem zou horen. De woorden waar ik naar smachtte, maar waarvan ik mezelf nooit toestond te geloven dat hij ze zou zeggen.

En toch twijfelde ik in mijn achterhoofd nog steeds aan die woorden. Ik vroeg me nog steeds af of hij me zou verlaten zodra er iemand langskwam die er beter uitzag. Zou hij op het strand naar hete vrouwen in bikini's kijken en wensen dat hij op een van hen had gewacht in plaats van op mij?

Zou hij stoppen met van me te houden als ik dikker werd?

Alsof hij mijn gedachten kon lezen, knielde hij voor me neer en pakte mijn handen. 'Mandy, jij bent het voor me. Schat, ik weet dat je je zorgen om me hebt gemaakt, maar ik heb slanke meiden gehad en ik heb jou gehad. Elke keer weer wil ik jou. Ik wil je wulpse rondingen en je gulle lach, je naar chocolade smakende mond en je prachtige hart. Ik wil jou aan mijn zijde. Ik wil je kussen en je vasthouden en van je houden zolang je het me toestaat. En op een dag ga ik je ten huwelijk vragen en bidden dat je ja zegt. En als je dat doet, zal ik al mijn dagen eraan werken om je te bewijzen hoeveel ik van je hou. En alleen van jou.'

De tranen die ik had proberen tegen te houden, stroomden nu gestaag uit mijn ogen, liepen over mijn wangen en vielen op onze ineengestrengelde handen. Ik keek toe hoe er een klein plasje ontstond tussen onze vingers, die stevig in elkaar geklemd waren. Xander liet me niet los en ik liet hem niet los; de tranen verzamelden zich gewoon tussen ons in.

Ik wist niet wat ik moest zeggen. Er kwamen geen woorden over mijn lippen. Mijn hersenen konden ze ook niet vormen. Het ene moment miste ik hem als een gek en wilde ik hem haten, en het volgende moment hoorde ik hem zijn liefde voor mij verklaren en me vertellen dat hij op een dag met me zou trouwen.

'Voordat ik jou ontmoette,' begon ik, 'genoot ik van mijn leven. Ik had geweldige vrienden, een baan die ik leuk vond, een eigen plek. Ik was gelukkig. Ik had niets nodig en ik zorgde altijd voor mezelf.' Zijn ogen schoten even naar de mijne en ik zag de ondeugende twinkeling in zijn hazelnoot-kleurige ogen. Ik rolde met mijn ogen naar hem en ging verder: 'Je weet wat ik bedoel. Haal je gedachten uit de goot.'

Hij grinnikte zachtjes en drukte zijn lippen op het plasje tranen op onze handen.

'Ik dacht dat ik alles had wat ik ooit nodig zou hebben. Ik was niet op zoek naar een vriendje. En ik was zeker niet op zoek naar iemand zoals jij. Je hebt mijn wereld op zijn kop gezet. De afgelopen 24 uur waren ook de ergste van mijn leven. Ik ben nog nooit zo gekwetst geweest. Ik heb me nog nooit zo waardeloos gevoeld. Ik heb nog nooit zo weinig van mezelf gedacht door wat anderen zeiden.'

Hij liet mijn handen los, alsof hij aanvoelde waar ik heen wilde.

'En het ergste van alles was hoeveel ik je miste. Ik wilde je zo graag haten. Ik wilde geloven dat je de klootzak was waar ik vanaf onze eerste ontmoeting al bang voor was. De waarheid is dat ik niet aan mezelf wilde toegeven hoe eng het was om zoveel van je te houden als ik doe. Ik wist niet hoe ik met het houden van jou, en het mezelf toestaan van je te houden, moest omgaan zonder mezelf te verliezen. Toen ik je zag lachen, ging ik van het ergste uit omdat het makkelijker was dan te geloven dat je genoeg van me kon houden om je vrienden te laten vallen. Ik wil niet dat je de mensen verliest die belangrijk voor je zijn, maar ik wil jou ook niet verliezen.'

Zijn ogen schoten weer naar de mijne. Het hazelnootgroen was gevuld met hoop en verlangen en het schoot recht naar mijn onderbuik. Mijn hele lichaam werd warm van de blik die hij me gaf, alsof hij niet zeker wist of hij me moest zoenen of moest wachten tot ik uitgesproken was. Ik liet het moment tussen ons hangen, nauwelijks ademhalend, terwijl we beiden wachtten op wat er zou komen. Waar dit allemaal zou eindigen.

'Je zei dat je zou wachten tot ik er klaar voor was om naar je te luisteren. En dat je me daarna de keuze zou laten. Jij zou me laten beslissen hoe het met ons verder moest. De waarheid is dat ik precies hetzelfde wil als jij. Ik was doodongelukkig zonder jou. Ik wilde huilen om alle momenten die we niet zouden delen. Mijn hart smachtte naar je. Ik weet niet of ik mijn angsten dat je verliefd zult worden op iemand die slanker is dan ik ooit helemaal zal loslaten, maar ik ga het proberen. Omdat ik met heel mijn hart, en met alles wat ik ben, van je hou, Xander Carlson.'

De woorden waren mijn lippen nog niet voorbij of

Xanders mond was al op de mijne. Hij kuste me alsof zijn leven ervan afhing, alsof hij naar me was uitgehongerd. Ik kuste hem terug, met het gevoel dat het langer dan een dag geleden was dat zijn lippen tegen de mijne hadden gedrukt.

Zijn verwoede kus liet zijn lippen de mijne kussen, over elke lip totdat hij ze allebei met zachte kusjes had bedekt. Toen drukte hij zijn volle lippen tegen de mijne en zijn tong schoot naar buiten om over mijn lippen te gaan. Ik zuchtte zachtjes, genietend van het gevoel van hem, en hij liet zijn tong mijn mond binnenglijden.

Hij kuste me vol, diep, en leerde me opnieuw kennen, maar keerde altijd terug naar de plekken waarvan hij wist dat het mijn favorieten waren. Terwijl hij me kuste, gleden zijn handen over mijn dijen, en streelden mijn huid door de stof van mijn capri. Hij hield me vast en liet me niet van de plek komen waar hij me klemhield.

Xander boog zich over me heen, nog steeds op zijn knieën voor me, en drukte me tegen de rugleuning van de bank. Zijn grote, sterke lichaam bedekte het mijne, waardoor ik me klein voelde, geborgen in zijn armen. Zijn vingers verstrengelden zich met mijn haar terwijl hij mijn hoofd manipuleerde om zijn tong dieper in mijn mond te duwen en me opnieuw als de zijne te claimen.

'Laten we naar boven gaan,' fluisterde hij toen hij zich van me terugtrok. Zijn ogen stonden vurig van verlangen naar mij. Mijn lichaam stond in vuur en vlam, smachtend naar hem, zo klaar om terug te keren naar hoe het eerder was. In mijn achterhoofd vroeg ik me af of ik hem niet te snel had vergeven, maar ik duwde de gedachten weg. Zoals Claire al zei, zou hij niet zoveel moeite hebben gedaan om met me te praten als het allemaal een grap was.

Hij hield van me.

In mijn kamer deed hij alle lichten aan. Ik wilde ze

uitdoen, want ik wilde niet dat hij me in het volle licht zag. Naakt. Kwetsbaar.

'Ik wil je zien. Ik wil alles van je zien.'

Ik haalde diep adem en wist dat dit het was. Dit zou het laatste zijn dat ik moest loslaten om hem volledig te kunnen vertrouwen. Ik had hem al vertrouwd met mijn geheimen, mijn hart, mijn liefde, zelfs mijn lichaam. Maar hem me laten zien in het felle licht van mijn slaapkamer, hem laten toekijken hoe mijn lichaam trilde en schudde terwijl we de liefde bedreven, betekende dat ik hem mijn ziel toevertrouwde.

Xander stond naast me en hield mijn hand vast. Hij kuste mijn nek en schoof langzaam mijn shirt opzij om mijn schouder te kussen. 'Je bent prachtig, Mandy. Zo zacht.'

Zijn vingers speelden met de rand van mijn shirt, en tilden het op zodat hij met zijn knokkels over de gevoelige huid van mijn buik kon strijken. Ik voelde de ruwheid van zijn knokkels, de wonden van zijn gevecht met een van zijn oudste vrienden. Om mij.

Ik reikte naar beneden, pakte zijn vingers en nam zijn handen in de mijne. Hij keek naar me neer, zich afvragend wat ik deed. Ik bracht zijn handen naar mijn mond en kuste elke schram, elke blauwe plek. 'Dank je dat je me verdedigd hebt,' ademde ik tegen zijn huid. 'Dank je dat je me mooi genoeg vindt om je kwaad om te maken.'

'Je bent prachtig, Mandy. Je bent het waard om elke dag voor de rest van mijn leven verdedigd te worden, als het moet.'

Ik glimlachte naar hem en liet hem zijn handen terug naar mijn middel brengen. Hij trok mijn shirt uit en keek neer op de bovenkant van mijn lichaam. 'Zo prachtig,' fluisterde hij terwijl hij naar voren leunde om mijn sleutelbeen te kussen. Zijn handen gingen naar mijn borsten, tilden ze op in zijn grote handpalmen, en hielden het gewicht ervan voor me. Hij liet kusjes achter tussen de zware bollen en weer omhoog, langs het kanten randje van mijn beha.

Hij liet mijn borsten zachtjes terugvallen tegen mijn lichaam en liet zijn handen over mijn rug glijden om mijn beha los te maken. Ik wurmde me eruit en voelde zijn handen terugkeren naar mijn blote huid, mijn borsten omvattend en met zijn duimen over mijn harde tepels strijkend. Ik hapte naar adem en drukte me tegen hem aan, mijn zware borsten dieper in zijn handen duwend. 'Ik weet dat je hier rugpijn van krijgt, maar ik hou van je borsten. Ze passen perfect in mijn handen en reageren zo gemakkelijk op mijn mond. En de huid rond je tepels… die is bijna net zo zoet als de huid op je buik.'

Hij boog zijn hoofd om eerst de ene en dan de andere tepel in zijn mond te nemen, er zachtjes in te bijten en dan met zijn tong over de pijnlijke plek te likken. Zijn handen gingen naar mijn heupen en lieten mijn slipje en capri langzaam tegelijk zakken. Hij liet zich voor me op zijn knieën vallen, hield elk been vast terwijl hij me hielp uit mijn laatste kledingstukken te stappen. Toen kuste hij mijn buik.

'Dit is mijn favoriete deel van jou. Je huid ruikt hier alleen naar jou en ik kan vleugjes van je opwinding opvangen als ik je diep inadem. Je buik is hier zo zacht en perfect. Op een dag zal ik toekijken hoe dit zachte, ronde buikje van je groeit met het product van onze liefde, met onze kinderen. Het maakt me zo gelukkig om me de rest van mijn leven met jou voor te stellen.'

Ik stond voor hem, mijn lichaam naakt voor zijn ogen, zijn handen, zijn lichaam. Ik stond daar en luisterde naar zijn lieve woorden en wist, zonder enige twijfel, dat ik nooit gelukkiger zou zijn.

'Je hebt te veel kleren aan,' zei ik tegen hem, met een ondeugende twinkeling in mijn oog.

Hij stond voor me en trok snel zijn kleren uit, en liet ze op de vloer aan onze voeten liggen. Hij leidde me snel naar het bed en gebaarde dat ik moest gaan liggen. Hij nam de ruimte naast me in en liet zijn handen en ogen over me glijden, naakt en op hem wachtend.

'Je bent de mooiste vrouw die ik ooit heb gezien, Mandy. En ik sla elke man in elkaar die minder dan dat van je denkt.'

Ik streek zachtjes met mijn vingers over de blauwe plek die zijn oog bedekte. Hij deinsde even terug voor mijn aanraking voordat hij zijn gezicht in mijn hand nestelde. 'Ik wil je geloven. Ik zie alleen niet wat jij ziet. Ik zie geen schoonheid.'

'Dan doe ik mijn werk niet goed. Maar dat zal ik doen. Elke dag, voor de rest van mijn leven, zal ik er alles aan doen om je te laten zien hoe ik je zie. Om je de schoonheid van je lichaam en je hart te laten zien. Je bent prachtig. Altijd.'

Ik kroop dichter tegen hem aan en mijn benen vielen open toen hij ertussen reikte en merkte dat ik nat en klaar voor hem was. Hij bracht me snel tot een orgasme en nestelde zich toen tussen mijn benen. Terwijl hij hard en diep in me stootte, voelde ik de liefde die hij voelde. De liefde die tussen ons stroomde.

Xander onderstreepte zijn bewegingen met zijn woorden, en herhaalde 'Je bent prachtig' en 'Ik hou van je' bij elke beweging van onze lichamen samen. Ik voelde een volgend orgasme opkomen, evenzeer door zijn woorden als door zijn lichaam. Terwijl mijn lichaam hem omklemde, hem in me vasthield, verloor hij zijn controle en stootte harder en dieper in me. Hij perste eruit: 'Schat, ik heb je nu nodig. Ik wil dat je erbij bent. Ik wil dat je van me houdt met alles wat je hebt. Nu, schatje. Nu.'

'Ik hou van je,' fluisterde ik tegen zijn lippen terwijl ik over de rand tuimelde waar hij me naartoe had gebracht. Ik hield zijn blik vast terwijl hij mijn naam kreunde en mijn woorden herhaalde. Ik voelde zijn liefde toen zijn lichaam zich in het mijne ontlaadde. Liefde die me tot tranen toe roerde.

Liefde waarvan ik nooit had gedroomd. Maar die voor altijd van mij was.

EPILOOG

CLAIRE

'EEN TOOST OP de nieuwste Customer Service Manager! Gefeliciteerd Mandy!' zei Xander en hief zijn glas.

We stonden allemaal rond het kookeiland in zijn huis om Mandy's promotie te vieren, en het feit dat ze weer bij elkaar waren. Nadat ik dinsdagavond met Mandy had gesproken, maakte ik me zorgen om haar, vooral toen ze me niet terugbelde. Ik wist maar al te goed hoe iemand zich tegen een ander kan keren. Ik ijsbeerde bijna de hele nacht, bezorgd dat Mandy iets was overkomen. Ik stuurde haar een paar sms'jes die onbeantwoord bleven en belde haar daarna op. Rond middernacht nam ze eindelijk op en vertelde me dat Xander er nog steeds was en dat alles in orde was. Zodra ik haar stem hoorde, kon ik weer ademhalen.

Ik kan me niet voorstellen dat een van mijn vriendinnen zou meemaken wat ik heb meegemaakt. Terwijl ik naar Mandy en Xander keek, kon ik moeilijk geloven dat hij haar ooit pijn zou kunnen doen, zeker niet met opzet. Alleen al door naar die twee te kijken, wist ik dat er iets tussen hen was veranderd. Ze raakten elkaar altijd aan en wisselden blikken uit, maar nu zat er een tederheid in, terwijl het voorheen meer seksueel leek, alsof ze elkaar begeerden en niet van elkaar af konden blijven.

Nu zag ik liefde.

Liefde was niet voor mij weggelegd. Verkracht worden door de eerste, en enige, jongen die je ooit dichtbij liet komen, had diep vanbinnen iets beschadigd. Daar had ik vrede mee. Ik had vrienden. Ik was gelukkig genoeg. Ja, ik zou dolgraag willen voelen wat mijn beste vriendin voelde. Ik zou dolgraag mijn dag, mijn leven, met iemand willen delen, maar dat ging niet gebeuren.

'Hoe is het eigenlijk met Melody afgelopen?' vroeg Sam, wat me terugbracht naar het heden.

Mandy trok haar neus op en schudde haar hoofd. 'Ze gaf eindelijk toe dat ze tegen Diana had gelogen en die heeft haar ontslagen. Ik voelde me er rot over, maar het maakt mijn leven wel makkelijker. Ik hoef niet met haar om te gaan, of haar zelf te ontslaan. Ze probeerde me ontslagen te krijgen zodat zij de promotie kon krijgen en tegelijk van mij af was. Toen niets werkte, tilde ze het gewoon naar een heel nieuw niveau.'

'Ik kan nog steeds niet geloven dat je zo tegen je baas hebt gepraat,' zei Addi, en ze schudde haar hoofd.

Mandy keek schaapachtig. 'Ja, ik was behoorlijk fel. Waarschijnlijk had ik niet alles moeten zeggen wat ik zei, maar ik was overstuur en kon me gewoon niet langer inhouden.'

Xander nestelde zich in haar nek. Hij stond achter haar, zijn lichaam tegen Mandy's rug gedrukt. Ik keek zwijgend toe hoe hij de achterkant van haar nek kuste en iets in haar oor fluisterde. Mandy draaide haar hoofd opzij en kuste hem zachtjes.

Ik hoorde hem 'ik hou van je' fluisteren toen ze uit elkaar gingen en mijn hart kromp ineen. Niemand had die woorden tegen me gezegd, behalve mijn familie en vrienden, sinds de middelbare school. Ik wist niet of ik ooit iemand zou geloven die die drie kleine woordjes tegen me zou zeggen. Ik was er vrij zeker van dat ik niet in staat was om iemand dichtbij genoeg te laten komen om daarachter te komen.

'En wat nu? Wil je veranderingen doorvoeren of laat je alles zoals het is?' vroeg Addi.

'Voorlopig laat ik alles zoals het is. Diana heeft ermee ingestemd om een paar weken te blijven om me in te werken, maar de baan is vanaf maandag officieel van mij. Diana werkt dan alleen nog halve dagen. Ik heb veel uit te zoeken, maar ik denk dat het wel goed komt.'

'Je bent slim, schat. Je zult het wel uitvinden en binnen de kortste keren de hele tent overnemen,' stemde Xander in.

'Dat weet ik zo net nog niet, maar bedankt. Het is fijn om te weten dat jullie achter me staan.'

De deurbel ging en Xander haastte zich om voor onze pizza's te betalen. Sam en Addi liepen de eetkamer in, waardoor Mandy en ik alleen achterbleven.

'Je bent stil vanavond. Is alles in orde?'

Ik'd gehoopt dat niemand mijn stemming zou opmerken, maar ik had beter moeten weten. Mandy en ik kenden elkaar veel te lang om te denken dat haar zoiets zou ontgaan.

'Het gaat wel. Ik'ben blij dat je gelukkig bent. Het is goed om te weten dat hij de man was die we allemaal dachten dat hij was.'

Mandy keek naar de voorkant van het huis, waar Xander was. 'Dat is hij. Hij zei dat hij van me houdt. En dat hij op een dag met me gaat trouwen.'

Tranen prikten in mijn ogen, hoewel ik geen idee had waarom. 'Dat is geweldig, schat. Ik ben zo blij voor je.'

'Waarom huil je dan?' vroeg Mandy met toegeknepen ogen.

Ik schudde mijn hoofd. 'Ik weet het niet echt. Ik ben deze week erg emotioneel.'

Mandy sloeg haar arm om me heen. 'Denk je dat je me kwijtraakt of wou je dat je zelf een man had?'

Ze sloeg de spijker op zijn kop, niet dat ik het aan mezelf wilde toegeven, laat staan aan haar, maar ik wist dat ik me niet voor Mandy kon verstoppen. 'Misschien een beetje van beide. Maar ik probeer je geen rotgevoel te geven. Ik mag Xander, en ik ben heel blij dat jij gelukkig bent. Ik heb gewoon het gevoel dat ik er nu alleen voor sta. Sam en Addi hebben elkaar en nu heb jij Xander. Ik denk dat een deel van mij wenst dat ik niet zo verknipt was en iemand kon hebben om mijn leven mee te delen. Het is nog niet zo lang geleden dat we het erover hadden om samen te gaan wonen.'

Mandy keek naar beneden en ik kon zien dat ik haar een rotgevoel had gegeven, ook al wilde ik dat niet. 'Het spijt me, Claire. Ik vervang je niet, ik hoop dat je dat weet. Dat zou ik nooit kunnen. Je zult altijd mijn beste vriendin zijn.'

'Ik weet het,' zei ik door mijn tranen heen. 'Het is nu gewoon anders.'

Mandy knikte, en erkende wat we allebei wisten dat de waarheid was. Xander kwam de keuken weer binnen met drie pizzadozen. De geur was overweldigend, maar niet zo overweldigend als de emoties die door me heen raasden. Ik verontschuldigde me snel en dook de badkamer in.

De spiegel verraadde mijn poging tot kalmte. Ik zag er moe uit. Ik had er een hekel aan als mensen dat tegen me zeiden, omdat het altijd een nauwelijks verholen belediging was, maar op dat moment was het waar. Ik had niet goed geslapen, in een poging mijn leven op een rijtje te krijgen. Ik dacht steeds meer aan BJ, vroeg me af waarom, en wenste dat niemand anders ooit hoefde mee te maken wat ik had meegemaakt. Ik wilde daar niet aan denken, maar nu mijn beste vriendin de liefde had gevonden, bracht dat veel herinneringen aan BJ terug, van voor die ene nacht.

Ik gooide koud water in mijn gezicht en ging weer naar

buiten om me bij de anderen te voegen. Iedereen lachte en at pizza, en ze dronken om Mandy's promotie te vieren. Voor het eerst voelde ik me een buitenstaander. Ik was het vijfde wiel aan de wagen.

Xander kwam naar me toe. 'Ik wil dat je weet dat je hier altijd welkom bent als je wilt komen. Wat er ook gebeurt, je zult hier altijd welkom zijn.'

Verward hield ik mijn hoofd schuin en kneep mijn ogen tot spleetjes. Waar kwam dat vandaan?

'Ik weet dat jij en Mandy een hechte band hebben, jullie zijn de beste vriendinnen. Ze praat de hele tijd over je en ik weet dat jullie veel tijd samen doorbrengen. Als zij hier is, nu of in de toekomst wanneer ze hopelijk met me trouwt, wil ik dat jij je hier op je gemak voelt. Ik wil niet tussen jullie in komen te staan. Je bent als een zus voor haar, en ik zou het mezelf nooit vergeven als ik de reden was dat jullie band minder hecht werd. Als je ooit iets nodig hebt, zijn we er allebei voor je.'

De tranen vulden mijn ogen weer. Mandy was een geluksvogel. Xander was niet alleen lief en aardig voor haar, maar ook voor mij. En dat betekende veel in mijn ogen.

Ik bedankte hem, veegde mijn tranen weg, en wist dat er altijd goed voor mijn beste vriendin gezorgd zou worden. Als ik haar dan toch kwijtraakte, dan tenminste aan iemand die van haar zou houden en er altijd voor haar zou zijn. Ik was daar jaloers op, meer dan een beetje, en merkte dat ik naar hetzelfde verlangde.

Ook al wist ik dat het nooit zou gebeuren.

* * *

Heel erg bedankt dat je het verhaal van Mandy en Xander hebt gelezen! Deze serie ligt me echt na aan het hart, en ik dank je dat je mijn geweldige dames een kans hebt gegeven!

De serie gaat verder met het verhaal van Claire. Ze

verborg haar gevoelens achter haar gewicht en hield zichzelf voor dat ze niet gekwetst kon worden als niemand de moeite nam om naar haar te kijken. De laatste man van wie ze verwachtte dat hij haar enige aandacht zou schenken, was haar sexy collega, Aidan. Ze waren vrienden, dus ze liet hem toe, maar hij neemt geen genoegen met alleen maar vrienden zijn en zal niet stoppen tot ze veel, veel meer zijn. Pak nu je exemplaar van *Weelderig en fascinerend*!

HIER VINDT U al mijn Nederlandstalige boeken.

OVER DE AUTEUR

USA TODAY Bestsellerauteur Mary E Thompson bracht het grootste deel van haar jeugd door met de wens dat ze wat minder rondingen had. Ze verschool zich in de bladzijden van boeken, omdat haar favoriete personages er nooit om gaven welke kledingmaat ze had. Nu kan het Mary ook niets meer schelen en schrijft ze verhalen die vrouwen zoals zij vieren. Echte vrouwen die rondingen hebben, hun dromen najagen en de liefde vinden, want we zouden allemaal gelukkig moeten zijn, ongeacht onze kledingmaat.

Haar vrije tijd brengt Mary door met haar man en twee kinderen, waarbij ze te veel tv kijkt, haar plaatselijke voetbal team aanmoedigt (Go Bills!) en chocola voor haar gezin verstopt.

Bezoek https://maryethompson.com/pages/nederlands om je aan te melden voor Mary's nieuwsbrief. Abonnees ontvangen gratis e-books en andere leuke dingen, zoals exclusieve content en winacties alleen voor leden. Bovendien horen ze als eerste over nieuwe boeken en aanbiedingen!